いしいしんじの本

いしいしんじ

白水社

いしいしんじの本

装丁・本文レイアウト　細野綾子

目次

はじめに　ティーンエイジャーのいしいしんじ

一九九九年半ば、地球が終わるとささやかれていたころ、僕はそんな外部世界のことなどどうでもよく、このまま俺は終わる、というかもう終わってる、と部屋で寝転んではうそぶき、ただ、ドアをあけ外をみわたすと、なんだかまだ終わってない、書き割りの薄っぺらな風景がつづいている、けどそんなものにごまかされてたまるかと冷笑しながら、やっていることは朝から酒をのんでいるくらいだった。仕事はできなくなっていた。人と会えないんだからどうしようもない。

その頃までの仕事というのは、人にあって興味深いその人物記を書いたり、赤塚不二夫やきんさんぎんさんと対談したり、抱腹絶倒の爆笑エッセイを書いたり、アクロバティックな短編、息をとめて突っ走るような掌編、外国と日本の比較文化論や、科学読み物、絵本、四コマ漫画まで書いていた。つまり、なんでもありのライター稼業、注文があったなら、ぜったいに締切には遅れず、注文したその編集者の予想をこえる完成度の原稿をわたすこと。どんな分野の、どんなレベルの原稿でも、まる一日集中しさえすれば、「完璧に」書きあげる自信があった。

春先から、へんだ、という予兆はあった。まわりの建物がぐんとせりあがり、僕のほうへ先端からなだれかかってくる気配がしてしょうがない。原稿の注文がどれもこれも似通ってきた。かとおもえば、千本ノックのようにばらばらの注文がきた。居酒屋で八時間近くしゃべりつづけ、トイレに立って鏡をみたら、勢い余って唇をかんだらしく顎《あご》が血まみれになっていたり。寝ていても、眠っている自分をみながら、起きているもうひとりがあらわれ、僕に話しかけるのだが、その話しかけられている僕自身ははたして眠っているのか、それともめざめているのだろうか。

そのうち注文がとだえ、頭がぐるぐるまわりながらそのど真ん中でからだが動かない感覚におそわれつつ、僕はこのときはじめて、それまで自分が、どんな内容の原稿だって「完璧に」書ける、万能の書き手、と思いこんでいたことを、寝ていても起きている例のもうひとりの口から、ねっとりした声でささやかれた。そして、その思いこみが、まったく見当ちがいだったことも。

眠っているひとりと、起きているもうひとりの声が、僕の左右の耳に、いっせいに語りかけてくる。おまえがこれまで書いてきたことは、すべて相手の注文に合わせて、おもしろがらせようと工夫をこらしただけの反応、つまりリアクションにすぎず、こころの底からわきあがってきた、嘘のない、ほんとうの声、そのことばでしかいいあらわせない切実なことばは、いままで一行、ひと文字たりとも、原稿の上にあらわれたことはなかった。「完璧」どころか、相手に合わせただけの、なかみのない、からっぽなことばばかりだった、と。闇の声は、僕の耳から血の味のスープをそそぎいれるように、全身にしみとおっていった。僕はうすうす感づいていた背中の黒い穴をぐいと目の前につきだされた気がした。できそこないのクラインの壺が、ひくひく身をよじってもがいている。

年末、東京でひとりで暮らすのが、精神的にも肉体的にも金銭的にもきびしくなり、うまれそだった大阪の実家に、いったん身を寄せることになった。といって、新幹線の乗車賃などもっていない。ＪＲ神田駅を徒歩でたずね、駅長に「なんとかならないでしょうか」と相談した。大阪の天王寺駅の駅長室に、先に帰省していた兄に来ておいてもらう。神田駅と天王寺駅を電話でつなぎ、「そちらにいしいしんじ氏の身請け人はきておりますか」「はい、こちらに身請け人、たしかにきております」「身請け人から運賃、うけとってください」「はい、ただいま、たしかにうけとりました」という会話が駅員同士でなされ、僕は神田駅の駅長から、黄ばんだ書類を一枚わたされ、「これがあなたの切符になる。車掌にみせても、若い職員だと手続きを知らない場合が多いから、相手によく読んでもらいなさい」。そうして東京駅から新幹線に乗りかえて大阪にいった。この出来事はもうひとりの自分が、耳の底にささやいたエピソードなどではなく、神田の駅長も「二十年ぶりくらいに書いたなあ」となつかしんでいたように、刑事が逃走中の犯人を捕らえ、連れ帰るときに駅でとる、昔ながらの手続きである。

実家にもどった僕は、祖母が昔住んでいた四畳半で、腹ばいになったり古い「婦人画報」をひらいたりしてごろごろして過ごした。なんだか妙な、腹の下がぞろぞろとした虫にくすぐられるような感触がおそい、うつぶせのまま腕を大きくふりまわすうち、自分がまわりに波を起こし、その波にまた運ばれ、そのうち自分自身が波になって遠くへ、想像もつかないような遠くへわたっていく、こわい反面ずっとこのくりかえしを生きていたい、そんな感覚に全身をつつまれていた。

僕は母に、こどものころ、僕がこの部屋でなにか書いていたことがあったかたずねてみた。母は、四歳から六歳までかよった幼児生活団にもっていくため、ずっと「お話」を書いていた、とこたえた。「ふうん、そういうの、とってあったら、いまどんな風に読めるやろ」僕がいうと、母は妙な顔をし、「なにいうてんのん、ぜんぶとったあるがな。二階の六畳間の袋棚の、つづらのなかに残してあるがな」

自分のうちに「つづら」がある、というインパクトも相当大きかったが、ともかく六畳間にあがり、踏み台にのぼって袋棚をあけると、兄のぶん、ふたごの弟のぶんにはさまれ、飴色の籐であまれた僕のつづらがひっそりと置かれている。ふたをとってみると、半ばで折られた茶封筒がみえ、あ、これだなと一目で直観した。封筒のなかには折り紙サイズの正方形に整えられた画用紙の束がはいっていた。なんだか、ここでずっと待ち伏せしていたようにもみえた。いちばん上の青い表紙には、おぼえたての平仮名で、このように書かれていた。「たいふう　いしいしんじ」。これがまさしく、四歳半の僕が書いた、いちばんさいしょの「お話」だった。

「おーい、たいふうがくるぞー」。港のひとの知らせに、漁村のみんなは家のあちこちを修繕し、雨風にそなえる。ところが、「ひねくれおとこ」がひとり、「おれはたいふうなんざ、こわくないねえ」とうそぶき、自分のボートいっそうで、たいふうめがけ、沖に出ていってしまう。たいふうは急に進路を変えて、ぐるりと曲がり、漁村を直撃する。「ひねくれおとこ」が帰りついたとき、「そこには、なんにも、ありませんでした」。家族も家も、ともだちも犬も、全部ふきとばされてなくなっていた。その日から「ひねくれおとこ」は、朝ごはんも、歯みがきも寝るのも、すべて、たったひとりでやらなくてはいけなくなった。「そしてしょっちゅう、あおぞらをみあげるたび、ひねくれおとこはこうおもうのです。

こんどたいふうがきたら、ぜったいおれも、ふきとばされてやろう」

僕は一度読み、その日の夕方もう一度読んだ。それから何度読み返したかしれない。三十年間この「お話」は「つづら」にしまいこまれ、僕は断片を思いかえすこともなかった。三十四歳の僕は、「お話」のとおり、まるでふきとばされてきたような感覚に駆られた。四歳半のいしいしんじは、自分をとりまく世界が、いっさい自分には重みをおかずに進展していく様、自分の卑小さ、いま、ここにしか生きていない自分のものがなしさに心底おびえ、けれども勇気をもって、おぼえたてのことばを全身で、自分と世界のあいだに黒々と開いた亀裂へと投げこんでいた。その切実さ、まよいのなさ、唯一性、「ほんとう」。僕はこれまで自分が書いた最高傑作を手にしていた。というより、「これしか、この一編しか、ほんとうに書いたものはなかった」という、苦い事実を目の当たりにし、ゆっくりとうなずくしかなかった。しかし、どんつきに行き当たった感じでもなく、どういうわけか、どんどん先がひろがっていく、風通しのよい洞窟の底に立っている感覚があった。「これしかなかった」けれど、少なくとも「これだけはできた」。ここからまたはじめればいいのだ。僕は「たいふう」のつづきを書くことにした。四歳半の、畳に腹ばいになって画用紙にむかうからだの感覚をたもち、三十年間ためこんだボキャブラリーと経験をさぐりながら、「お話」を書いていく。

二〇〇〇年の夏に『ぶらんこ乗り』という小説を書いた。冒頭に「たいふう」をそのまま使っているから、ほんとうにそのまんま「つづき」である。翌年、また翌年と小説を書きながら、四歳半から一歳、一歳と、年を重ねていく感覚に駆られた。二〇一三年現在、四十六歳の僕は、小説家としての実感値では、十六歳のティーンエイジャーである。

「はじめて」の稚拙さ、ことばたらずの向こう側に、ことばにしようのない巨大なかたまりが、ごろんと山のように転がっている。どんなに能弁に表現をつくしたって、そのかたまりに触れていない表現、小説、歌、絵は、あとでとりかえのきく、その他大勢でしかない。「そうしよう」と企むのでなく、企みや狙いをこえて、切実に「そうなってしまった」もの。一見でたらめな筆遣いで、ひらがなばかりで、ぎごちない身のこなしで、おさなごは、まわりの世界に、そのひとにしかなしえない傷跡を残す。三万年前にショーベ洞窟に残された人類最古の壁画が、どれくらい切実さに満ちているか、さいわいにして僕たちは知っている。ほんものの画家とは、そのとき自分の向かっている画布に、たえず、「はじめて」を見いだしつづけられる、見いだしつづけてしまうひとのことにちがいない。そこでは、絵画、音楽、おどり、小説など、外面上の区別は、ほとんど関係がない。

暦では四十六、実年齢十六の僕は、「はじめて」がかすみかけてしまうと、四歳半のいしいしんじのほうへ、ときどき、小石を落とすような声で呼びかける。耳をすましているうち、おずおずとこたえがかえる。その声で僕は、自分がまだ同じ洞窟の底にいて、風の通りをたよりに、細いあなぐらをぎごちなく歩みつづけていることを知るのである。

韓国のひとたちへ

韓国のみなさんへ。はじめまして、いしいしんじと申します。ぼくの本を手にとっていただいて、たいへん感謝しております。韓国語というたいへんうつくしいことばで、ぼくの文章がみなさんの目にふれるなんて、まるで夢のようです。出版社のかた、翻訳家のソ・ヘヨンさんには、感謝のことばもありません。

ぼくの小説は、日本において、たいへん珍しいものと受け止められているようです。「現代の社会問題を鋭くえぐること」とか「現代人のこころの傷をあきらかにすること」などとは、まったくかけはなれた、他愛のないはなしばかりだからです。たとえば、動物と会話ができるとおもいこんだ、木の上で暮らす少年。空から無数のねずみがふってくる港町。呼ばれれば「にゃあ」とうたう、ねこという少年がいる田舎の吹奏楽団。こんなやつら、世界のどこにいるんだよ、と自分の作品ながらいいたくもなります。ある意味、現実ばなれしている、といわれて、しかたないかもしれません。

ただぼくは、こどものころに熱中して読んだ本は、本のなかにだけ、現実があったようにおもいます。ごはんだよ、と呼ばれても、学校にいく時間がきても、ただ本のなかにはいりこんで夢中でページをめくる。こういう体験は、日本であろうが韓国であろうが、こどもならきっとやっているはずです。おとなになったわれわれは、あのころの没入した時間を忘れがちでいます。ただ、あの興奮はまちがいなく、胸の奥でちいさな炭のように燃えつづけている、と信じています。

　ぼくはいま、そのちいさな灯りに照らしながら、小説をかいています。はじめておはなしをかいた四歳半のころから、このやりかたはかわっていません。どんなはなしが作りたいですか、とひとにきかれると、ぼくはいつでもこうこたえることにしています。

「百年前のイヌイットのこどもでも、二百年後のアイルランドのおじいちゃんでも、おもしろいな、とおもってもらえるはなし」

　トリツカレ男はこうして、韓国のみなさんに読んでいただけることになりました。おもしろいな、とおもっていただければ、そして本のなかの時間に一瞬でも没入していただければ、こんなに嬉しいことはありません。


『トリツカレ男』韓国版刊行によせて　二〇〇二年九月

本を読んで大きくなる

　うちの両親は若いころから本好きで、祖母も読書家、ぼくの兄や弟も、そろって本をよく読んでいました。そんな家族から見ても、ぼくの読書好きは異様に映っていたようです。

　朝起きたらすぐ、枕元に伏せた本のページをひらく。歯を磨きながら、お茶碗を左手に持ちながら、まだ読んでいます。授業中はぼんやりとすごし、放課後は図書館に行って新しい本を借りだす。縦書きの活字を追いすぎたせいで、横書きの教科書に目がなかなか慣れず、きょろんと目玉が横にずれてしまいます。そういう暮らしが小中高と、ほぼ十二年間くらいつづいたでしょうか。

あらかじめいっておきます。こんな無茶な読書のしかたを、みなさんにお勧めするきもちは、まるきりありません。ただ、いまにして振り返ってみると、ぼくが本の世界に没頭していたわけ、事情といったものが、なんとはなしによみがえってくる。その事情についてなら、多少なりとも共感していただけるかたが、みなさんの中にもいらっしゃるのじゃないか、という気がしているのです。

小学生のころから、ぼくは大人が大嫌いでした。大人が勝手にきりもりしているこの世界が、息苦しくってしかたありませんでした。学校の先生がする話はどれもくだらなくて、しかもこっちが、

「ああ、くだらないな」

という態度を見せると、理不尽に怒る。スリッパで横顔を殴られたりする。

両親の押しつけてくるけじめとやらも、自分勝手な理屈にしか映りません。髪にドライヤーをあてていると、

「ちゃらちゃらしとる!」

といってコンセントを引き抜く。そのくせ自分たちはお酒を飲んで、夜中まで変な歌をうたっています。大人って、なんてつまらないひとびとだろう、と心底思ったものです。

かといって、同級生になじんでもいませんでした。ぼくはまわりが嫌いだったので、まわりも当然ぼ

くを避けていたわけです。自分を理解しようとしない同級生になんて、わざわざ好かれなくたって別にかまわない、とぼくは思った。お前らみんな教師の子分だよ、と内心せせら笑っていたのです。

いっぽう本の世界には、尊敬すべき大人が、友情を結びたくなる子どもたちが、わんさといました。ぼくは毎日、彼らのことばに耳を傾け、勇気ある冒険に目をみはりました。本のなかでは、でたらめな嘘、理不尽なことなど一切起きません。ひどい出来事や不幸が、たまさか主人公の身におちかかっても、それはでたらめとは違う、「ほんとう」のことでした。中学生のころまで、自分がどんな本を読んだか、あらすじはもちろん題名や作者の名前さえ、ほとんど覚えていません。読後感にひたる間もなく、次から次へ、手当たり次第に読んでいたのです。

中学生の中ごろ、夏目漱石や太宰治の作品をはじめて手にとりました。それまではなんだか「大人な感じ」がして、どことなく偉そうで、読もうという気がしなかったのです。

ところがこれがおもしろかった。夏目漱石は文豪どころか、めそめそと嘆いてばかりいる落語好きのおじさんだし、道徳くさいと思いこんでいた太宰治など、そこいらの漫才師など、及びもつかないほどのコメディアンぶりです。がんこでエッチなおじいさんの谷崎潤一郎。頭がどこかへいっちゃったような宮沢賢治。ぼくはこっそり、両親や祖母の本棚から、「大人な感じ」の本をあさりました。有吉佐和子に遠藤周作、安部公房、大江健三郎。今度は一冊ずつ、わからないところは読み返し、また読み返しました。日記がわりのノートに生意気な感想など書きつけながら。

高校にあがると、デビューしたての現代作家に、自然に手が伸びました。村上春樹、村上龍、山田詠美さんらです。そこには今自分の生きている世界のことが、「ほんとう」の言葉で書かれてあった。現実の世は、本と同じくらいに「ほんとう」なのだ、と気づかされました。あるいは本と同じ程度に理不尽ででたらめなのだ、と。

本を読むうちぼくは、自分でも気づかない間に、現実の世界に焦点を合わせ、自分のからだでこの世と向き合うことが、できるようになっていた。それは「ほんとう」の自分を手に入れることでもありました。当たり前のはなしですが、自分という存在も、現実のこの世の一部なのです。いいかえるなら、この世の一部でしかないのです。ぼくは学校に友人ができ、父や母と、本の感想を語り合うようになりました。父の頑固な意見には（「初期の大江健三郎は不潔だ」とか）しょっちゅう口をとがらせてはいましたが。

ただ、本と現実の結びつきをもっとも強烈に感じたのは、祖母の死でした。ぼくは四人兄弟のまんなかで、幼いころから祖母と過ごす時間が多かった。その祖母が、高校受験の直前に亡くなったのです。眠るような祖母の顔を見ても、まるで不出来な芝居のような気がした。葬式が終わってさえ、その感覚はつづいていました。親しい人の死は、それがはじめてではありませんでしたが、自分をとりまく世界の一部が、大きく欠けてしまったという実感は、まったくはじめての経験でした。

晴れた朝の公園に行く。寒々とした枝に新芽が芽吹いています。青空を見あげ、ぼくははっとしました。空全体が、いつもと違う色に見えたのです。

「おばあちゃんが溶けている」

というのが、とっさに思いついたことばでした。すると枝の間、池の水面、あらゆるものに祖母の気配がして、風すら祖母の笑う声に聞こえました。ぼくは喉の奥に、暖かいかたまりを飲み込んだような気分になった。それは、本の世界で覚えた感動と同じものでした。親しい人の死と、読書への熱中。それが「ほんとう」の経験である限り、ひとはまったく別々の方向から、激しくこころを揺さぶられることがある。ぼくは祖母の死を、それまでの読書のおかげで乗り越えられたのだとたしかに思っています。

『いつでも本はそばにいる』二〇〇三年七月

好きだった本
『八十日間世界一周』　ジュール・ヴェルヌ
『点子ちゃんとアントン』　エーリヒ・ケストナー
『シートン動物記』　アーネスト・シートン

好きだった作家
夏目漱石　太宰治　宮沢賢治

みさきのすきま

三浦半島の突端、三崎の一軒家にひっこしてまる二年が過ぎた。はじめのころ、地元のひとびととはずいぶん距離があった。三崎になんのゆかりもない、顔色のわるい男が、タオルをのどにぐるぐると巻き、昼ひなかから露地や埠頭をあてどなくさまよっている。これは怪しまれて当然だろう。家に近隣のこどもが遊びにくるようになってから、「あれはどうも無害だ」とあたりに知れ、一枚ずつカードをひっくりかえすように、ご近所のみなさんと親しくなっていった。

夏には揃いのはんてんを来て神輿《みこし》をかついだ。きのうは隣のおじいさんと草むしりをした。ぶどうをもっていったお返しに、はすむかいのスナックから、手製のさんま寿司をいただいた。今朝、米屋さんに酒瓶をもっていくと、夕方ししとうをもらった。

ぼくと三崎の距離はずいぶん縮まったけれど、その「すきま」がなくなることは、これからもないだろう。すきまというとどこか寂しげだけれど、すきまがあいているからこそうまれる笑いや美しさもある。南へひらけた港町、三崎には、昭和の中期にまぐろ漁で大もうけしたせいか、陽気なひとが多い(なにか冗談をいわないひとをぼくはひとりも知らない)。ただその笑いは、自分たちを外から笑いとばすような、どこかシニックな気配をふくんでいる。祭礼行事がさかんで野良猫が多く(みな餌をやる)、百歳近い老人とかくれんぼの小学生が路上で話しこんだりしている。この港町自体に、目にみえないすきまを大切にする気風があるようにおもう。

多和田葉子さんのエッセイ『エクソフォニー』を読むと、すきまに立つときにこそ、人は豊かな表現をうみだし得るのだと気づかされる。ドイツ語と日本語のあわいに身をおきながら、多和田さんはことばがことばになる以前の暗がりへ、そっと指を伸ばし、そのおおきな塊をゆっくりとなぞる。エクソフォニーとは、みずからの表現手段として、母語以外の「外のことば」を選び取った状態のことで、亡命者や被圧政者だけでなく、外国へ移り住んだ作家、外国語をすすんで習得した小説家、もっといえば、自分の使用することばに「外的に」意識的な作家たちも、このなかにふくめられる。詩人はすべてエクソフォニーであるべきだし、現代小説家もしかり、と多和田さんはおっしゃっている。日常の薄皮一枚むこうに、不気味かつ愉快なエクソフォニーの世界がひろがっていることは、三崎の老人と幼女のあいだでかわされる、ふしぎなことば遊びをきいていても明らかだ。

写真家鬼海弘雄さんは、三十年間、街のすきまにはいりこみ、そこに住まうひとびとの肖像を撮りつづけている。写真集『PERSONA』の一枚一枚には、シャッターのおりる「いま、ここ」だけでなく、被写体の一生、さらに人間の普遍的滑稽さ、かなしみ、偉大さといったものがおさめられている。「七年前、五人のうち四人が死んだ交通事故で生き残ったと語るひと」「靴まで黄色でコーディネイトした男」「遠くから歩いて来たという青年」。これらのキャプションもあわせ、一枚ずつがまるで一編の長編詩のようだ。ファインダーのわずかなすきまから、鬼海さんは神話の世界をのぞいているにちがいない。

古今亭志ん朝の高座を書き文字であらわした『志ん朝の落語』からは、読んでいるあいだ、ほんとうに声がきこえてくるようで驚いた。編者の京須偕充さんが、句点、ルビ、仮名のつかいかたまで、細心の注意でことばをえらんでいるのがよくわかる。「ああ、この場に自分が立ち会っているようだ」とおもって巻末をみたら、ほんとうに自分の出かけた高座だったのでさらに驚いた。行間、文字と文字のすきま、ページの裏側までふくめ、目にみえない声（観客の吐息や志ん朝さんの所作も）にみちみちている。まるで志ん朝演じる幽霊のような本で、息をこらし、目をそらさずじっとみつめていたくなる。

「ことし読む本いち押しガイド２００４」二〇〇三年一〇月

浮遊する世界

町田康『パンク侍、斬られて候』

時代小説ならなじみがあるものの、町田康の著作はこれまで読んだことがない、というひとこそ幸運である。本作を読み進みながら、本気で驚き、こころから呆れ、笑い、そして読後、世界が一変してしまったような感覚を、誰よりも鮮烈に味わえるだろうから。

「パンク侍？　穴でもあいているのか？」

そういうわけではない。

この小説に出てくる侍も、ちゃんと刀を差し、着物をきている。物語の出だしも、時代小説らしいといえば、実に時代小説らしい。

街道沿いの茶店で、刃傷沙汰がある。ひとりの侍が、巡礼の男をいきなり袈裟《けさ》懸《が》けに斬り捨てた。その娘（目がみえない）と、群衆が、まわりで立ちつくしている。

通りがかった別の侍が、いったいどうしてこのような真似をしたかと問いただす。

剣士は、この父娘こそ、この土地に恐るべき災厄をもたらすであろう存在、だから斬った、とこたえる。ふたりの所属する宗教団は、周辺諸国を混乱の渦にまきこみ、いまも徐々に勢力をひろげつつある。当藩にもいよいよ、魔の手が及ばんとするところ、こうして私が事前に食い止めたのだ……。

とまあ、筋だけ追えば、一見オーソドックスな隠密物にみえるかもしれない。

ただ、宗教団の名は「腹ふり党」である。党員たちの行う「腹ふり」とは一種の舞踊で、まず足を開いて立ってやや腰を落とす。両手を左右に伸ばし、腹を左右に揺すぶりながら首をがくがくとさせ、目を閉じて「ああ」「うーん」などと呻《うめ》く。

党員たちは、この世界は巨大な条虫の胎内にあると信じている。世界はなべて無意味であり、この虚妄から抜けだし、真正世界へと達する出口は、ただひとつ、条虫の肛門しかない。党員たちは、「腹ふり」をはじめとする、馬鹿げた、無意味な行動をとることで、条虫を苦悶せしめ、その胎外へ、糞として排出されることを願う。

馬鹿げた話である。

こんなでたらめな宗教があるか、と怒り出すかたもおられるかもしれない。

けれど物語の出だしから、登場人物の口を借りて、著者はあらかじめ、真摯に断り書きをだしているのだ。この世界で起こることは、すべて虚妄であると。つまり本作は、虚妄に関して、著者も読者もどれだけ真摯でいられるか、という物語でもある。

小説、映画、テレビ番組を含め、時代劇というものは、一定のルールが支配する、閉じられた世界のうちで進行する。出来事にはすべて理由があり、物語はやがて、おさまるべき結末に、すべておさまる。岡っ引き、船頭、奉行に盗賊。宿屋のおかみ、町娘、太夫に夜鷹。彼らはルールを破らない。彼らの住む世界のありかたを、無防備に信じている。その様はまるで「時代劇の世界」の信徒のようだ。

以前町田氏は『水戸黄門』について、

「あれはルルドですからね。マリア像が涙流したとか、ルルドの泉とか、ちょっとおかしなことがおきてドラマが成立するわけで」

と感想をもらしたことがある。

著者のつむぎだす時代劇は、物語がはじまるやたちまち、時代劇のオーソドックスなルールから軽々と外れはじめる。

気の弱い侍はひとり座敷で、レゲエ曲のイントロを歌いだし、家老に脅された主人公は、化けて出るというのを、

「或いはゾンビみたいに半分腐った状態で出てくるかな」

といいあらわす。

刺客とその標的とが出会ったとたん、互いに幼なじみだったことに気づき、

「(中略)で、いまなにやってんのよ」

「まあぶらぶらしてるけど、ただ暇だからさあ、ときどき刺客みたいなことやってんだよね。頼まれで」

念力で石を宙に浮かせ、燃やしたり、粉々に砕く男がでてくる。人の言葉を話し、軍団を率いて群衆と戦う知恵者は、二本足で立つ猿で、大臼延珍《でうすのぶうず》という名前をもつ。戦いの最後に延珍は茶色い紐に変化し、無数の猿たちがそれにつかまり天にのぼる。

部分だけをとりだすと、まるででたらめのようだが、けしてそうではない。これもひとつのルールに則って作られた、精密な世界にちがいないのだ。そのルールとは、著者町田康のつくる物語の、虚妄の文法である。読みすすむうち読者は、自分が時代小説を読んでいるのでなく、「町田小説」を読んでいることに気づく。登場人物たちとともに「町田世界」の風景に啞然としながら、ぐるぐると物語の波にまきこまれていく。

ただし、著者は世界を、時代劇のようには作らない。ルルド的に安定させず、真摯に虚妄をつらぬく。みずから描きだした世界に、あえて責任をもち「裂け目」をつくる。

たとえば「腹ふり党」の大幹部はラスト近く、世界に突如あらわれた巨大な飯茶碗の底に寝そべったまま、巨大な刃が茶碗の外を切り刻んでいるのを見つめ、自分はどうなってしまったのか、とひとりごちる。

「俺だけがこの世界を、この気違いみたいな世界をみている」

主人公の侍が最後に、ろんという女に問いかける。こんな虚妄の世界にいて、どうして単純な因果に固執するのか。ろんはいう。

「こんな世界だからこそ絶対に譲れないことがあるのよ」

けして読みにくい話ではない。かえって読み易い。読み易いとは正確には、町田氏の小説に慣れていなくとも、宇宙がゆらりと一回転したような独特の浮遊感を、読後、容易に味わえる、という意味である。

町田氏の著作に慣れた読者には、町田康の小説は最近作が常に最高作、といえば、それで届くだろう。

「週刊現代」二〇〇四年三月

アメリカの幸福

ティム・オブライエン『世界のすべての七月』

二〇〇〇年七月の蒸し暑い夜、一九六九年度の卒業生が同窓会場に集い、酔っぱらってダンスを踊っている。それぞれがこの三十一年間、シリアスな事情を抱えながら生きてきた。同窓会の進行につれ、それらの事情がひとつずつ、群像劇のかたちで語られていく。

たとえば、ヴェトナムの戦場で片足を失った元兵士と、除隊後の彼に嫁いだ同級生。亭主は夜ごと夢のなかでソン・チャ・キの川へ戻り、妻は彼が、自分たちの運命をすべて予見しているのではないかと怯えている。

兵役を逃れ、カナダに移り住んだ男は、彼を捨て幸福な家庭に走った元恋人を恨みつづけてきた。乳ガン手術で乳房を切除された、その元恋人（現在五十三歳）は、自分の暮らしから失われたのは乳房だけではないと感じている。

新婚旅行先の賭場で一夜にして二十数万ドルを儲けた五十二歳の新婦。ダイエットに成功し、美しい妻を手に入れたかわり、みずから罠におちこんでしまった肥満体の男。ふたりの夫と暮らす女。盗みで検挙され職を失った牧師。同窓会に来られなかったふたりの死者。

全編を包むやるせない気配、焦燥感のいっぽうで、ユーモアにあふれたエピソードも、そこかしこに顔をだす。短編として書かれた八編を、長編小説にまとめ直したものという。奇妙なかたちの野菜がごろごろ入ったスープのようだ。具材にはオブライエン流のだしがたっぷりと染みこんでいる。

脆弱な基盤の上で「アメリカの幸福」が揺らぎ、それが崩れ落ちていく様を、著者はこれまでの作品で描きつづけてきた。帯のことばにあるように、本作に登場するひとびとは、初老の年代を迎えながら、まだまだハッピーエンドを諦めずにいる。また、著者も彼ら彼女らが、同窓会の夜を境に、今後ささやかな幸福をつかむことを望んでいるようにみえる。

他の作品と同じく、本作の登場人物も深い内省をくりかえす。そしてふと、自分を囲む暗い壁のむこうに、見知らぬ誰かが立ち、ほくそ笑んでいるような気配を覚える。本作ではジョニー・エヴァー曹長、湖畔の警官、芝生に立つ隣人などの姿でそれは現れる。読者の玄関先へ、それらは今夜やってくるかもしれない。本書のすべての七月が、読者の過ごした、あらゆる七月とも交錯する。ティム・オブライエンの小説はいつもそういうリアリティをもっている。

林芙美子の庭

文学者の記念館ときいて、はじめ、コンクリートの壁や長々とつづく年譜、ガラスケース、蛍光灯のあかりなどを思い浮かべた。じっさいに足を運んでみると、林芙美子記念館は、あらゆる点で想像とちがっていた。それは「館」ですらなかった。文字どおり、林芙美子の「家」だった。

下落合の住宅街。なだらかな坂をのぼると孟宗竹《もうそうちく》の茂みが左手にみえてくる。石段の奥にひそむように、林家の門が立っている。風にそよぐ竹の葉先。サクラにクスノキ。足下の敷石は、芙美子と夫の緑《まさ》敏《はる》が、みずからの手で埋めたものだという。玄関へはいると、見あげるような靴箱が左手にある。上がり口の解説プレートにこうある。

「原稿の受け取りや執筆依頼、取材の客が毎日何人も訪れました。そのため、芙美子や家人は居留守を使うこともたびたびあったそうです」

客のきもちで、そろそろと靴を脱ぐ。取次の間《ま》を通り、客間をのぞいてみる。八畳間の中央に、大振りな卓。手前とあちら側に、火鉢がひとつずつ。開け放した障子の向こうにはささやかな庭がみえる。ここにもちょうどいい間隔をあけ、ヒスイ色の孟宗竹が幾本か植えられてある。

「記者たちは日当たりが悪く寒いこの部屋で芙美子の原稿を待ちました。しかし、芙美子お気に入りの記者や親しい客は茶の間へ通されたといいます」

茶の間は広々とした庭に面し、南からの陽光がふんだんに射しこむ。縁側にちゃぶ台をだし、食膳をはさんで、息子の泰と笑いあう芙美子の写真が残っている。

ゴヨウマツにカンツバキ。おびただしい草木と花。中庭のほうへ目をやると、芙美子がはじめに植え、もっとも愛したというザクロの幹が、ぐりぐりとねじれたかたちで立っている。

林芙美子がこの家に住んだのは、昭和十六年八月から没年の昭和二十六年六月まで。『放浪記』の作家が、みずから定めた終《つい》のすみかということになる。設計は、バウハウスで学んだ山口文象《やまぐちぶんぞう》に依頼した。自分でも建築関係の資料を読み漁り、建材や工事について学んだ。設計担当者と大工の棟梁を連れて、京都まで民家や茶室を見学にいったり、深川の木場へ材木をみにいったりもしている。

戦時中の住宅建築は、ひと棟あたり三〇・二五坪と床面積に制限がなされていた。芙美子は、自分と夫の名義で三〇坪の家屋をふた棟建て、それぞれ母屋、離れとした。

母屋には、玄関、客間に茶の間、母キクの使っていた小間、使用人部屋と風呂、台所がある。アトリエ棟には居間を兼ねた寝室、芙美子の書斎、緑敏のアトリエがある。

たがいの棟を土間と中庭がつなぐ。仕事の場所と生活の空間が、まっぷたつではなく、いつの間にかそうなっていた、という自然な塩梅で、ゆるやかに分かたれている。

私事だが、母の実家は尾道市の瀬戸内海をはさんだほぼ対岸、香川県の仁尾町にある。都会なら一町内をなすほど広い屋敷に、四人姉妹の三女として、昭和十二年に生まれた。幼いころから、吉屋信子などの少女小説を愛読していた。林芙美子の名は、もちろん知っていた。

「たいへんな暮らしを送ったひと」

というイメージがあったそうだ。

あるとき、厳格な大叔母が、母の読んでいた少女雑誌を手にとった。しばらく目を走らせたあと、母を膝前に座らせ、

「この『待合い』っていうのはな、駅の待合い室のことやからね」

母はぽかんとしながら、

「ふうん、そうなのか」

と思ったらしい。でも、どうしてわざわざそんなことをいうんだろう。読んでいて、意味のわからないことばは、他にもたくさんあった。母は「婦人公論」などを、押入のなかで読むようになった。

当時を思い返し、どんなものを読んでいたか、もうほとんどおぼえていない、と母はいう。ただし、義父と関係をもつとかや、不倫の子を宿しただとか、戦後の悲痛な暮らしを題材にとった林芙美子の作品は、当時の母には衝撃だったろう。おそらくおおぜいの「少女」たちが、押入のなかで息をつめ、一心にページをめくっていたにちがいない。

「庶民ていうより、最底辺のドロドロを書いているでしょう。読みながら、全部このひとが経験した

ものやわ、って思った。経験してないとこんな風には書けないと思った。新聞に載っていた『めし』はおもしろかったわ」

その『めし』も含め、戦後の作品は、落合のこの、風通しのいい家で書かれた。家族と庭木に囲まれ、母屋と離れを往来する、おだやかな時間のなかですべて書かれた。

台所に興味があった。芙美子にとって台所は、書斎と同じく、創作の場所である。「家をつくるにあたって」という小文でこのように述べている。

「客間には金をかけない事と、茶の間と風呂と厠《かわや》と台所には、十二分に金をかける事と云ふのが、私の考へであった」

丹精な研ぎ出しで作られた、人造石の流し台。高さはちょうどへその下くらい。床も石につながっているので、多少の水をこぼしても不都合がない。出窓をあけると、勝手口へやってくるひとの顔を眺められる。すべてにおいて、使い勝手のいい厨房である。

不似合いな、電気冷蔵庫が置いてある。きけば、当時国産第一号だった冷蔵庫が、この場所にはじっさいに置かれていたという。当時はたいへん珍しかった。芙美子が亡くなってすぐ、葬儀委員長を務めた川端康成が、「形見分け」といって、みずから持って帰ったそうだ。

使用人室には二段ベッド。狭い部屋だが、その狭さが不思議と心地よい。はしご段や引き出しなど、細かなところにまで細工が行き届いている。楽しみながら作ったことが、六十年を経て、いきいきと伝わってくる。

勝手口を出て離れへ向かう。芙美子は庭下駄をはいて、カラコロと中庭を行き来した。足音を忍ばせ書斎へ。もともと、納戸として作られたというが、まるで最初から、書斎となるのが決まっていたような部屋だ。小ぶりな仕事机の脇に火鉢。机に向かって座ると半障子を通し、庭の様子が眺められる。広々と見渡すのでなく、土間に立つ竹塀に、切り取られた景色をみることになる。障子、ふすまを開け放せば、南北の風が書斎を吹き抜ける。

「東西南北風の吹き抜ける家と云うのが私の家に対する最も重要な信念であった」

と芙美子は書いている。


庭に出てみる。名前を知っている草木、きいたことのない草木の間をのんびりと歩く。ふと足下をみると、古い道祖神が二体置かれてあった。学芸員の話によれば、見知らぬ商人がもってきたものを、芙美子が喜び買い求めたらしい。注意して見渡すと、道祖神は幾つも、庭じゅうに点在していた。

あらためて、家全体を眺めてみる。古い日本家屋という感じが、あまりしない。日本建築の好ましいところを、精選し、丹念に組み合わせた家屋、という印象。

東京の家だ、と思った。昭和初年の東京を理想化し、建物のかたちにしたもの。空襲は落合川近辺を焼け野原にした。疎開先から戻り、焼け跡のなかに、自分を待ちうけるように残っていたこの家をみたとき、芙美子はおそらく、奇跡がふりかかったように思ったのではないか。

家は今も大切に守られている。庭師が季節の花を手入れし、古びたところは大工が補修する。それでも、ひとの住んでいる家、という印象は消えない。生活そのものが、まだここで営まれている雰囲気がある。毎日、閉館時間になると、近くに住む芙美子の姪福江さんがやってくる。そして、みずからの手で戸口の鍵をしめる。

帰りがけの路上で、背筋のまっすぐに伸びた、温厚そうな男性と行きあった。着心地のよさそうなセーターを着ている。さきほど芙美子の庭で、鯉に餌を与えていた方だ。声をかけてみると、記念館の向かいに、戦前からずっとお住まいのOさんだった。Oさんのお宅は日本を代表する洋館である。芙美子は土地を、Oさんの親から買いうけたのだ。

「あそこは元テニスコートでね」

Oさんはいたずらっぽく笑いながら、

「ここの道路には、堆肥を積んだ荷車やトラックが走っていた。だから土地がうんと安かったんだよ」

空襲のとき、Oさんは中学生だった。疎開せず、洋館にひとりきり残ったという。Oさんは、燃える落合川を見た。窓ガラスがめらめらと溶けおちるのを見た。

Oさんは芙美子の姿を覚えている。「背の小さなおばさん」といって笑った。他にもいろいろ、Oさんは話してくれた。話をききながら、きっと幼いころ、芙美子の庭でいたずらをし、「おばさん」に叱られたり、しつらえのいい勝手口で、おやつをもらったりしたことがあるにちがいない、と胸のうちで

「文藝別冊　総特集　林芙美子」二〇〇四年三月

思った。

背中のなかの巨大な手

穂村弘『もうおうちへかえりましょう』

穂村弘氏は、腹話術の人形が、自身の口で語りだしたかのように、自らについて語っている。背中から突っこまれた巨大な手の感触に、少し顔をしかめながら、「私とつきあうと女の子はブスになる」「シャツの裾を出しても変、出さなくても変、どうすればいいんだ」「マグマになれない。私の心は冷えている」と、つぶやいている風に見える。後ろ向きのことをいいながら、けして陰気ではない。あるいは、陰気になれないのは、背中に突っこまれた手のせいかもしれない。穂村氏はむろん自覚している。背中の手に、無理にあらがうことはせず、自分に語ることのできる言葉、自分にしか語れない言葉を、ていねいに選び、訥々《とつとつ》と書き連ねていく。

曖昧な居心地の悪さを、穂村氏はきっと、幼いころから抱え続けている。それに形を与えたのが、学生時代に触れた、八〇年代文化への親和と苛立ちだったろう。「電通が、セゾングループが、マガジンハウスが、我々の周りを無数のイメージで取り囲み」「私たちは心や感動などというものを信じることができなくなっていた」(「八〇年代最大の衝撃」)。

穂村氏は、自らを通して出てくる言葉に、諦めと愛着の両方をもっている。目の前を流れていく世間の底に、黒々とした違和感の、太い根を感じながら。その感じはいつもついてまわる。コーヒーを注文するときも、ボウリングレーンに立っているときも。自分の口が何気なくつぶやいたひと言にさえ、ふと立ち止まり、違和感の淵を覗きこむ。底から反射する光が、穂村氏の詩句や散文を、ほのかに包んでいる。「曇天の午後四時が怖ろしい。このどんよりして眠いような、中途半端な悲しい時間を、みんなは一体どうやって過ごしているのだろう」(「曇天の午後四時からの脱出」)

その時間に、穂村氏の背中のなかの巨大な手は、おそらくごそごそと身じろぎをしている。

共同通信　二〇〇四年六月

問いかける言葉

片岡義男『自分と自分以外』

片岡義男氏の著作に、のめり込むとか、耽溺する、といういいかたは、あまり当てはまらない気がする。ページをめくりつつ、ふと我にかえる。「自分はどうだろうか」と、ページを開いたまま、しばらくの間考えている。言葉をたどりながら、ときどき立ち止まってみずにいられなくなる。

十代の頃、鮮やかな背表紙の文庫版を、ほぼ全冊揃えていた。オートバイや文房具。アメリカの食卓、波の音。洒落たテーマのむこうに、それらを離れた場所で眺めている、著者の冷静な視線を感じた。片岡氏は、みずからの言葉を、言葉以上のものとして扱わない。言葉は読者と筆者の間に、絶妙な距離でぶらさげられる。透明な窓ガラスが張られるようなものだ。ガラスのむこうに、書き手の影がのぞくいっぽう、読んでいる自分の姿も、ちらちらと反射してみえる。「自分はどうだろう」と立ち止まる瞬間である。

本書は、五歳の著者が岩国市で、原爆投下に立ち会った瞬間の記述から幕をあける。「僕はひとりで外を歩いていた。本来の自宅ではないところに泊まり、朝食のために自宅へ帰ろうとしていた。あと数歩で自宅という地点で、歩いていく僕の背後から前方に向けて、たいへんに明るい光が一度だけ、空間ぜんたいに広がって一瞬のうちに走り抜けて消えた」(「その光を僕も見た」)。この閃光を見た瞬間から、自らの記憶は始まっていると片岡氏は書く。「意味のおすそ分けを謀るでもなく」その瞬間から始まったのだと。自分とは記憶の総体である、とも氏は書いている。読者自身はどうか。なにかをこのような目で見、自らを意識しはじめたのはいつか。そもそも自分と自分をとりまく世界について、「おすそ分け」や上げ底抜きで、考えてみるという経験があったか。

戦後復興、高度成長、バブル崩壊とその後の惨状について語りながら、氏が一見きわめて客観的にみえるのは、言葉を言葉としてのみ扱う、その態度による。例えば戦争や不況、さらに、庶民を自称するひとびとについて語るとき(彼らは「なにも知らない」し「考えることもな」く「開き直っている」)、著者は自分のなかに収めた記憶と、書き記す言葉のすべてに、責任をもち語っている。片岡氏の著述を客観的というのは、実はあたっていない。言葉のむこう側に、強靱な主体があり、ページを繰る読者それぞれに、そちらはどうかと問いかけてくる。

産経新聞　二〇〇四年一〇月

ケストナーさんへ

「先生」って感じがしないので、ケストナーさんと書くのを、どうぞおゆるしください。はじめまして、ケストナーさん。ぼくは日本の大阪でうまれ、いまは松本という町にすむ、あなたの本の「いちあいどくしゃ」です。

ケストナーさんの本は、『エーミールと探偵たち』と『点子ちゃんとアントン』を読んで、大好きになりました。おにいちゃんは、おまえ、ふたつしか読んでいないのに「あいどくしゃ」なんて、ちゃんちゃらおかしいねえ、といっていましたが、ぜんぶの本を読まなくたって、その人のことはだいたいわかります。おばあちゃんがいうように、「おみそ汁のできふできは、ひと口すすりゃよくわかる」のです。ぼくは、ひと口どころか、何度も何度も読みました。そして、ケストナーさんの本には、でたらめや嘘は、ひとつも書かれてないことがよくわかりました。

おもしろい小説や童話は、読む人のきぶんをよくするために、じょうずにつく嘘だ、っていう人もいますが(図書館のユミねえとか。いつも変なにおいの紅茶をのんでる)、ぼくは、ぜんぜんそうは思いません。嘘をついてるな、ってわかると、途中で「あれあれ」ときぶんがひえちゃう。手品の種が、ポロポロと舞台におちてく感じがします。りっぱな家や、船や着物は、人の作ったものだけど、ほんものです。住吉大社や、松本のお城は、もし建てたひとが嘘つきだったなら、いまごろ、あとかたもなにもないでしょう。

ケストナーさんのつくったお話は、お城というより、すべすべの木でできたたんすって感じがします。ひきだしを、そっとあけると、なかにきれいなガラス玉や、なんに使うかわからない黒い棒や、指人形や、電車の切符や、草花の種がはいっている。みているうち、笑っちゃったり、こわかったり、その日の晩ごはんが楽しみになったり、自分が少し、はずかしくなったりします。別の日にあけると、またちがうものがみつかります。まるでたんすが、生きてるみたいなんだ。

エーミールからぬすんだグルントアイス氏や、点子ちゃんちのポッゲ夫人に、ぼくは読みながら、ほんとうに腹をたてていました。ケストナーさんもほんとうに、怒って書いてたことがわかります。でも、こういう人が、世の中にいることもほんとうで、そういうやからは、多くなったよ、とおばあちゃんはいってます。いやなごじせいだよ、ピーフケだんな、と点子ちゃんならいうでしょう。ぼくは、自分のできることだけは、嘘や手ぬきなしで、ていねいにやろうと思います。それは、ケストナーさんの本の「きょうくん」じゃなく、ぼくのこころにあった、ほんとうのきもちです。ケストナーさんの本を読むと、いつも自分のほんとうが、しぜんにでてくる感じがします。それで本気で、自分をはずかしく思ったり、よろこんだりするんです。ケストナーさんが、何十年も前につくったたんすのなかに、ほんとうのぼくもはいっているのです。

「飛ぶ教室」　二〇〇五年二月

軽々と歩くひと

角田光代『恋するように旅をして』

角田光代さんは、散歩をしに外国へいっている。道ばたで会ったひとと夕餉《ゆうげ》の卓をかこみ、波間にひとりふわふわと浮かび、雨に降られ、無数の虫に襲われ、笑ったり辟易《へきえき》したりしつつ、とにかく絶えず、歩きまわることをやめない。たとえ一つところに座っていたとしても、その少し離れた場所を、うっすらと熱を帯びた目に見えない分身が、若い犬のようにうろうろと周回し、通り過ぎるひとびとの気配、路上のごみ、屋台からたちのぼる煙などに注意をはらっている。なにか見つければ分身は即座に声をあげ、それを感じた角田さんはやおらに立ちあがり、きこえない声の響いたほうへ、喧噪《けんそう》を割ってすたすたと本物の足で歩みだす。

ただし、外国にいったひとがしていることといえば、ほとんどの場合散歩なのだ。世界遺産を見に大陸へ。ぶどうの収穫期に地中海の果樹園へ。でかけていった先で旅行者のすることは、街歩き、あてどのない散策、要するになじみのない場所での、おっかなびっくりの散歩である。地図を広げ、なんと発音するかわからない地名を捜す。道をたずね、早口でまくし立てる相手に、わかりもしないのにわかったような顔でうなずいている。ホテルを出て、ホテルへまたたどり着くまでの半日の冒険。

けれども一般的に、「何日かのあいだ、ぜんぜん知らない場所を歩いてきます」では、あまり格好がつかないので、「遺跡を見てくる」「スキーへ」「いまオーロラの季節だから」などと、どこか大仰な題目をつけ、ひとは外国へ旅行にでかけ、そしてしこたま散歩をする。日本にいる他人と、帰ってからの自分を納得させるために、写真を撮り、土産物を買う。

角田さんの旅には、そういった大仰な題目がまったく見られない。計画や目的や方向性のない、純粋な散歩者として、角田さんはなにもない島や街路を、ただひとり歩いていく。道に迷うことも散歩の一部とこころえ、しばしば堂々と道に迷う。

角田さんの旅は散歩だから、ほとんど例外なしにひとり旅である。往々にして道連れがあると、旅の意味はかわってくる。ともに歩くことが目的になる、たとえば知り合って間もない恋人や、古い友人同士との旅は、人間関係の伸び縮みをはかる実験を、旅先でおこなっているようなおもむきがある。そうしたふたり、三人旅で、余計な、予想外の出来事があってはならない。遭難の予感や、羽虫の急襲や、耳の破れそうな奇声をあげる不審者の出現などは、人間関係の実験には、不要な余計ものと考えられている（こうしたときにこそ関係が露わになりもするが）。


「足もとではねずみが走り、前回の窓からいろんなサイズ、種類、形態の虫が飛びこんできて、私は徐々に、これはひょっとしたら、非常にやばいかもしれない、と思いはじめていた」

「飛行機のエンジン音は尻に内臓に響き、それに比例しておやじは声をはりあげ奇妙な動きも激しさを増し、私は全身から血の気が引いていくのを感じて座席にぐったりと座りこんでいた」

「増水している上に、波があらく、私たちの小船は、波におどらされ、四十五度から八十度ほどの角度で舳先《へさき》からまっすぐ持ち上げられてははたき落とされる、ということをくりかえしながら進むしかな

いのだった」(「Where are we going ?」より)

虫とおやじの声と塩水にまみれ、角田さんは戸惑い、あきらめている。まさしくこうしたことを、「くりかえしながら進むしかない」のである。「行動数値の定量」のなかで友達にいわれたような、「行動力がある」「勇敢である」といった問題でなく、さまよいこんだ旅のなかの、あらゆる悲惨、不快な出来事を、それも旅の大きな芯として受け入れていく。旅を彩るエピソードなどでなく、それこそが旅なのだ。散歩の途中、靴で踏み抜いた五寸釘。通りすがりの自転車の衝突。いつのまにかシャツにへばりついていたチューインガムのかす。

無防備、不用心とはちがう。真剣に散歩をする、その結果なのである。地図やガイドブックの記述をたどるのでなく、遺跡やオーロラに関心を委ねるのでもなく、ただひとり、知っている世界のさらに外側へ、あらゆる突発事を受け入れる覚悟をもって。そして、この真摯《しんし》な散歩者へ、旅はときどき、贈り物を返してよこす。マンダレーの、ツーリスト・インフォメーションの部屋で。スリランカの埃《ほこり》だらけのバスターミナルで。その瞬間、その場にいた散歩者にだけ、世界はわずかな切れ目をつくり、それまで隠していた美しい姿をふいにのぞかせる。

けれども、角田さんは、その瞬間に出会うため、世界の美しさに触れるためだけに、旅をつづけているのではない。やがてくる僥倖《ぎょうこう》のかわりに、ぎりぎりと歯がみし辛酸に耐えているわけではなく、美しさも不快さも、すべてをひっくるめて、旅を、散歩を、たったひとりで受け入れている。「恋するように旅をして」という題には、おそらくそういう意味も含まれているのだろう。

こうした態度で旅をつづけながら、角田さんが旅にのめりこみ、熱情のあまり、みずからを失う、ということはない。本書のどこにも、ただのナイーブな、旅行者の心情告白といった記述は、一文として見られない。角田さんにとって、散文をつらねていくことも、まちがいなく散歩の、旅の一種にちがいないからだ。文章を追っていくと角田さんの歩きかた、立ち止まったときの格好が、まるで眼前に浮かぶような箇所が頻繁にある。

「ああ！　フナ広場か！　二人はようやく理解して店の外へ私を連れ出し、最初の角まで私とともに歩き、この先をまっすぐいけ、と身振りで示す。礼を言って進み、しばらくしてふりむくと二人は角に立ってこちらを見ている。ありがとうと手をふり、さらに歩いてふりかえるとまだそこにいる。ありがとうとつぶやいて頭を下げると、彼らもなぜか、私と同じように頭を下げて、小さく手をふる。並んで手をふる彼らの周囲に、細い光が直線を描いて地面に落ちている」（「空という巨大な目玉　モロッコにて」より）

このような記述を読むとき、また、わけのわからない怒声を狭い飛行機のなかであげるおやじについての描写を読むとき、読者は角田さんの描きだす散文のなかに、まるで旅先にいるような真新しい緊張感をもって、いつのまにか全身ではいりこむことができている。そこには、書き手と旅と読者との、三角関係が生まれているのだ。旅と文章と角田さんの、三角関係といってもよい。ただの紀行文を読んだ感じではない。こちらの体温がわずかにあがるような、恋文を共有したような読後感が、しばらくのあいだ残る。できるだけ丁寧に、歩くような速度で読みすすめたほうがいい。はじめて外国の土地を踏んだときの、初恋に似た記憶が、からだの奥で、ざわざわとよみがえるのが感じとれるはずだ。

記憶といえば、角田さんに会ったことが一度だけある。東京の昼間の繁華街。薄暗い小部屋で、旅や小説の話をうかがったあと、編集者と三人で料理屋へはいった。たしか韓国料理の店だったと思う。角田さんはグラスでビールを飲んだ。そして、これから友達に会いに行きます、といって、ゆったりとした歩調で出口にむかった。ガラスの自動ドアがひらき、夕方のアスファルトのほうへ、角田さんはひょいと片足を踏みだした。季節がいつか、そこがどんな店だったか、まったく記憶にないというのに、その瞬間、前に出された足のかたちだけは、今もはっきりとおぼえている。こんなに軽々と歩くひとは見たことがない、と思った。まるで両足が宙に浮き、自動ドアに敷かれたマットの上を、角田さんの小柄なからだが、ふわりと飛んでいくように見えたのである。

文庫解説　二〇〇五年三月

サイン本の絵柄

サイン本には一冊ずつ異なった絵をいれるようにしている。一見して、だいたいそれとわかるため、動物や日用雑貨品の図柄が多い。相手に希望があれば、できる限り応えるよう心がけているが、似顔絵の注文だけは「まったく似ないので、やめておいたほうがいいですよ」とお断りする。「フラメンコを踊る老婆」「ハイエナ」「お好み焼きを描いてください」。この世には様々なひとの様々な好みがある。無言でペンを動かしているうち、お好み焼きはだんだん、なんだかよくわからない真っ黒い影に姿を変えていく。相手の無念そうな顔。お獅子やら、弁天様をリアルに描いたつもりが、「これ、なんですか」と怪訝《けげん》そうにいわれたこともある。それでも最初の本が出てから十一年つづけている。

　絵描きでもないくせに、こんな真似をはじめたのは、思い返せば理由がふたつある。まず、自分の筆名。いくら気取って署名をしたところで、ただ順々に、か細い棒が並ぶばかりなので、情けないことこのうえない（外国人に「ペルシア文字ですか」とたずねられたことがある）。

　また、自分の本が出たのが無性に嬉しく、また不安だったので、頼まれもしないのに過剰なサービス精神をふるっていた、ということもあるだろう。一冊一冊ちがっていたほうが、もっているほうも得な気がするのではないか、と考えた。むろん自意識の押しつけにすぎず、内容がつまらなければ、ただの落書き、得でもなんでもないのだと、今では自覚している。それでもやめないのは、「ハイエナ」「フラメンコ」などと画題をいわれ、即興で図柄を考えるのが、大道芸のようで好きだからである。

　自分ではどんなサイン本をもっているか、書棚の様を思い浮かべてみる。西脇順三郎『禮記』『人類』、吉岡実『夏の宴』、『町田康全歌詩集』、谷川俊太郎『クレーの絵本』等々。『カフカ小説全集』にはカフカのサインではなく、翻訳をされた池内紀氏の署名がはいっている。行列が苦手なので、サイン会で買ったものは一冊もなく、たまたま平台に置かれてあったか、古書店で買い求めたものばかりである。署名のないのとあるのとでは、おおむねはいっているほうを買っている。ほとんどが詩集であるのは、小説にくらべ詩のほうが、よりパーソナルな感じがして、手書き文字の記されていることを、ごく自然に受け入れられるからかもしれない。

小学生の時分、近所の市場で仮面ライダーのショーがあった。私はもう興味を失っていたが、弟たちは毎週「仮面ライダー・ストロンガー」を見ていた。ショーから戻ってきた弟のひとりが、サインもらった、ライダーがサインしてくれた、と安物の色紙を振り回し、赤い顔ではしゃいだ。色紙は八畳間の鴨居に、いったんは飾られた。仮面ライダーは字が滅法へたなうえ、よくよく見ると、色紙にはマジックインキで「仮面ストロンガー」としか書かれていなかった。ライダー抜きとは、ヒーローとしての自覚にあまりに欠けていはしないか。私はあえて黙っていたが、弟もそのうち気づいたらしく、色紙は鴨居からいつの間にか、ひっそり外されていた。

信じられないことに、私も自分の名を間違えて書いたことがある。それも二度。一度はへび、もう一度は木目模様にしてごまかした。絵柄を入れておくとこういう際にも便利である。

「週刊朝日」二〇〇五年三月

旧制高校の必読書

十代のころから、その気になりやすい性格だった。ハードボイルド小説を読めば父のコートを肩で羽織り、古典を読んだ直後はノートの言葉は珍妙な文語調になった。

誰の随筆だったかはおぼえていない。昔の旧制高校には三大必読書があったと知り、いつか大学にはいったら、きっとそれらを読み通そう、そして、学帽をかぶったバンカラな級友と酒を酌み交わしながら、その本について、熱く議論を戦わせようとおもった。

運よく大学にはいれたので、早速古書店をめぐり、三冊の必読書を買ってきた。文庫版で読むなど、邪道に思えた。かびくさい黄ばんだページに、旧仮名遣いの文字が並んでいるのでなければ、旧制高校の感じはでない。

下宿であぐらをかき、いそいそと読みはじめる。春の夜は、風呂の湯がぬるむようにだんだんと更けていく。

ところで、旧制高校の三大必読書とは、次の三冊とされている。

『三太郎の日記』　阿部次郎
『愛と認識との出発』（『出家とその弟子』の場合もあり）　倉田百三
『善の研究』　西田幾太郎

はじめに手にしたのは『愛と』だった。まだティーンエイジャーだったし、どことなく色っぽい書名に惹かれたのかもしれない五ページ、十ページと読みすすむうち、だんだん困ってきた。何が書いてあるのか、さっぱりわからない。途中で『善』をのぞいてみれば、鉄兜をかぶった坊主に説教されているようで、こちらもまるで理解不能である。頼みの綱、と開いた『三太郎』は、その楽しげな書名に反し（少年時愛読していた漫画『ドカベン』に微笑三太郎という名の選手がでてくる）、漢和辞典を逆さにもたされているような、重苦しいめまいと、強烈な倦怠感をひきおこした。正直、これはたいへんなことに巻き込まれてしまった、と息をのんだ。

翌晩、また翌晩と、ひたすらページをめくりつづけたのは、新入生にはけして少なくなかった出費額のせいと、することがほかになかったためである。手を右に左にと動かしながら、半ば以上放心していたから、鈴を振る猿の芸と、およそ同じようなものだった。十日後、三冊分のページをめくり終えたとき、こんなものについて、徹夜で議論をつづけた旧制高校のひとたちは、ほとほとすごいと思った。議論をふっかけられたら恐ろしいな、とも思った。むろんそれは杞憂《きゆう》に過ぎず、ひげ面のバンカラなど、学内にはひとりもいなかった。テニスラケットを提げてにこにこと闊歩《かっぽ》する、男女のかたまりばかりが幅をきかせていた。

「必読書」と称して本に権威をつけ、それを手に取らないものは学生に値しない、などとうそぶくのは、もちろんナンセンスである。とはいえ、なにが書いてあるかさっぱりわからない本と何日も向き合い、それで「ほほ、お勉強ですな」などと誉められるのも、学生の特権にちがいないと思う（そんな風に誉められたことはなかったが）。大学でぼくは、自分に理解できない本が、いかにこの世にあふれているか知った。内容が理解できないのは、本の書き方が悪いのではなく、自分の頭が足りない、あるいは、出会ったときの相性が悪いのである。長く本とつきあううち、徐々にわかってくる箇所もあるし、わからないところも相変わらず残る。それどころか、簡単と思っていたところが、突然こんがらがってきたりする。それでも手放さず、なにかの折りに、ふと開いてみる。そんなつきあいかたのできる本が、自分にとってだけの絶えざる必読書、つまり、愛読書と呼ばれるのではないか。

詩人の田村隆一氏が、なにかのエッセイで「長いけど、若いうちに読まなくちゃだめだよ」と語りかけていた、トーマス・マンの『魔の山』。

美術家ジャコメッティに関する、矢内原伊作氏の随想。シャガールの自伝。

ミラン・クンデラの『冗談』。西脇順三郎の『旅人かへらず』。

これらは大学時代に出会い、その後、引越しのたび転居先まで運ばれてきた、そしていまなお、さっぱりわからないところの残る、愛読書の一部である。旧制高校のひとびとが「必読書」とした三冊は、無念なことにはいっていない。またこれらの影には、一ページさえ理解しえなかったおびただしい数の書物が、台風か洪水のあとのように、累々《るいるい》と積み上がっている。放心したまま、淡々とページをめくる動作を、はたして何万回繰り返しただろう。

ふりかえってみると、ぼくが四年間していたことといえば、鈴振り猿の、絶え間ない繰り返しにほかならない。ラケットを振りまわすほうへ転向していれば、もう少し朗らかな性格と、甘いアバンチュールを得られたかもしれないが、あとの祭である。

「読書のいずみ」二〇〇五年四月

詩の起源

ユベール・マンガレリ『おわりの雪』

雌犬であること。

詩のような文章。と思っていたら、言葉になる前の全体が詩なのだ。日本語でも、フランス語で描かれる世界も、まるで雪のように読者の中に降り重なって、おぼろげかつ、具体的なかたちを取り始める。そのかたちはなにかに「似ている」。広がる雪の原へ点々とつけられていく著者マンガレリの足跡。春がくれば溶ける雪。しかし記憶のなかの最後の雪はけして溶けることなく暗く広い場所を覆っている。この作品が、詩に似ているのでなく、すべての詩の起源は、雪の上についた足跡なのではないかとさえ思えてくる。

ひらがな
雪の結晶がきらきらとかがやき
詩的イメージ
犬の遠吠えをぶったぎったら

似ていたの多用

トビだけが他の何にも似ていない。トビは比喩でも象徴でもなく、たしかにトビそのものとしてマンガレリの世界に存在する。

おぼえ書き　二〇〇五年五月

舞い降りる物語の断片

五回は読み返したと思うが、すべてを読み終えた、と思ったことが一度もない。訥々とかたられる、言葉と言葉とのあいだ、あるいはそのむこうに、茫漠とした白い闇が、広がっているようにいつも感じる。

長く読み継がれている小説の多くがそうであるように、『おわりの雪』もまた、ページに書かれている言葉だけの小説ではない。ここでの言葉は、たとえていうなら、著者によって正確に距離をあけて作られた窓で、読者はガラス越しに、言葉の向こう側に広がった、手でさわれない世界を、息をひそめ見守っている。

それは、なにかを思い出すことに似ている。記憶のありかたを、物語のかたちにあらわしたもの、といえるかもしれない。過去に戻れないのと同じように、私たちは、記憶をすべて語りつくすことはできない。

揺れ動く心象。忘却のかなしみ。

淡く、甘やかな絶望感。

ユベール・マンガレリという作者について、『おわりの雪』を読むまで、正直なにも、知っていることはなかった。プロフィールに目を通した後も、彼に関する知識がそれほど増えたわけではない。生年と出生地。あいまいな職歴といくつかの著作名。

いっぽう、『おわりの雪』の語り手である「ぼく」はといえば、まるで遠い日の知人のように、私の記憶のなかに、ひっそりと、たしかに存在している。まるでマンガレリの紹介で、出会ったような感じなのだ。あるいは、マンガレリの心象が自分のなかに、しみこんで定着した、とでもいうべきか。『おわりの雪』を読むことを、特別な体験だった、と感じる読者は、たぶん少なくないだろうが、そのいっぽう、著者マンガレリにとっても、この小説を書くことは、おそらく通常の創作を越えた、特別な経験ではなかったかと思う。

養老院の中庭。

アジアゴ通りの噴水。

水の中の子猫。

ディ・ガッソの店先。

複数の心象が明滅し、揺れている。それらは互いに、ちょうどいい距離、絶妙な無関係をたもっている。なにかがなにかの原因となり、なにかの安易な象徴として提示される、ということが一切ない。一定の厳しさをもって、それらは閉じられている。

マンガレリは、物語の断片を、それぞれがひとつの完結した世界のように、雪の結晶のように、白く広がる闇の上へ降りまいていく。読者はただじっと、見守るほかない。離れあった心象のあいだに、無理に意味の橋を架け、含意を読みとこうという気にはけしてなれない。書かれた言葉を曇らせないように、ページを繰りながら、つい息を詰めてしまうほどだ。

枕元のランプ。

雪まみれの犬。

影の映る天井。

肉をついばむ鳥。

その瞬間は、読者のなかに、ふいに訪れる。訪れたことに、最初は気づかないかもしれないし、それを感じるのは、読了してから、しばらく経ったあとかもしれない。

離れあった心象、物語の欠片が、自分のなかのある一点で、たしかに交差しあい、また遠ざかっていったような、ふしぎな感覚にとらわれている。

どのページの、どの部分がという、目に見えるかたちではない。その交差は（作中の雪原とまさしく同じように）、読者のなかの、遠く目の届かないところで、いつのまにか生じている。ささやかではあるが、奇跡的な出来事が、たしかに、自分のなかで起きたという実感が、胸の内に広がっていく。たとえば、この世からもはやいなくなった、親しい誰かとの触れあい。遠い夏の朝の、まぶしい木漏れ日。飼っていた動物の声。冷えた寝床の手触り。はじめて見た雪景色。人の世の寂しさ、そして美しさを、私たちの記憶のなかで、『おわりの雪』は、しずかに蘇らせてくれる。

「ふらんす　特集ユベール・マンガレリ」二〇〇五年五月

「わからないもの」のかたち　栗田有起『ハミザベス』

栗田有起さんは正確に書く。小説の言葉に、煙のような情感や、あいまいなニュアンスをいっさい含ませず、ふだん誰もが共有している意味だけをもたせ、ピンセットで文字をつまみ、ページの上に並べるように文章を書いていく。

といって、神経質な印象はみじんもない。この正確さは、狙って得られるものでなく、安易に真似ようものなら、おそらくスカスカの、書き割りのような文章になるか、語の隙間から自意識の臭いがたちのぼり、読み手を辟易させるだけだろう。栗田さんの小説を読んでいるあいだ、読者は、過剰ないいまわしに興ざめしたり、改行や句点にこめられた美意識に咳き込んだり、ということがない。ぽんと投げ出されたような一文や、えんえんとつづく会話部分に時折目をみはりながら、順々にページをめくるうち、やがてごく自然に、最終行へとたどりつく。

そこで、おや、と思う。たったいま、自分の読み終えたこの小説は、いったい、なにをいっていたのだろう。ストーリーをたぐっても、なにかがスルスルと逃げていく。読後感を定着させようにも、的確な言葉が見つからない。どうしてだろう。たしかに読みやすい小説だった。意味のわからない文章など、一行さえなかったはずなのに。

栗田さんは、わからないものを、わかったように書かない。わからないものは、わからないまま小説の内奥に安置し、その表面にピンセットの手つきで、誰にでもわかる言葉を精緻に貼りこんでいく。読む側に、それぞれの語の意味は容易に伝わるいっぽう、言葉に覆われた表面のむこう、「わからないもの」のかたちや意味は、読者の奥にも「わからないもの」として、ていねいに残される。栗田有紀さんの正確さとはつまり、このような態度を指していっている。

表面の精緻さのひとつに「ネーミング」があげられる。表題作を読む前、私は「ハミザベスとは、何だろう」と思った。たぶん誰もがそう思うだろう。読み進むうち、ハムスターの名と知らされ、実際のところ驚いた。意外さからではなく、この小説に登場するハムスターの名として、これ以上のものはないと、得心するあまりに驚いた。

栗田さんのネーミングの見事さは、この作品に限らない。近作『オテル・モル』における「オテル・ド・モル・ドルモン・ビアン」、『お縫い子テルミー』の主人公テルミー、女装の歌い手シナイちゃんなど、登場すると同時に、古典作品の人物名のように、ぴたりと読者の目になじんでしまう。加えて『ハミザベス』においては、名づける手順の描き方が絶妙である。

ハムスターをもらった主人公まちるが、母と暮らす家から、亡父の遺言で譲られた、高層マンションに引っ越す。荷造りの途中、情緒不安定になった母から、「出ていけ！」と怒鳴られる。翌日、ハムスターの箱を抱えて電車に乗り、夕景を見つめながら、まちるは前夜の出来事を思い返す。

「前の晩、あれから、テレビで映画を観た」

読んでいただくとわかるが、この一行の唐突さは、恐るべきものである。その後、しばらく文字を追ううち、幸福な家族を描いた映画の筋が出てきて、まちるの心情が腑に落ちるのだが、彼女の内省はまたもや唐突な（むろん丹念に準備された）「駅に着いた」という一行で、あっさりと終わる。

唐突な二行ではさまれるだけ。栗田さんはまちるの心情に、それ以上、なんの言葉もつけくわえない。

マンションに着き、名無しのハムスターのケースを置く。前の飼い主から渡された、飼育メモを壁に貼っている最中、まちるは、

「ふいに、ハムスターの名前はハミザベスにしよう、と思いつく」

その由来は前夜みた映画にある。ページを越えて、物語の表面で、言葉と言葉が呼応しあう。著者はしかし、ここで安易な情感には流れない。

「ハムスターがオスかメスかはわからなかったが、わからないから仕方ない」

「呼んでみたが、無反応。ハミザベスは一心不乱に、というようにケースのなかを走りまわっている。やはり、このちいさな脳みそでは名前を覚えるのはむりかもしれない」

ここでハムスターは、ただの茶色い生き物であり、まちるの仲間でも、家族でも、当然なにかの象徴

でもない。名づけ行為はあくまでも、この小さな動物の、存在の表面にしか関わらない。名付けとは本来、そういうものである。ケース内で飼われているとはいえ、言葉を解さない動物もやはり、名づけられた名前のむこう側にいる、「わからないもの」のひとつなのだ。

ひとの行いや、内省の独白を、言葉で書き記すことはできる。しかし、そのむこう側には常に、日常の言葉では言い表せない、「わからないもの」の領域が横たわっている。詩人は隠喩や、ぶつかり合う語の響きで、それを探ろうとするし、舞踏家は直接の身振りでそのなかへ忍び込もうとする。

小説家栗田有起は安易に探らないし、わけしり顔ではいってもいかない。「わからないもの」の表面に、ひたすら丹念に、言葉を貼りつめる。その言葉の連なりは、天才の針子が縫ったドレスのように、「わからないもの」の輪郭を、この上なく忠実になぞっていく。読者は、精緻に選ばれた小説の言葉を、息をつめてたどりながら、同時に、言葉のむこう側に潜む「わからないもの」の輪郭を、意識せず、視線で追いかけることになる。

しばしば、途方もない「笑い」を起こさせることも、栗田作品の大きな特徴である。当て込まれたギャグや、陳腐なほほえましさでなく、より原始的な、内臓の奥をかきまわされるような、荒々しい笑いだ。といって、書きようはあくまで荒っぽくはなく、かきたてられるというより、話の表面に、波のように起こり、えんえん広がっていくといった方が近いかもしれない。

『ハミザベス』においては、一瞬「ビ」と鳴き、やがて動かなくなり、まちるの手に飛びかかってくるハムスターの動き。まちるの母がだんだん無気力になっていく様子。さらには、母によって明かされる、亡父の秘密。この部分を読んだとき、私は、歴史上はじめて笑い声をあげた猿のような勢いで、からだを折りたたんでヒクヒクと笑った。こうした笑いは、「わからないもの」の表面の激しい起伏を、栗田さんの言葉がとらえた瞬間、読者の意識の底から、巻き起こるのではないかという気がする。

表面といえば、『豆姉妹』は、姉妹の容貌に関わる話である。豆のように似通っていたふたりの内側に、知らず知らず生じていた変化。それを栗田さんは、あくまで表層にかかわる言葉で語ろうとする。その態度はやはり正確で、妥協がなく、だからこそ、いっそう激しい笑いを生みだす。主人公末美は、真剣である。真剣に自分の境遇を考え、姉や義弟の心配をする。卒業後の未来や、他人の胸のうちなど、言葉で理解できるわけがない。末美はもがく。ぎごちなく、全身全霊で真面目に。そこで、髪型を変えるのだが、それ以降のページを、笑わずに読みすすめるのは、ほとんど不可能である。肉体の表層に拘泥《こんでい》し、そのいっぽう「わからないもの」に全身で反応する、高校生という存在を描いて、これほど真摯で、だからこそ笑いに満ちあふれた小説を、久しく読んだことがなかった。

栗田有起さんは「わからないもの」に対し、敬虔《けいけん》ともいえる態度で臨んでいる。友情やら家族愛やら、わかった気にさせる安易な表現が巷を埋めるなかで、栗田さんの作品は、爽快なほど「わからない」。言葉のむこうの闇と、意識の内側の闇が、豊かに共鳴しあう感じがある。それで笑ったり、こわくなったりする。小説を読む楽しみを、深いところで呼びさまされる。

たとえていうなら、栗田さんの小説を読むのは、メビウスの輪の表面を歩いていくのに似ている。てくてくと歩をすすめ、やがて、もとの場所に戻ったとき、風景は同じはずなのに、どこかしら、たしかにちがって見えている。ぼんやりと、道程《みちのり》を思い起こしてみる。日常と接する異世界。あるいは、自分の裏側を通ってきたような感触。軽いめまいをおぼえながら、胸のうちは、普段になく晴れ晴れとしている。なにが起きたかわからないけれど、なんだかおもしろかったので、もう一周してみよう、という気になる。

文庫解説　二〇〇五年六月

主人公の気持ち

この半年で三回ほど、自分の書いた小説の一節が、国語の試験問題にとりあげられる、ということがあった。中学生むけの模擬試験から、私立大学の入試まで、対象年齢はさまざまである。事後に確認のため、作成者から問題用紙が送られてくる。一日の仕事を終え、夕食のあと戯れに解いてみると、ほとんどの解答をまちがえてしまった。

たとえば、「この場面で主人公の感じていることを選びなさい」という問題で、複数の選択肢から答えを選ぶ、といった場合、箇条書きされている答えのどれもが、あてはまるようにみえてくる。正解欄を覗くと、ああ、なるほど、そうだったかもしれない、と曖昧にうなずいている。家人は横で、「これ、あなたが書いたのでしょう?」と呆れた面もちだが、自分は主人公ではないので、その心中がほんとうにわからないし、よしんば本人だったにせよ、自分の感じていることを客観的に把握するのはかなり難しいと思う。だいたいいつも、あとから状況を振り返って、「あのとき、怒っているつもりで、実は照れていたんだな」と思い当たったりするが、程度の差こそあれ、こういうことは、誰の身にもおぼえがあるのではないか。

小説の書き手が、自分の書いた小説のすべてを理解しているか、と問われれば、他の人はさておき、私の場合、滅相もない、と答えるしかない。すべてどころか、書きあげた当初はわからないことだらけである。出版後、書評やインタビューで「ああ、そうだったのか」と気づかされることがやたら多い。テーマといった大きな枠から、個々の人物の心境まで、私は、頭で考えたことを書く、という態度で創作をしない。では、どうやって書いているかというと、これを言葉にするのがまた難しく、不定型で巨大なかたまりが自分のなかにあらかじめあって、そのうちのごく狭い表面部分だけを意識の上に浮かべ、かたまりの流れに従い言葉を貼りつけていく、と、こういった晦渋《かいじゅう》な説明にとどまってしまう。

寝起きにみた浅い夢を、他人に懸命に説明しているうち、そのふしぎさ、おもしろさからどんどん遠のいていってしまう、そんな経験は誰の身にもあると思う。私にとって小説とはこのような夢のかたまりに他ならず、だからこそ言葉を先回りさせず、テーマを設定もせずに、読者の意識に同じ夢を浮かび上がらせるよう、少しずつ少しずつ、焦らずに言葉を探っていく。一編の小説にだいたい一年ほどかかり、近作にはまる二年かかったが、そのうち初めの七ヶ月は一行も書かず、ただぼんやりと机の前にすわっていた。

言葉を建材とする建物のような、あるいは細密細工のような小説も、無論この世には数多くある。たとえば、谷崎潤一郎の長編は前者、梶井基次郎の短編は後者の代表格といえるかもしれない。それでも小説の書き手は、言葉ではないものを言葉を書いているので、どうしても「曖昧さ」つまり「よくわからないところ」が作品に残る。残るというより、いっそう大きな構えでそれを開示している小説こそ、発表後長いあいだ、読者をひきつけてきたのではないかという気がする。谷崎作品が、壮大な闇をはらんだ大伽藍を思わせるいっぽう、梶井作品は、狂気をとじこめた美しい小箱にみえる。

小説に書かれた言葉、文章が、川面の照り返しのようなものとすれば、読書経験とは、川のなかへ身を投じ、言葉の底の豊かな流れを体感することにほかならない。試験問題に出るのは、その照り返しのほんの一部でしかないわけだが、それがどのように見えるか、川岸からあれこれと眺めているうち、ふいに流れに引きずり込まれる生徒＝読者もいるかもしれない。そうでなくとも、書き手が小説内の人物を把握しきれない以上に、おおよその中学生には、おそらく自分のことがよくわかっていない。選択肢のうちから答えを選ぶことは、たえず揺れ動く自分のありようをひとつに決めることになるので、なかなか一個にしぼりきることができない。しぼりきるには覚悟がいる。「これ以外に正答はない」と言い切る大人たちの言葉が、中学生だったころ私には、きわめて浅薄に思えた。これも、あとから考えてみれば、すべてを自分中心に考える、十代のもの特有の傲慢さであるし、臆病さの裏返しでもあっただろう。とはいえ、あのころ自分の身近に、「こういう問いには、こう答えておけば、とりあえず今はマルがもらえる。そのほうが得だろう？」と実際的に、川下り舟の船頭のように教えながら、「よくわからないところ」を、わからないままに置いておく年上の人がいたとしたら、選択問題を解くにしても、十代のきわめて曖昧な生活を送るにしても、ずいぶん楽だったろうなと、やはり今にして思うことがある。

「教室の窓　中学校国語」二〇〇五年七月

うみうしのあわい

『ポーの話』は、上流の町で生まれた少年が泥の川をくだり、海へ至るまでの旅を書いた長編である。物語のキーになるのが、うみうしという海棲生物で、本のカバー絵にもその姿を描いてもらったが、見本では、あろうことか上下が逆さまになっていた。装幀室のデザイナーは、うみうしを見たことがなかったといった。

全世界で約二千種、とされているが、この数字はきわめてあいまいなもので、というのも種の区別が、学者の間でいまだ、まったく一定していない。青、赤、白に紫。とりどりなその色かたちにちなみ、「海の宝石」とも呼ばれるこの生物を、専門に追いかける水中カメラマンもいるらしい。あいまいといえば、うみうしには、雌雄《しゆう》の区別がない。一体が男性器と女性器の両方をもち、さらに、それらを「同時」に使って、別の二体を相手にセックスができる。冬の磯にもぐると、海藻の陰で、ネックレス状につながった十何匹のうみうしがたまに見られる。

体表は苦い粘液でつつまれ、近づいてくる魚には、脇腹のノズルからマシンガンのように、つぎつぎと針を発射する。自分で泳ぐことができず、ひたすら波に運ばれていき、運がよければ、磯や岩場に打ち寄せられ、さらに運がよければ、海藻に付着した、同種のうみうしと交接ができる。うみうしの生態はあいまいさに満ちている。雌と雄のあわい、陸と海のあわい、生と死のあわいにうみうしは存在する。旅をするとは、あいまいさのなかを漂うことに他ならない。ひとがしばしば、国境を越え、非日常を目ざしていくのは、うみうしのような何物かになりたいと願っているからかもしれない。

「NEUTRAL」二〇〇五年九月

ふたりの旅人

柴田元幸・沼野充義『200X年文学の旅』

共著者として表紙に名を連ねる、ふたりの旅人がいてくれたおかげで、私たちの目に触れる文学の世界は、この十数年間着実に、それまでとはちがう感触をもって広がってきた。固定化された世界・文学観でなく、いま動きつつある世界、いっそう多様化していく文学、要するに「変動」そのものを、両氏の活動を通し、おぼろげにせよ、私たちはたしかに感じ取ることができた。もちろん、ここしばらくの間、世界・文学の側が、そのような展開を見せてきた、ということもあるだろう。けれども、両氏が見いだし、日本へ紹介してきた海外文学の多くが、その広がりの先端に位置してきたことは紛れもない事実であるし、そもそも両氏の活動自体が、同時代の揺れ動きを日本の我々へじかに伝える、世界文学の一環でありつづけてきたといえる。ふたりの立っているところは日本の側でなく、また完全にあちら側でもない、絶えず揺れ動く世界文学、沼野氏の言を借りれば「複数形の文学」のただ中である。

それはまた、「個人」の場所でもある。旧来の文学研究、あるいは翻訳といった職業の網を、両氏ははじめから、ごく自然にすり抜けて進んでいったような印象がある。「文学の旅人」なる一見あいまいな呼称が、この両氏にはきわめてふさわしく、リアリティをもって感じられるのは、海外文学の優れた研究者・一流の紹介者であることはもちろん、既知と不可知のあいだに伸びる「未知」の文学領域を、ひとり綱渡りのように一歩ずつ進んできた両氏の、毅然とした足取りを想起せずにいられないせいかもしれない。

本書は二〇〇〇年以降の、そうした両氏の足取りをたどった記録、「紀行文」として読むことができる。交互に置かれた、沼野充義氏のパートと柴田元幸氏のパートを読み進むうち、読み手はいつのまにか、優れたガイドに先導され、旅に巻き込まれていくような錯覚をおぼえる。

前半で紹介されるエピソード。沼野氏がモスクワでタクシーに乗ると、ゲーナという名の「文学好き」の運転手が話しかけてくる。氏が「ロシア文学の専門家」と知って試すつもりだったのかもしれない。「ペレーヴィンなんて読んでる?」(沼野氏によればヴィクトル・ペレーヴィンは、SF的な着想と抜群の構成力をもつ「純文学エンターテイナー」で、いまいちばん読まれているロシア作家のひとりらしい)。もちろん読んでいますよ、と沼野氏。先日、うちに遊びに来たくらいでね。目を丸くしたゲーナは、つづけてボリス・アクーニンの名を出す。推理小説を純文学に引き寄せ、当代大人気の新鋭作家。

「何冊か読んだけど、なかなかなものじゃないか」（少々得意げに？）。「信じられないかも知れないけれど」と沼野氏。「アクーニンは昔からの、それこそ彼が小説なんて書き始める前からの友人なんだ。彼は本名をチハルチシヴィリという、元々は優秀な日本文学者で、三島由紀夫をロシアに訳した人だね」。ゲーナは絶句（アクーニンという筆名は「悪人」からきているという）。

ゲンナジー・アイギを日本で迎え、文学ネットを散策し、ヴラジーミル・ソローキンから電子メールを受け取り、ヴィクトル・エロフェーエフと新宿の酒場で飲んでいる。めまぐるしい旅程をしばらく共にするうち、私たちは、現代ロシアの文学者たち、あるいは彼らの生みだしつつある状況自体に、すっかり魅せられているのに気づく。理屈でなく、沼野氏の熱情が伝染するといった感じなのだ。柴田氏の傑作な独白を引用すると、「いったいいつ寝ているのだろうか。あるいは、二十四時間を二十四時間以上にする、ロシアの秘法を会得しているのだろうか。そういう秘法があるのなら、情報公開は世の流れ、ぜひアメリカ関係者にも教えてほしい」。

かく語る柴田氏はというと、本人がこれもあとがきで触れているように「例によって自宅の仕事机に貼りついている」。ただ、その机の上は、人里離れた砂漠に建つブリキの家や、ブリューゲルの描くゴルゴダの丘へとつながっている。

旅先に降り立った柴田氏は、小高いところにのぼり、周囲をぐるりと見渡したあと、ひっそりとした暗い路地のなかへ、たったひとりではいっていく。迷路をめぐるように、ときどき壁に触り、なんのためにあるかわからない突起物をしげしげと眺め、宙づりになった死体や、何百年も前からの洗濯物を指で小突く。氏が全身で感じているのは、その場の声である。言葉の向こうに沈殿し、香りのようににじみでてくる沈黙の声。あるいは、そこらじゅうを跳ねる耳やかましいくらいの騒音にひそむ声。

机上に限らない。来日したカズオ・イシグロ、レベッカ・ブラウン、バリー・ユアグローらに会い、言葉を交わしている最中も、柴田氏は彼らの内奥に響いている遠い残響に、耳をすましているように映る。一冊の書物、個々人と丁寧に向き合いながら、柴田氏は、その奥の、より大きな哀しみや不安、ユーモアの震えに触れ、みずからの深いところで共感する。巻末に収められたシンポジウム「新しい文学の声」の抄録で、柴田氏が述べる「個に集中することで逆説的に世界文学といえるものになっていく」という発言は、そのような意味を含めて受け取ることもできるだろう。

「知らないところに知らない作家がいて、人知れず素晴らしい作品を書いているかもしれないのだが、私たちがたまたま読むことができるのはそのごく一部にすぎない」と、沼野氏は書く。

「やっている側の気持ちから言えば、要するにやりたいからやっているんですね。意義があるかないかはどっちでもいいのです」と、柴田氏は語る。

ふたりの旅人は個人としてたぶん今日もまた旅をしている。両氏の辿っていく、それぞれの道を思い描くと、この世が自分にむかって、大きく開かれているような気分になってくる。ふたりは文学で世界を広げている。私たちは、その足跡に自分の足を重ね、揺れ動く世界の振動を、からだの奥に感じ取ることができる。そして、呼応するかのように立ちあがってくる、自身の底にひそんでいた遠い声に思わず耳をそばだてるとき、私たちの文学の旅も、とうに始まっていたことに気づくのである。

本が置かれる棚

最初の本『アムステルダムの犬』（一九九四年）は、オランダ旅行の絵日記を一字一句変えずそのまま出版したものである。とある書店でペットコーナーに置かれてあるのを見たときは複雑な気持ちになった。旅先で日記を書く習慣は、最初に外国を訪れた高校二年の夏からはじまっている。交換留学でいったアメリカの田舎町チャールストン。シカゴからのローカル機に乗り遅れ、結局郵便機に積まれて、小包扱いで隣町のシャンペーンへ運ばれた。翌朝、地元紙にA BOY FROM JAPANという見出しつきで、疲れ切った顔の写真が載った。その切り抜きも書きつづった日記も、実家の押入れのどこかにあるはずだ。

ところで先週、青山ブックセンター六本木店の主催による、藤本和子さんのトークショーに聞き役として参加した。リチャード・ブローティガン作品の翻訳者として高名なかたで、最初に訳された『アメリカの鱒釣り』の文体は、村上春樹氏はじめ日本の現代作家に多大な影響を及ぼしたといわれている。

さまざまな過去の出来事がこの日を目ざして旅してきたような夜となった。まず、会場が、六本木生まれの藤本さんが通った中学校の真向かいだった。私の本をペットの棚に並べていた書店は、青山ブックセンターの六本木店だった。さらに、二十年以上アメリカで暮らしている藤本さんのお宅は、私がは

「新潮」二〇〇五年一〇月

じめて降り立った外国の町、シャンペーンにあった。いまもそこに住んでおられる。あの頃ちょうど、藤本さん訳のブローティガンに熱中していました、と興奮気味に打ち明けると、「あの本が出てすぐ書店へいくと、なかなか見つからない。なんと、釣りのコーナーに置いてあったんですよ」と藤本さんは笑った。

「NEUTRAL」二〇〇五年一一月

仕事をしていない人間はひとりもいない

仕事を、金銭を得る手段ではなく、それぞれの人間が、別の人間、あるいは世界ととり結ぶ、関係のありかたとして捉えるなら、この世で仕事をしていない人間はひとりもいない。ひとりで屋内にとじこもり、隣の部屋で植物を栽培し、それを食べ、一生外へ出ずに死んでいったとしても、そのひとが仕事をしなかったとは、けして断言できないように思う。デパートや商店や、ひとそれぞれの職場で、言葉も理屈も届かない場所に、人間の存在を感じ、いちいち立ち止まっていては、とても厄介で、物事がたちゆかなくなってしまうが、本を読む時間のなかでは、そういう感覚に身を任せて、字面より深いところへ潜っていく、ということを誰もがだいたいしている。読書とは、ストーリーを味わうことでも、理解することでもなくて、そのなかへからだごと入っていき、言葉の届かない場所を揺さぶられることだ。

『流刑地にて』　フランツ・カフカ

仕事と人間、というテーマで本をあげるならまずはカフカだ。カフカにおいては、仕事はその内容や目的でなく、いつの間にかはじまって終わるまでの、なんだかよくわからないひとつのプロセスとして描かれ、それは生まれて死ぬまでの人間とつまり同じことである。手続きとしての人間。作業場としての世界。すべての作品に、どこか知らない場所の事務所や、現場独特の匂いがある。匂いといえば、徹底してドライに描きながら、あらゆる行間にユーモアがたちこめているのは、もちろん狙ってできることではなく、カフカ自身が一プロセスに徹した、その残り香にほかならない。短編『流刑地にて』は、何度読んでもなんのことだかわからず、そのわからなさ自体が深い読後感を残す、たちのぼっては消えていく煙のような作品。

『ジャコメッティ』　矢内原伊作

若き日の著者が、アルベルト・ジャコメッティのモデルを務めた数ヶ月をつづった記録。画家、彫刻家とは、この世でなにをする仕事なのか、それが完成することはどんなことで、そのためにどのような暮らしを営んでいるか。もっとも近いところでジャコメッティと対面し、はからずも毎日、数時間のインタビューを積み重ねていった著者の視線は、さらに、モデルという仕事が、どのような力をこの世に与えるかを正確に伝えていると思う。日が暮れて顔が見えなくなるまでデッサンをつづけ、その出来映えに絶望し、翌朝は晴れ晴れとした顔で、今日は昨日よりさらに遠くへ行けるにちがいない、と宣言する。そして描く。すばらしい、なんという美しさだ、とモデルの鼻に感嘆しながら絵を進めていくが、そのうちにトーンが変わり、私には無理だ、不可能なことをしようとしている、とつぶやきはじめ、結局また日が暮れて、ぜんぜん駄目だ、と頭を振って筆を置く。毎日これを繰り返す。モデルは帰国の日取りをどんどんあとへずらしていく。モデルが午後のアトリエに顔を見せると、画家はほとんど浮き浮きとして画布の前に座る。「さあ、仕事をしよう!」

『悩む力』 斉藤道雄

「べてるの家」は、北海道の港町・浦河にある、精神障害者のための共同施設。ただの保養施設でなく、分裂病患者や鬱病者ら自身が事業を興し、しかも利益をあげている。精神を集中させると病気がでてしまうため堂々とさぼり、問題は無理に解決せず、えんえんと長話をつづけながら時を過ごす。ここでは病人が、病気を治さないでいい。病気のまま普通に働いている。つぎつぎと紹介される、べてるのメンバーたちの病歴と逸話は、想像を絶するものばかりだが、どこを読みかえしても数ページに一度は声をだして笑ってしまう。悩むことの力強さを描き、これまで誰も気づかなかった、まったく新しい希望を見せてくれる本。通信販売のカタログを見ると、日高昆布や布海苔などの海産物に加え、「幻覚妄想大賞絵葉書セット」というのがある。「二〇〇〇年から二〇〇二年の幻覚&妄想大賞でグランプリを受賞した人の絵葉書」だそうだ。

『ぺるそな』　鬼海弘雄

二〇〇三年に土門拳賞を受賞した写真集『PERSONA』の普及版。本を開くともうそこから新たな世界への旅がはじまる。「膝が痛くなったと嘆くひと」「コーン・フレークを袋ごと鳩の群れにやっていたひと」「中国製カメラ「海鷗」を持った青年」「手に白粉を塗っている、礼儀ただしい青年」「高齢なので、いつも国民健康保険証を持って外出するという鞄の職人」「西アフリカのリズムにはまっているという露天商」「美容師だったという早口の男」……。一九七三年から二〇〇五年まで、写真家は浅草へ通い、浅草寺の境内で、目についたひとを撮り続けた。本には一九一枚のポートレイトが収められているが、長い時間の間に偶然同じ場所を通りかかり、複数の写真が収められたモデルも何人かいる。ひとがそこに立っている不思議。このひとが生まれ、やがて死んでいくことの不思議。それぞれのひとが、もっとも格好良く、もっとも美しい姿で、写真に収められているように見えてくる。それはそのように、写真家の目が見ているからだろう。

『北京の秋』　ボリス・ヴィアン

十代のころに読んだ本で、ストーリーなどまったく覚えていないが、出てくるひとたちが皆、とにかく働いていた、という強い印象がある。誰かに強いられてでなく、といって自発的にでもなく、電信柱が立っているように、ただそこにいて、なんだかわからないことを休まずにこなしている。いま振り返ってみれば、それは、小説に出てくる、という仕事にほかならず、無責任であろうが真面目であろうが、その働きの点ではまったく等価で、単純に裏返すと、すべての人間はこの世にいるという意味において絶望的に等価である、というアイロニーにつながっていく。小説の舞台は北京ではないし、季節は秋でもなんでもないけれど、やはりこの小説は、「北京の秋」という題のまま、何百年も前から電信柱のように存在していたような、たまたま著者が二十世紀のフランスにいて、自分の知っていることばで書いただけのような、そんな奇妙な広がりを感じつつ、読み終えたおぼえがある。幼いころ一度きいただけなのに、何十年も耳について離れない、正体のわからない物音のような小説。

青山ブックセンターのイベントによせて　二〇〇六年一月

円、矢印、方形

小島信夫『残光』

『残光』を初めて読んだのは、妻の入院する産科の病室だった。五ヶ月目の定期検診に出かけたところ、妻は主治医から胎児の心拍音が聞こえないことを知らされた。妻はひとりで自動車を運転し家まで帰ってきた。翌日身の回りのものや本を紙袋に詰め、ふたりでタクシーで病院へいった。そのなかに「残光」の載った文芸誌があった。私は妻の横たわるベッドの縁にスリッパの足をかけ、椅子をぐらぐらと揺らせながら『残光』を読んだ。

三ヶ月経って、『残光』のなかにも、ギリシアの船を思い出させるような靴を履いた編集者として登場するA氏から、書評の執筆依頼があった。一週間後バウンドプルーフが送られてきた。A4の紙で二四一ページのその紙束をめくりながら私はまた『残光』を読みすすめた。バウンドプルーフは通常の本よりひとまわり大きい。別に字がひとまわり大きく印刷されてあるわけでなく、版面は出版時と同じ広さなので、その分、ぐるりを取り囲む余白が、通常よりふたまわりほど広く感じられる。私ははじめ、思いついたことがあったらメモしようと思って、鉛筆を手に読みはじめた。そのうち自分の手が、ふたまわり広い余白に、模様や線を描いていることに気づいた。矢印や丸や、ばねのようなものだ。それらの模様は、私がいま『残光』を読んでいる感じ、小説のなかでの流れや反応の、紙の上への反映だろうと思った。読みながら私は線を引き続けた。途中から線に引っぱられるような感覚さえ覚えた。二四一ページ目まで読み終え、最初からもう一度バウンドプルーフをパラパラめくってみると、模様が余白を動き、途中で増殖したり薄れたりと、様々に変化していく様が見て取れた。

最初に模様が現れるのは五ページ目で（扉を差し引くと三ページ目）鉛筆が間違えて掠ってしまったような線。七ページには円がふたつ重なった形。『残光』の語り手が妻と息子の車椅子姿を重ねて見ている、というところに反応したのと思う。円の重なり合うかたちは、このあとも全編に頻出する。それからしばらく、棒の部分が波打った矢印が、三センチほどだったり、七センチほどだったりと、様々な長さで描かれている。矢印がくるりと回転している下の文章を見ると、語り手が自分はウソいつわりでなく眼が見えず、うまく書けなくて残念とこぼすところで、ここで小説が軽く裏返っていると私は感じたかもしれない。三二ページに見られるのは、黒い丸から発した三本の矢印がそれぞれ別の白丸へ繋がっている様で、ここは何だろうと版面へ戻ると、それまで「語り手」として話を進めていた「私」が、いつの間にか「彼は」になったり「夫は」になったりとめまぐるしく移行しており、私はこのとき電子が別の軌道へひょいと飛び移る様を思い描いていたような気がする。巨大な黒い矢印が、上の余白から版面に降ってきている、というページがあり、その部分に前述の、大きな靴を履いた編集者が現れる。編集者の『残光』の中でのありかたを、私はそのような模様として感じたのだろう。特定の人物を表す模様は他にもあり、たとえば語り手の妻・愛子が出てくる箇所には縦長の長方形と、周囲に発光するような放射状の点線が描かれ、また、眼の見えづらい語り手の傍らで原稿や手紙を音読し、感想を述べる「山崎勉さん」（途中からY・T）は、重なり合った二つの円としてあらわれる。「保坂和志さん」は円と重なった正方形である。

二章にはいると、模様は特定の人物や場面に反応してというより、小説内部の広さや間仕切り、流れに沿って描かれはじめる。「保坂さん」と語り手の、書店での対話あたりから、方形が重なり、余白を越えて版面全体を囲んでしまうという絵柄が多くなるが、それらの方形は引用される小説『寓話』『菅野満子の手紙』であり、またそれらの小説のなかで扱われる様々な手紙であり、「保坂さん」の声であり、「山崎さん」の声である。矢印はそれら重なり合った方形の上をめまぐるしく移動する。ページの外側から、方形へまっすぐに降りおちてくる矢印もある。一五〇ページあたりからこれらの方形は、余白どころかページさえはみ出し、それも一方向だけでなく、上下左右からページの上にはみ出し、版面で幾重にも重なり合う。何十もの声が「唱和」しているのがわかる。読んでいて興奮しているらしく、筆圧が著しく上がり、叩きつけるように描いたりぐるぐると同じところをなぞったりしている。

とりわけ筆圧が高まるのは、一七七ページで「手塚先生」が語る台詞のところで、黒々と波打つ奇妙な楕円が何重にもなって外側へ膨れていく。ここが『残光』の「中心のひとつ」であることは後から見返してもあきらかだが、もう一箇所、一八六ページから一八七ページあたりは、書かれてある場面としては、一見さほど重要なように見えない。少年の私＝彼＝謙二（＝語り手）が、クリーニング屋から成城の有閑夫人宅へ電話をかけようとする、そのとき自分の田舎弁を気にし、田舎を回想し、転校生の話し方、大塚の女の子の言葉、姉のこと、女学生の背中などを思いだし、電話をかける、という場面。この二ページじゅうに私は、数えてみればおそらく百数十の泡のような丸を、鎖状に繋げて描いている。それらはまるで紙の向こうからいまも沸々と湧いてくるように見える。語り手は場面の途中で「（いま原稿を書いているのは、小島信夫という満九十になっている老人である）」という。ここでは何かが起こっている。それがなんだかはわからない。ただ、鉛筆をもちながら読んだとき、ここで小説が沸点に達したと、私が感じたことはまちがいない。別のときに読むとその箇所はちがうかも知れない。『残光』は複数の中心がたえず移動している小説だからだ。そして読むことが即ちその中心をずらすという小説でもある。

最後に近づくにつれ、模様はそれまでより濃い輪郭線をもった、かっちりとした形を取りだす。円はより円らしく、方形は九十度の角をもって描かれ、これは小説が形としていま終わりつつあることを感じているからかもしれない。最後のページで語り手は介護施設の妻に会う。妻はベッドで横臥している。下の余白には、版面の幅いっぱいに、横長の長方形が描かれ、両端から黒い直線が二本真下へ伸びていて、版面の部分全体を、その台のような長方形が支えているように見える。

「新潮」二〇〇七年一〇月

わからなさの楽しみ

中島らも『こどもの一生』

中島らもは話を飼っている、という言葉が不意に、『こどもの一生』を読み終えたときに浮かんだ。「話を飼う」とは、いったいどういう意味だろう。意味、とまでいわなくとも、中島らもにまつわる、おおよそどんな感じのことを私は、「飼う」という言葉で受けとめたのだろう。これは書きながら考えてみよう、と思った。だからいまは、まだなにもわからない。

窓のむこうには北アルプス、目の前に柿の木がある。『こどもの一生』を読み返したのは三浦半島の家で、いまはその一週間後、本はもちろん持ってきている。庭に目を落とすと、スイセンが咲いている。昨日、庭で椿の花が落ちた、妻が死んだ、というような書き出しで始まる小説を、俺は絶対に書かない、読みたくもないと、らもさんは私にいったことがある。コピーライターをやっていた頃、中間小説、という括りで呼ばれる小説を片っ端から読み、心底おもしろい、と感じた作品がまったくなかったので、自分で書こうと思った、ともいっていた。また別のときには、「三島由起夫っておもしろいと思ったことがない……あ、俺いま、たいへんなこと、いってもうたな」と苦笑いしてつぶやいた。その時々は深く受けとめなかったが、いまにして思うと、らもさんは結局、自分が「おもしろくない」と思ったような小説も、分け隔てなく手に取り、最後まで読んでいたわけで、一冊ごとの反応は違ったとしても、小説という表現・行いに対し、その価値を深いところで認めていた、というのはまちがいのないことと思う。どういう価値かといえば、無論それは、中島らも本人にとって、意味をもつ価値である。趣味とかそれで稼げるとか、あるいは他の表現に比べてどうこうといった、社会生活上のことでなく、これがあるなら生きていてもいい、あるいは、生きている間の自分はこれをやる、といった、中島らも自身の存在、つまり生死に関わる価値である。

これは推測で、本人に確かめてみたことはないが、らもさんはおそらく、この世で起きる出来事、ひとの思い、物事の意味など、あらゆることが、だいたいにおいて一目で理解できるひとだったように思う。どんなものを見ても即座に「あ、こういうことか」と筋道がわかってしまうのだ。私は二年間、毎月らもさんの事務所にいって、特定のテーマに沿っていろいろと話す、ということをつづけていた。どういう感じだったか思いだしてみると、目の前に座ったらもさんは、自分の足下にぽっかりと開いた真っ黒い穴であり、それが穏やかに笑いながら、「飛び降りてみい、いしいくん、飛び降りてみい」と私を誘う、私は誘いに乗り、ときには意地になって、ひょいと飛び降りる、すると真っ暗になり、耳元でざあっと風音が響いて、私はくるくるまわりながらえんえん落ちていくのだが、ふと気づくと、白々とした明るい地面に立っており、その地面にはまた真っ黒い穴があって、「飛び降りてみい、飛び降りてみい」と私を誘っている、そういうことの繰り返しだった。毎度おそろしく、また、目の眩むような感覚があった。そしていま、遅まきながらわかったのは、らもさんはその黒い穴のみならず、飛び降りた私がいつのまにか立っている、あの明るい地面でもあった、ということである。らもさんにはすべてが見えていた、だからこそ、支えてもくれていたのだ。

小説の価値、という点に戻れば、中島らもにとって小説は、人間のするあらゆる行いのなかで、一見もっとも余計で、あろうがなかろうが別にどうだって構わず、しかし、どういうわけか、人間が人間をやりはじめたころからずっと誰かが、細々とそれらしいことをやっているという、いってみれば、数少ない「わからない」ものの筆頭にあったのではないか。わからないから、近寄ってみる、というぐらいのもので、それで何かを伝えようとか、新しい価値を世に出そうとか、意図をもって小説を選んだ、ということはおそらくなかった。彫刻家が粘土に、画家が絵の具に近づいていくように、中島らもは小説に近づいた、あるいは、気がついたら小説のそばにいた。中島らもは小説に近しさを感じ、読み、そして書いた。書いてみるといっそう「わからない」度合いが増し、次々と書くようになった、と、そんなような気がする。内からわき上がる、といったものでなく、つまり自己表現としてではなく、周囲のわかりすぎる世界にささやかな破れ目をあける、理路整然と並んだ事象のあいだに、半透明な生き物を無軌道に飛びまわらせる、といった感じで、小説を書き、それを自分の外に置いた。「こんなのが出来たのか」としばらく見つめ、「わからんな」とつぶやき、また次を書く。

中島らもの小説はだいたい感触が冷たい。もちろん、人間性がどうこうといったことでなく、少し離れたところで見ている、中島らもの視線の冷静さが、小説にたしかな冷たさを与えている。ところどころ、急に熱を帯びる箇所がある。「盛り上げてやろう」とか「泣き所だ」といった意識なしに、中島らもの手を離れて、そういう風になってしまうのだ。そこがおそらく、中島らも自身も書いていておもしろく、価値を感じていたところであり、全編を通じて見れば低い平熱がつづいている中に、じわりと熱が上がる部分が不意に現れるという「わからなさ」が、読んでいる私にとっても、中島らもの小説を読む楽しみの、大きな部分を占めている。

平易な言葉を使っているし、ストーリーはけして難解ではない。けれどもそれらは小説の表面になにが書いてあるか、という話であり、音楽に喩えていえば、歌詞カードを見て「ああ、こういう簡単な歌か」と思っているのに似ている。じっさいの音楽は聴いてみないとわからない。

「ホラー」「冒険小説」などという区分も中島らもの小説にはじっさい意味がないし、あらすじを紹介しても仕方がない。いま浮かんだのが「転調」という言葉だ。中島らもの小説を読んでいると、短い部分、たとえば会話文のなか、パラグラフの文末などに、読んでいる流れの方向を、自然に変えるような文章が出てくる。また、全体を見わたすと、序盤から中盤、やがて後半へと進んでいくのに従い、小説の気配、調子が、あきらかに変わっているのがわかる。どのような小説にも転調があるのはもちろんだし、意図的に複雑なコードチェンジを繰りかえす小説も少なくはないが、中島らもの場合、シンプルかつ自然発生的な、「いつの間にかそうなっている」という転調でありながら、中島らもの小説でしか味わえない、内外がねじくれたような感覚がからだの芯に残る。転調するときの隙間に、一瞬、中島らもの内側が漏れ出すのかも知れない。

『こどもの一生』でも、はじめは性別や、社会的地位から生じる個人の性格のずれ、そのずれから生じる会話の段差などがいろいろと書かれ、ある治療を境にそのずれがラディカルになり、また終盤になると、話がサイコホラーの様相を呈してくるといった、目に見える転調が随所に明らかだが、読んだあとに残るのは、そういうストーリー上の変転ではなく、読んでいるあいだの、小説の走りかたの変化、全体の揺れ動き、体感温度の乱高下といったもので、これもらもさんがよくいっていたことだが、「読んだ後、なんにも残らない、なんにも覚えてない、でも、ああ、読んだなあ、って感じだけがある小説」そのものになっている。

そして、この小説の「笑い」はどこから来るのだろうか。「恐怖と笑いは、同じもののたまたまの裏返し」とも、らもさんはいっていたが、「血糊《ちのり》にペンを浸して書いた」と本人が後書きで述べている終盤のシーンさえ、たしかに血の凍りそうなホラーにはちがいないけれど、「よろしいですかあ」「よろしいですかあ」と繰りかえしつつ追ってくる殺人者を書いているあいだ、らもさんはきっと心の深いところで、たしかに笑っていたと思うのだ。「山田のおじさん」と呼ばれる男は、最後の最後になってもやはり、どうして現れたのかわからない、小説を越え、はみだしてきたような存在だが、実のところもちろん彼も、小説のなかに生きているわけで、この途方もないわからなさを生きている「山田のおじさん」こそ、小説を書く喜び、たのしみを凝縮させた、中島らもにとって、それこそ「凡百のものを見下ろす」（後書きより）存在だったにちがいない。人間とはだいたい、現実に、「山田のおじさん」のように存在している。その実感が、深いところでの「笑い」を生み、中島らもは小説のなかにはじめて、相棒が出来たような気がしていたかも知れない。

相棒、という言葉が出て、「飼っている」とはどういう感じかわかってきた。小鳥や犬を飼う、つまりはペットのようなことではなく、「羊飼い」の男のイメージである。山間の岩場を何十頭もの羊を連れてたったひとり男がいく。熟練の羊飼いは、群れをひととおり見わたしただけで、からだの部分が欠けたような感じで、何頭いない、と瞬時にわかるそうだ。といって、羊と自分が一心同体だなどとは思ってもみない。結局はなんだかわからない。人間は羊とは違う。自分が生まれてくるより前に羊たちはいる。ただし、山に登っているときの男にとって、羊はペットでも飯の種でもなく、生きる意味である。自分がいるので、羊たちはこうしてちりぢりにならずに集まっているのだ。誰もいない山肌を羊の群れが流れていく。羊たちは気ままに、群れを出たり入ったりする。その流れを崩さないよう、男は目を配り、ときどき笑みを浮かべて低く口笛を鳴らす。牧羊犬が吠える。流れは凝集し、自然に曲がる。この犬がつまり「山田のおじさん」のような何かである。

文庫解説　二〇〇六年六月

本は向こうからやって来る

自分にとって大切なものとなる本は、自分で見つけるのでなく、向こうからやってくる、という印象がある。自分のもともと持っていた興味の外側から、それらの本はヒョイヒョイと飛んでくるので、その本に入りこんだ瞬間、私の視界は、それまで思ってもみなかった方向にひらかれることになる。私は、自分が思っていたほど、自分の興味についてわかっていなかったことがわかる。

頂き物、ということなら、ブルーノ・ムナーリというデザイナーが作った『きりのなかのサーカス』。十年前、ある友人に贈られたのだが、それまで自分の抱いていた絵本への思いこみが易々と破かれ、その穴から、乾いた風が吹き込んでくるのを感じた。

矢内原伊作の『ジャコメッティ』は、学生のころ、同じ日に、ちがう三軒の書店でつぎつぎと目の前に現れ、四軒目で買った。それから五度引っ越しをしたが、思いだしてみると、どの家でも必ず、書棚の目の高さの右端に置かれてあった。

旅先で買った本は、たいがい旅の途中で読んでしまい、誰かに引き渡してくるが、ニューヨークで買ったT・S・エリオットの詩集は、いまも自宅の書棚にある。ボストンに着いた高速バスに一度忘れ、停留所へ受け取りにいくとバスは出発したところで、詩集は再度ニューヨークとボストンを往復し、私の手元に戻ってきた。そのまま太平洋を越えたので、もっとも長い距離を同行した本はこれである。

私の大切な本は、偶然に私にぶつかり、その後ふりかえってみて、あれは必然だった、としか思えないような本である。それは長くつきあうことになる友人を、初対面で「選ぶ」ことがないのと似ている。本は、私の知らない、別のところに予め「あり」、意図を越えて「やってきて」、私を私の外へひらく。

産経新聞　二〇〇六年九月

収縮する距離

小川洋子『海』

表紙を見てはじめに気づくのは、そこに海洋と小さな川があることだ。そしてページを開き、目次を眺め、表題作である短編「海」の一行目に目を落としたとき、いきなり一文字目に、泉があるので少し驚く。「泉さんの実家は思いの外飛行場から遠かった」という一文ではじまっている。

泉さんは若い女性で、彼女の実家が、飛行場の、わりと近いところにあると思いこんでいた語り手は、泉さんの婚約者である。泉さんは少し体調がすぐれないらしい。空港からのバスに酔い、途中の停留所で降り、語り手の手にさすられるその背中は、「さすり過ぎてすり減ったのだろうかと思うくらい」、語り手の目に小さく映る。ふたりが歩いていく県道の左手には、葦の茂った川がある、と書かれ、川の水量は少なく、右手には果樹園らしい丘が連なっている、とあるので、表紙で感じた海洋とはちがい、読み手は、この「海」は思いの外小さいのかもしれない、という気になる。飛行場から遠く離れた泉さんの実家は、果樹園の広がる丘陵地帯にあり、海岸や港のそばではない。語り手の手がさすっている泉も、ふたりが実家に近づくにつれ、思いの外小さくなっていく。

遅れて到着したふたりを、門の外で出迎えるのは、泉さんの両親、弟、祖母である。家族はみな、語り手を歓迎している、という態度を隠さないが、泉さんはあまり喋らない。婚約者を連れて帰省した、照れかくしや、親密さの裏返しとして無口ではないようだ。何のせいだか、語り手にはわからず、読み手にもわからない。帰省した泉さんは、その無口さによって、自分を、ふだんより小さく狭めているようでもある。

語り手と家族は夕食のテーブルを囲む。会話はあまり弾まず、語り手は気詰まりな感じがしている。体格がいいのにもかかわらず「小さな弟」と呼ばれつづける弟。祖母の口に吸いこまれていく青菜、豆腐、生魚、海藻。黙っている泉さんの唇。「どんどん食べなさい」としかいえない泉さんの父親。読み進むうち、ふと、距離感をおぼえている。「小さな弟」とか、「唾で湿ったホイッスル」などの表現に、さきほどから、その感じが、ぷつぷつ弾けていたのに気づく。それは、家族がばらばらであることを示す比喩などでなく、物理的にあいている距離である、たとえば、小説のなかの場面では、食卓が少し、むこうへ遠のき、すぐこちらへ近づき、また遠のいては近づいてくる。「こちら」とは、読み手であり、語り手であり泉さんであり、その家族でもある。全員の前から食卓は、少し離れてはまた近づき、をくりかえす。言葉ではそう語られないが、そのような感じをうける。

夜になり、泉さんは自室で休み、語り手は「小さな弟」と彼の部屋でふたりになる。弟の言動は、さきほどの食卓に漂っていた距離感を、そのまま引き継いでいる。たとえば、語り手に、耳がいいね、といわれ、弟は「それほどでもありません。僕、楽器奏者だから……。サイダー、飲む?」などという。弟のパジャマの柄はキリンである。また、このあと「観てもいいでしょうか」とことわってから観はじめるビデオは、動物の「死に真似」をえんえん収めたものである。

「小さな弟」と、語り手との距離はけして埋まらない。ただ、それは伸び縮みする。動かない写真でなく、ビデオであり、水道水でなく、泡をたてているサイダーである。体格のいい「小さな弟」は、自分の演奏する楽器について暗がりで話す。それを演奏する場所は決まっていて、いつも海辺であるらしい。語り手は、楽器の音を聞いてみたくなるが、ふたりがいまいるのは、海岸や港のそばではなく、丘陵地帯に建つ家の二階である。「小さな弟」は唇をすぼませ、闇のなかへ息を吹きこむ。小説内にあいた距離のすべてが、その響きに揺れ、伸び縮みするのがわかる。

その響きが音楽だとしたら、語り手や登場人物、描写された場面のそれぞれが音符である。離れあった場所にあり、思いがけないところで再現され、ふいに共鳴する。泉という言葉と、思いの外遠かった、という印象ではじまった「海」は、その距離感を収縮させながら進んでいき、やがて、野山では聞こえないはずの海風に運ばれ、見えない距離のなかへ遠ざかっていく。

二編目の、「風薫るウィーンの旅六日間」という題にも音楽の気配がある。ウィーンという地名からの連想だけでなく、「風薫る」という語が起こす、絶妙な「ずれ」のせいである。もちろん著者がずらしているのだが、勝手にずれた風にしか映らないのが絶妙である。これはオペレッタだ。

語り手は二十歳の女性で、初めての外国へ団体旅行で来ている。ホテルで、六十代半ばの琴子さんという未亡人と同室になる。到着した夜、琴子さんは「ベッドの上に正座して頭を下げ」る。ふたりとも、初めての海外旅行であり、琴子さんはなにかあればベッドに正座する。斜めがけした「ビニール製の茶色いカバン」は体型と対をなして膨れ、語り手は、彼女が迷子になったときのため掌にホテルの名を書いてやる。「ずれ」が重なり、転がり、跳ねていく。やがて小説は転調し、琴子さんの旅の目的を明らかにする。ウィーンの病院で死の床についている、昔の恋人に会いにきたのだ。とはいえ、会うのは四十五年ぶりで、病院への行き方もわからない。大聖堂の見物や、名物の菓子を楽しみにしていた語り手は、琴子さんに懇願され、ウィーン観光を諦めて、瀕死の老人のもとへ、連れだって出かけることになる。咳や痰のからむ音、ヒュウヒュウ笛のように鳴る気管。最後にやはり、絶妙に「ずれ」た幕がストンとおりて短編は終わる。本作、さらに「バタフライ和文タイプ事務所」は、身の内側をねじられるような笑いに溢れている。

掌編「銀色のかぎ針」「缶入りドロップ」短編「ひよこトラック」「ガイド」。どの作品でも、距離は言葉で縮められることなく、開いたそのままに置かれる。読み手は場面でなく、ニュートラルに生じた、距離そのものを見ている、という感覚をおぼえる。著者の目は、ニュートラルさに関してきわめて厳格で、その怖いくらいの厳格さが、作品に、なにかが、勝手にそうなってしまった、という風な不気味さ、大きさ、笑いをもたらしている気がする。

「新潮」二〇〇六年一〇月

ことばをドリブルする

ステファノ・ベンニ『聖女チェレステ団の悪童』

どんな話だったのか、ほとんどおぼえていない。イタリアらしい国の街なかを、盗賊やら政治家やらスポーツ選手やら、癖のある登場人物たちが追いかけあっていた記憶がおぼろげにあるが、本当はどうだったかよくわからない。調べようにも手元に本がなく、書店に電話すると品切れといわれ、それでもためである。
この本を紹介しようと思ったのは、ストリートサッカーのことが頭から、正確にはからだから離れない

ストリートサッカーとはこの本に出てくる競技で、競技場は路地裏や空き地や車道、肘打ちも目つぶしも物を投げてもよく、埃と障害物にまみれた路上でひたすらボールを蹴っていく、ルール無用のサッカーである。そのワールドカップがこの街でひらかれる、孤児たちはチームを組み大会に出場する。

ストリートサッカーの場面を読んでいるとき、私はずっと、ボールを見ていた。路地を転がり、洗濯紐を跳びこし、煙突をかすめてゆくボールをひたすら追った。自分で、ボールをドリブルしている感じだった。ページをめくりながらからだが跳ね、横揺れし、波打った。ことばをドリブルしていたのである。

サッカー少年はじめ、ドリブル好きである。自分とボールだけがあれば、それでサッカーははじまる。ところが、上達するうちパスをおぼえ、ゲームの組立をおぼえ、さらには人気や、集客のことなどをおぼえる。読書も同じで、はじめは目の前のことばをドリブルするストリートサッカーだったのが、成長するにつれ、本の意味やら背景やら、だんだんとミッドフィルダー的になってきて、ドリブルの楽しみから遠ざかってしまう。

ただ、サッカー少年のからだが、うまくいったときのドリブルを忘れないように、本を読んだからだも、没頭した読書の、ことばとぶつかりあった感じを忘れていない。ストリートサッカーの場面を読めば、きっと誰のからだにも、遠いドリブルの記憶が浮かぶ。

「飛ぶ教室」二〇〇六年一一月

イリノイの夏

高校二年の夏、ブラッドベリを読んでアメリカにいった。これは別に、トリスを飲んでハワイにいこう式のキャンペーンが、出版社によって行われていたためでなく、交換留学生としてホームステイにいくのに、ブラッドベリの故郷イリノイを、自分から選んだのである。トリスは飲んでいなかったが、それまで数年のあいだ、相当ブラッドベリに酔っぱらっていた。先月、大阪の実家の本棚をのぞいてみると、単行本や文庫本のほかに、『レイ・ブラッドベリ大全集』（別冊「奇想天外」）という、翻訳短編・年譜・座談会・評論などを集めた、一冊まるごとブラッドベリ的な本があった。発行年は、昭和五十六年四月二十日で、私が中学三年にあがった年だが、この頃たぶん、ブラッドベリに酔っぱらっている日本人の数は、ピークに達していたのではないか。

イリノイ州のチャールストンという、まさしくアメリカ小説の「スモールタウン」という町だった。私は言葉があまりわからなかった。着いて三日後の朝、町の議会でなにかスピーチをやれ、といわれたようだった。黒いネクタイで首を縛り、作り笑いを浮かべて出かけた。でかい机に巨体の老人たちがならんでいる。拍手で風が起き、私は窓から吹きとばされそうだ。私は口を開く。

「うぇるうぇる、みなさん、おおさかとこのまちは、にています。木があまりない」

といって私は座った。老人たちはにやにやしていた。もう一度やれといっているようだった。私は怖いなとおもった。ふだん隠された、スモールタウンの薄気味悪さが、こういう環境で表面に浮上してくるのかもしれないとおもった。そしてビールを飲まされた。

ふた月ほどの間に、様々なひとが家にやってきた。日本人に興味がある、といって、実際は自分の話をしにくるのだった。同じ町にいながら皆ばらばらで、しかし決まってするのは、自分が子どもだったころの話だった。こんな映画館があった、宇宙飛行士が町に来た、海までヒッチハイクしたら雪原に置き去りにされた、等々。私は、レイ・ブラッドベリを読んだことがあるか、皆にたずねた。読んだどころか、名前を知っているひとさえひとりもいなかった。私の発音が悪かったのかもしれない。

ブラッドベリの作品ではいつも、ばらばらなもの同士がすれ違い、音をたて、離れていく。それは悲鳴だったり、ささやき声だったり、風音だったり、草のたちあがる気配だったりする。現実とまぼろし、過去といま、生者と死者が、不意にすれ違い、音のたった瞬間に混じり、ときに入れ替わり、入れ替わったままで、行き過ぎてゆくこともある。アメリカにもっていったブラッドベリのペーパーバックで、私がひっかかり、周囲のひとに意味をたずねた単語の多くは、擬音語、擬態語だった。「しゅうしゅう」「ぶるっと」「かさかさ」。こうした音ばかりでなく、表記されない物音までをたてながら、ブラッドベリの作品はすすんでいく。

「霧笛」で鳴り響くのは、吠え声だ。それは霧とこの世とがたてるきしみでもある。「ぼく」と「マックダン」がこもる灯台はそのちょうど狭間に立っている。「怪物は今、口をひらいて、恐ろしい音を発するのだった。霧笛そのままの音を、何度も何度も発するのだった。沖合遠く航行する船は、その夜おそく、港のあかりが見えないことを気にかけながらも、その音を耳にして思ったにちがいない。あれだ、

あの寂しい音だ、孤独岬の霧笛だ」(『太陽の黄金《きん》の林檎』所収)

「万華鏡」では、宇宙船から投げ出されてしまった乗組員が、暗い空間のなかで離れあっていく。無線で交わされる会話はすべて、じきに途絶えることがわかっている。彼らは話す。罵声を浴びせ、謝意を述べ、黙り込んだときも、沈黙のうちに話している。やがて全ての声が途絶えたあと、語り手は、自分の生涯の「みすぼらしさ」を追想し、独白する。「なんでもいい、一つだけ善なることができたなら！しかし、ここにはおれ一人しかいない。一人ぽっちで、どうして善なることができよう。できはすまい。あしたの夜、おれは地球の大気圏に突入するだろう」(『刺青の男』所収)

短編に描かれた物象ばかりでなく、ブラッドベリの短編自体、集められた本のなかで、ちりぢりに離れあっている。落ち葉のなかをテニスシューズで歩くように、作品同士のこすれあう音が、しずかに鳴り響いている気配がする。読んでいる最中は気づかなくても、本を閉じたあと読者は、からだのどこかに、遠い残響を感じ、別の響きをききたくて、また別の、ブラッドベリの短編集を手にとる。酔っぱらっていた、とさっき私は書いたが、正確には、皮膚がふるえる、共鳴のような感覚だったろう。

『火星年代記』は、二十六編の短編が奏でる器楽曲のようだった。読みすすめながら、とりわけ肌がふるえたのが、ごく短い「夜の邂逅」だった。火星人が死滅したはずの火星の土地で、トマスという地球人が、火星人に出くわす。互いに言葉がわからない。火星人のほうがテレパシーを使いようやく通じる。ふたりのからだは透き通り重ならない。トマスが廃墟だという町。火星人はきのうもそこで寝ていまからお祭にいくのだという。ふたりの意見はえんえんかみ合わない。「『聴いてごらんなさい！歌声です。こんなに近くにきこえる』／トマスは耳をすまし、首を横にふった。『きこえない』」。が、次第にふたりの間に、ある種の共鳴が生じる。「トマスは手を差し出した。火星人もそれを真似た。／二人の手は触れなかった。相手の手を通りぬけた」（『火星年代記』所収）

ブラッドベリ作品の特徴として、四季のうつろいが描かれていることがしばしば挙げられる。ブラッドベリは、もしかすると小説を書くとき、季節のめぐりがもっともめざましく胸に残る、少年のときの感じに戻るのではないか。十二歳のまま、永遠に歳をとらず、町から町を旅していく、「歓迎と別離」の主人公のように。少年ブラッドベリは、自分を含めたすべてが、予めばらばらに散らばり、風に吹き巻かれているような世界を眼前にして、立っている。半ば絶望しつつ、これまでにきいたことのない共鳴音が、どこからか聞こえやしないかと、作り笑顔で、からだごと耳をすませている。

「考える人　特集　短篇小説を読もう」二〇〇七年二月

「もの」にまつわる「ものがたり」

千葉望『古いものに恋をして。』

日本の骨董屋に置かれているさまざまな物は、「物」というより、「もの」として、そこにあるように見える。古来「もの」とは、もののあはれ、もののいみ、もののもののし、といった語に表れているとおり、霊的な場からこの世にもれだす、ある種の気配をもって使われる言葉だった。骨董屋の「もの」は来歴や、誰かの残り香をたたえ、一見平穏にそこにある。「ある」というより「いる」という感じの「もの」

もあるかもしれない。そうした「もの」はどれも、みずから語りだす性質をもっていて、その語りだそうとする気配が実は、「もの」を「もの」たらしめているのだが、「もの」じたい口をもっておらず、また、人間の言葉で語ることをあまりしないので、自然「ものがたる」のは、その間近にいる店主たち、ということになる。前できいているのが著者である。

「もの」にまつわる「ものがたり」は、店に置かれてある「もの」を中心に、その店ができた経緯、店主が骨董に目を開いたきっかけや、彼女らの生まれまでさかのぼって語られる。ただの回顧譚になっていないのは、そこに「もの」があるからである。また、岩手の古寺で生まれ育った著者は、「もの」との距離のとり具合が絶妙である。店主たちの語りに、吸い込まれるように近づき、ふととぎれた瞬間、故郷の寺の「もの」の記憶を、糸車のようにたぐる。著者自身「ものがたり」を生き、そこに遊んでいる。

骨董はけして古いだけでなく、そこに「もの」の気配を読み取るかぎり、いきいきと、たえず新しいものでもある。恋をして、という題名は、その感じを直裁にあらわしているようにおもう。商品や製品としての「物」でなく、ひらかれた、いのちのある「もの」へ、読者は少しずつ導かれていく。気づくと、「骨董業界の名物お母さん」の、こぼれだすようないのちの飛沫を頭から浴び、海月のただよう古書の海へ、ゆったりと泳ぎだしているかもしれない。

産経新聞　二〇〇七年三月

寄席に入ってきいている

正岡容『圓太郎馬車』

本を読みながら、思いついたこと、浮かんできた印象、読んでいるその時の心もちなどを、ページの余白に書きこむ癖がある。あとで見返してヘエと感心したり、阿呆らしくて消したくなったりと、内容は本によってさまざまだが、この『圓太郎馬車』の最初の書きこみは、「初看板」という短編のふたつ目の見開き、つまり六ページ目の上の余白に早くもあらわれる。それは鉛筆の字で「寄席に入ってきいている」と書かれたものである。三代目柳家小さんが半生を振り返って一人語りをする、という体裁の作品、「初看板」の第一印象がこれというのは、あまりにひねりがなく、富士山を眺めて「幅広の山ですね」というようなもので、阿呆らしくて消したくなる組の書きこみだと思った。ふたつめは八ページの余白に「刻みねぎ」とあり、三つ目は次のページで、「あちらのほうに、明るいところと暗がりが、立方体の先になって揺れている」などと書いてあって、何がなんだかわからない。

家人は東京の日暮里の生まれで子どもの頃から浅草演芸ホールの常連である。私が読んだら次に『圓太郎馬車』を読もうとうずうずとしている。ふたりで昼ごはんを食べた。クロという魚のみりん干しとみそ汁と、ほうれんそうと新香という、昼にしてはわりとご馳走である。私はなぞなぞのように「あちらのほうに、明るいところと暗がりが、立方体の先になって揺れている、これ、なーんだ」といった。家人は「寄席でしょ」といった。みりん干しの皮をはぎながら、こともなげに「寄席の高座でしょう。幕が揺れている」といった。私は非常に感心し、「じゃあ、刻みねぎは」といった。家人は「おみそ汁に入ってる」といった。私はごちそうさまといって席をたち、『圓太郎馬車』に戻った。

二編目の表題作「圓太郎馬車」は三遊亭圓朝の弟子橘家圓太郎が真打ちとなるまでの出世譚で、はじめの書きこみは四〇ページで「圓太郎の空気がマワリの人に入る」とあり、その少し先に「話の軽さ、言葉の重さ」とあり、次のページには黒い下向きの矢印とともに「荷重がかかる」とあり、さらにその横に「それは談志や小三治が高座にいるときと似てる」とある。これはもちろん、圓太郎について「似てる」といっているわけでなく、自分がいま読んでいるこの小説を書いている、正岡容《いるる》について感じたことである。話の軽さ、言葉の重さ。このときの重さとは、別に、重々しい表現を使っているなどということでなく、わりと物理的な、読み心地が安定しているような感覚のことで、読んでいきながら、体重が軽いのに座布団にすわると揺るぎない、年長の落語家の姿が連想されたのかもしれない。それからしばらく、下向きの矢印がいくつも並ぶが、安定した読み心地のなかに、調子のあがりさがりがあることが矢印の位置の上下でわかり、それは音符のようであり、音符に合わせて声音があがったりさがったりするのを表しているようでもある。途中、大小の立方体がひとつずつ、本の版面を横断するように描かれ、周囲に「爆笑」とあり、わざわざ「こんなバカバカしい一斗升がありますか」と圓太郎の師匠圓朝の台詞を書き写しているところがあり、文中の言葉を書き写すというようなことを普段あまりしないので、よほど可笑しかったのだな、と自分事ながらにやついて、描かれた巨大な升を見直したが、そのうち、それだけでなかったことに私は気づいた。可笑しいのは無論ものすごく可笑しく、小説を読んでいてこんなに笑ったのはいつかというくらい私は笑ったのだが、笑っている途中私はほんとうに、

「こんなバカバカしい一斗升がありますか」という圓朝の声を、実際に、耳できいた気がしたのである。

それに気づいてから読むと、三編目の「圓朝花火」も四編目の「寄席」も、ときに晴れやかに、ときに内省をこめた、様々なひとたちの声がページからこちらに迫ってくることがわかり、落語家を取りあげているせいもあるだろうが、この感じそのものが実は正岡容の小説の書き方の、特徴なのではないかと私は思った。正岡は、小説を書くとき、圓朝や圓太郎や小さんの声に、耳をすましている。それは想像上の人物の場合でも、あるいは、だからこそよりいっそうきき耳をたて、正岡はその声を拾う。拾いながら書いている。逆にとらえてみれば、正岡の小説は、正岡が、自分自身の書いた小説の声を「きいている」感じで書かれてある。読者はそれを、わずかな時差をもって追体験する。

私は最初の「初看板」に戻った。全編、三代目柳家小さんの一人語りですすむこの小説の、最初の私の書きこみは、「寄席に入ってきいている」というのだった。これはほんとうは、読者が寄席に入ってきいている感じ、ということより、書き手・正岡容が寄席に入り、小さんの語りをいまきいている、という気配を感じて書きこまれたのかもしれない。そうだとすれば、自分の感受性も結構いい線いっている、と思いかけ、「刻みねぎ」の書きこみを見てがっくりとする。

文庫解説　二〇〇七年五月

巡礼路の光景

大阪の民博、正確には、国立民族学博物館にいってきた。

民博の展示物はいついっても飽きることがないが、今回は特別展『聖地★巡礼』で、巡礼者を撮影したドキュメンタリー・フィルムを見た。巡礼者は、六十七歳の退役軍人ミッシェル・ラヴェドリンさんで、ぱっと見は、犬の散歩と読書と寝酒の日々、といった感じの、極めて温厚そうな老人である。フランス西部の町アンジェに住んでいる。フィルムはミシェルさんの旅支度からはじまる。巨大なバックパック、テント、雨よけ、靴磨きと歯ブラシ、帽子。巡礼手帳を発行するル・ピュイの町からスペイン西端のサンチャゴまではだいたい一、三五〇キロあり、ミッシェルさんは十五キロの荷を背負い、一日平均三〇キロを歩いて、最終目的地、サンチャゴ・デ・コンポステーラ大聖堂をめざす。

巡礼路はとても古く、石がむき出しで、歩きやすいとはとてもいえない。陽が照れば半袖、雨が降ればヤッケを着こみ、ミッシェルさんは黙々と歩く。宿は、巡礼者のための施設が、要所ごとにあるにはあるが、木板のようなベッドに、寝袋を敷いて寝るのである。歩きにくい道ですね、と撮影者が声をかけると、ミッシェルさんは苦笑し、ここは散歩道じゃない、巡礼の道なんだよ、という。雨水の流れる岩道を一歩ずつ踏んでいく。

教会や事務所で、巡礼手帳にスタンプが押され、そのときは人声がきこえ、ステンドグラスやろうそくの光が画面をかざるが、それも一瞬のことで、フィルムの音声はほとんどミッシェルさんの足音と吐息、風や雨の音で占められている。そして映っているものといえば、ひたすら道である。道連れの若者が横にならぶ。いつのまにひとりになっている。食堂で、慣れないスペイン語で冷たい牛乳を注文したら熱いのを渡される。道に落ちた瓶を拾おうとして足もとがよろける。山道で、通ってきた峠をふりかえり、あれの向こうから来たんだ、とつぶやく。といったような映像が時にさしはさまれても、それらは出来事というよりも、行きすぎる景色のひとつに過ぎず、ミッシェル・ラヴェドリンという名前さえその向こうへと消えていき、カメラはただ、ひとりの老人の姿と、彼の踏みしめている道の様を淡々と追っていく。

三十数日目、老人は大聖堂に着く。やつれ乾ききった頬に嬉しげな笑みをたたえ、この日のためにとっておいた新しいシャツを着ている。何百という巡礼者の頭上で、ロープに吊されたばかでかい香炉が、六人の僧侶の手によって、ぐらん、ぐらんと旋回する。

さらに数十キロ離れた西の果ての磯で、老人と巡礼者たちは焚き火をおこし、それまで身につけていた靴や着衣を焼く。大西洋を背景に、老人は「新しい自分を手に入れた。新しい自分の具合はとてもよい」という。「太陽は海に沈む。また明日には戻ってくる。巡礼者は明日帰る。終わりのない輪廻。それが人生」

名古屋を経由し、松本の自宅に帰ると、アートンという出版社からボール紙の小包が届いていた。あけてみると、荒井良二氏の新しい絵本『たいようオルガン』だった。風呂にはいり、新しい服に着替え、畳の上でゆっくりと本をひらく。見返し部分に「ゾウバス」というけったいな物が描かれ、少し考えるうち虫でなく、ゾウの鼻をした白いバスだと合点がいった。ページをめくったら、「たいようがオルガンひいてあさがきた　ゾウバスはしる　みちせまい　みちほそい」と手書きの字で書いてあり、さらに巨大な、猫の顔のような太陽が右ページいっぱいに描かれ、白い光輪を背負っているだけでなく、ひっかき傷のようなか細い両手で赤いオルガンを弾いていて、ページにはじっさい朝が来ていた。ゾウバスは走りだす。私はページをめくる。

「ゾウバスはしる　みち　でこぼこ」「のりたいひと　てをあげて」「ウシいる　ヤギいる」「はしをわたりまーす」「くもでてきた　くもりのくもでてきた」。ゾウバスは池の前を過ぎ、商店街を横切り、歩道橋をくぐる。「まち　おおきい　みち　ひろい　ビル　ビル　ビル　ビルいっぱい　くるまたくさん　ひとたくさん」。何十本もの指で描かれたような町を過ぎ、「あ、あめふってきた」、灰色の橋をわたり、「あめいっぱい　ときどき　かみなり」、この世で人の手によってはじめて描かれたような稲妻を遠目に見ながら、ゾウバスは走る。雨がやみ、ページにはまた陽が射し始め、上の端に、ひっかき傷のようなか細い両手の弾くオルガンが見えてくる。「うみのにおい　さかなにおい　しおからい」。ゾウバスはフェリーに乗って海をわたり、「すないっぱい　すないっぱい」の砂漠にやってくる。砂に埋もれながら手を挙げている人が何人もいる。「どうぞ　どうぞ　のったり　おりたり」、ゾウバスはトンネルをぬけ、それまでの風景とちがう、きらびやかな町へとやってくる。人々の行きかう市場のテントがならび、その中央には、瀟洒な丸天井の寺院が建っている。町のいたるところに、白々とかがやく電球が吊され、宵闇のせまる砂漠のなかで、町はまるでそこだけ宙に浮きあがった未知の競技場のようだ。「たいよう

オルガン　たいようオルガン　だんだんゆうやけ　たいようオルガン」、その町からもバスに乗る人はいる。ゾウバスはさらに進む。水平線に陽が没し、「たいようオルガン」がきこえなくなったあとも、闇のなかへ伸びていく細い夜の線をたどり、ゾウバスは走りつづける。太陽は明日また戻ってくる。果てのない輪廻。ゾウバスの道程。

私は、民博に行く二週間前に、はじめて映画『アズールとアスマール』を見た。なんだか変だなと思った。そして帰ってきてから家のテレビモニターで二回目を見た。さらに三回目を見た。やはり変だと思った。映画自体が変というより、見ている自分の感じが変だったのである。『アズールとアスマール』を見ながら私は、白い虫のような形のバスに乗り、どこか遠い場所へ、いや、遠いも近いも意味をなさない、いまいるこの世界とは次元のちがう別のところへ、運ばれていく最中のような気がした。それはストーリーとはまったく無関係の感覚のような気がした。「映像」が目の前に映されているという状況自体、自分のいま座っている居間から離れ、「離れ」というよりも「裏返り」、目に見え、耳に聞こえると普段思いこんでいる、この世の表面をつきぬけ、見ている自分の内側へ、内側へと、はいりこんでいる気がしたのである。

これは何だろう、と考え、最初に浮かんだのが、巡礼者ミッシェル・ラヴェドリンの歩いていく姿だった。彼は歩いているあいだ何を見ていたのか。それは道である。それはたしかに、サンチャゴ・デ・コンポステーラの大聖堂につづく、地図にも載っている道だったろう。がしかし、そのことは、歩きだす前や休息のとき、あるいは歩き終えた段になって、はじめて意識されるのであり、歩いている最中の本人にとっては、それはどこにも起点がなく、終点もない、ただつづいていく無限の道の、そこでしかない一点である。というより、自分の踏んでいるその場所こそが、全道程の中心であり、彼が歩を進めていくたび、その中心は、彼とともに移動する。いってみれば道程のどこであろうが中心になることはでき、事実その中心がたえず揺れながら移動していく感覚のなかで、巡礼者はそれまでの自分ではない「新しい自分」の存在を、自分の見えていると思っていた表面の内側に感じ取り、そちらのほうへ、そちらのほうへと、見えない足を踏みだして進んでいくのだが、『アズールとアスマール』を見ている人たちのなかでも、これと同じようなことが起きているのかもしれないと私はおもった。それは「見ている自分を見る」といった感覚とともに起きる。

たとえば、冒頭で、ふたりの子どもと女性が出てきたとき私は、目の前の映像を見ている自分を、まるでそのうしろから見ているような感じで意識した。ふたりが寝ているシーン、馬に乗るところ、虹、さらにはマグレブとおぼしき地方の町や市場、玄関に整然と並んだ色とりどりの履き物、これらを「自分は見ている」と感じながら映像を見ていた。客観視というのとは少し違い、どの映像も、自分がいま見ていることによって、映画全体のあらゆる映像の中心になり得ている、という感じがし、いいかえればこの映画は、映像の中心が、あらゆるところに遍在している、ということもできるとおもった。

巡礼者が道を歩くとき、足もとの道は、絶えず表面から中心へと「裏返っている」かもしれない。中心へと裏返った道は、どこへつづいているかというと、それは、大聖堂や奇跡の泉でなく、自分のなかへとつづいているのである。目に見えている巡礼路の光景は、巡礼者の内側に、さまざまな照り返しをつくるだろう。たとえば、過去の景色、独白、ことばにならない心像などが、歩いている彼のなかにぐるぐるとまわるだろう。巡礼路を歩いていくとき巡礼者は「自分を歩いている」感覚に襲われるだろう。『アズールとアスマール』を見ているときの私の身にもこれと近いことが起こり、ことばにできる心像としてはたとえば、田舎の玄関に脱ぎ捨てられた草履《ぞうり》や下駄、市場の粉物屋周辺の色づいた空気、外国で見た絵本、果物の味などが、私のなかでぐるぐるとまわったかもしれない。「見ている自分を見る」のあとのほうの「見る」とはこのようなことであり、右にあげたようなことばにできる心像などほんの表面にすぎず、見ている自分の内側では目にみえない、ことばにできない、もっとたくさんの出来事がぐるぐるとまわっていて、それこそ、自分のなかのどこにでも中心が遍在し、そのうち、果てのない空間のなかを、自分が広々とふくらんでいく感覚に駆られ、巡礼者が歩きながら巡礼路になるように、自分のからだがまさに、いま見ている映画そのものになっているように、私は、この映画を観ながら、感じていたかもしれない。そしてその感覚は、映画を見終えたときには雲散しており、いまとなっては、残り香のような映画の気配が、自分のなかを、フワフワ漂っているに過ぎないのである。

このようなことは、宗教的なモチーフと関わりがあるだろうか。『アズールとアスマール』の舞台は主にイスラムの国で、イスラムといえば、信仰面では、遍在する中心を強く求め、装飾品や、建築物、美術品などを見ても、同心円や同じ幾何学模様が幾重にも重なり、見ているものを内側へ引き込むような磁力をもつ、といった印象が私にはあり、映画にも頻出するこれらの図像が、私の映画を観ている感じに関わりがなかったわけは、もちろんないだろう。また、イスラムの風物を背景に、二次元の図像を動かすといった感じの、あえてそのようにした平板な映像にも、影響されているはずであるし、さらにいえば、文化的な一点中心主義を厭い、複数の文化を受け入れよう、という作り手の意識も、こちらへにじんで感じられたかもしれない。

ただ私は、なにより、アニメーション映画であることが大きいとおもった。映像のあらゆる部分、時間のどの一点でも中心になり得る、否、中心でなければならない、という意識がおそらく、アニメーション映画の作り手にはあるのではないか。実写というか、アニメーションでない映像においては、あらゆる箇所への集中、というようなことはあまり起こらず、どちらかといえば弛緩して流れ、弛緩しては流れ、といった繰りかえしだと思うが、アニメーション映画では、すべてを人の手で、目で、作り出すのだから、あらゆる細部があまねく集中して作られ、そのため、どの箇所もそれぞれ中心としての力をもち、そこが集中して見られた瞬間、見ている人の前に、それこそ光の速さで、新たな中心としてぐるぐると立ちあがるのである。そして、『アズールとアスマール』は、このような潜在力がとりわけ高いアニメーション映画であるとおもった。

『たいようオルガン』は、本なので、紙でできていて、ページがある。見開きはいま計ってみると横四二センチ縦二九センチの大きさで、荒井良二の絵はすべてその画面のなかに収められてあり、そしてその筆の力は、あらゆる紙の箇所に散らばっているように見え、荒井良二もひとつの画面のなかで、アニメーション的な動きをとっていることがわかり、それはたぶん、荒井良二が、自分のからだを絵に直結させて描いていることに関係があるとおもう。からだを絵に直結させるとは、目に見えない内側と見える外側を裏返すのであり、絵を描いている最中荒井良二はきっと絵を描いているだけでなく、「自分を描いている」という感覚に襲われているはずだが、これは荒井良二に限った話でなく、まちがいなく、古今東西の優れた画家なら誰でもそうで、というより、そのように描けることが画家が優れたと見える必要条件のような気がする。それは別のいいかたで表せば、「人間なのに自然をやる」ということでもある。海山の風景や、樹木の形、草っぱの一枚にすら中心はない、あるいは、すべてが中心である。このようなことに、人間ながら本気でとり組もうというのは、無謀ではあるが、大きなことである。そこに、人間であることの悲しさ、美しさが、蒸気のように溶けこんでいくかもしれない。巡礼者が一歩ずつ歩くのは、なにも見えない森や草原でなく、人の通ってきた巡礼路であり、耳を傾けるのは、風音や鳥の声だけでなく、みずからのたてる足音である。そこから巡礼者の内側に、照り返しが起き、新しい人間の心像が生まれる。アニメーション映画と信心はとても似ている。

ここまで書いてきて私は、十年ほど前にきいたある老人の話を思いだした。

私は東京のイスラムの寺院にいった。別に小説の材料にしようというのでなく、日本のイスラム教がどんな感じか、なんとなく感じられればとおもい出かけたのである。イスラムの寺院は、神父や牧師など信仰に関して中心的な人物をおかず、コーランにもっとも詳しいとか、人望があるとか、そういった人を「指導者」としておいている。「指導者」は特権的な聖職者でなく、おおぜいいるムスリムのひとりにすぎない。その老人もそうした「指導者」だった。日本に来て二十何年といっていた。まん丸い顔で、なにかが満ちたりたような腹で、浅黒い肌に、白に近い色の背広をつけていた。私は布教はどうやっているのですか、と日本語で訊ねた。老人は笑い、私たちは布教しません、と日本語でいった。老人の声は未知の金属をこすり合わせたようにホール内に響いた。たとえば、美しいバラが咲いていると します、と老人はいった。そのバラが、こちらへ歩いてきますか？ あなたのほうから、歩いていくでしょう。イスラムも同じことです、とその老人はいった。『たいようオルガン』をめくったり、一、三五〇キロを歩いたり、『アズールとアスマール』を見たりするのも、同じことだ、と私はいまおもった。

「熱風」二〇〇七年六月

「めくり終える式」読書

まず田舎の祖母の家の、女中部屋に積んであった『のらくろ』と漱石全集、一冊をあげるなら『吾輩は猫である』いや『門』『三四郎』『こころ』とわやわや浮かぶが、冷静にふりかえってみて、冒頭のところなど、でたらめにでもブツブツと暗誦する癖がついていたことから考えても、『坊ちゃん』に対する愛着は、他の本にくらべずいぶん強かったかもしれない。畳に腹ばいになってそれを読んだ祖母の家が、香川県の西にあり、松山から親戚が来たりこちらもでかけたり、といった往来が頻繁にあったこともおそらく大きかった。店屋や座敷で、そばに立つ人の顔を見あげては、寝言のような口調で「妙なおやじがあったもんだ」やら、「越後のささあめがたべたい」などと、何の脈絡もなく口走るのだから、まわりもきっと「少々きみがわるかった」はずである。『坊ちゃん』はまあ読みやすかったとおもうが、全集の他の話も、いちおうそのころにだいたい読んでいて、いまから考えれば、内容がわかっていたかはなはだ疑わしい、というか、九分九厘わかってなどいなかったろう。わからない漢字は飛ばし飛ばし読む。形だけでも、最後までめくり終えれば「読んだ」ことにする、というのは、後にも触れることになる、現在までつづく僕の悪癖だが、ただ、漱石全集やその周囲にあった昔の小説は、ただめくってめくってめくり終えるだけでも、小説全体の感じが自分の深いところに伝染《うつ》る感じがし、何だか大きなものに触れた後味が残ったものだった。本の大きさを喜んでいただけかもわからないが。

自分のなかに入るという本でいま思いだしたのが、長新太の絵本である。『おしゃべりなたまごやき』でも『つみつみニャー』でも何でもいいが、とにかくページをあけて、床に広げた新聞紙やチラシの上に置く。そして腹ばいになり、色鉛筆でもマジックでもとにかく色のでるものをもって、長新太の描いた絵のページの端の線から、自分で、そのつづきの線を引くのである。さっきもそうだが本を読むときよく腹ばいになっていたのだなとあらためておもう。長新太の震える線のつづきを本の外へ引いていくとき、僕は自分の手が、自分のからだが、遠い線を通じて、いまどこかにいる長新太のからだにじかに接続しているように感じた。マジックは紙からはみだしていき、僕は、自分の腹や、弟の頰、柱や簞笥にも線を引いた。仰向けになって、左右に揺れながら空中に線を引いた。こういったこと全体をひっくるめて長新太なんだとおもった。祖母は激怒していた。

小学校にあがって家にあった推理小説や司馬遼太郎や安部公房を読んだ。家にいろいろな本があったのは大きなことだ。遠藤周作や北杜夫や有吉佐和子を読んだ。口をあけ、腕をだらんとさせて「コーコツのひとー」とかいっていたらやはり祖母に激怒された。毎日おおぜいの学生が出入りする家で、父母や兄は本をよく読んでいたし、近所の少し年長の子どももわりと本を読む人が多く、そういう人らを目当てにか、ライトバンに本を積んで移動図書館などやってきていた。周囲の大人が読む本を、僕は背伸びして、というより、大人の読む本のほうがぜったいにおもろいはずだと、隙を狙って読んでいた。そのころ読んだ本の内容はもちろん、題名すらほとんど忘れているので、このころもだいたいが「めくり終える式」の読書だったにちがいない。いま思いだしたが、兄が居間で、文庫の『資本論』を読んでいて父に怒鳴られるのを見た記憶がある。「わしは、わしは、これを読んでダメになっていったやつを、ようけ知っとるんじゃー」と父はいった。少し経って僕が『精神分析学入門』を読んでいると父がきて「まだ早い」といって取りあげた。僕はもう一冊とっておいた『夢判断』をひらき、乳房の山に登るとか、性器を食いちぎるとかいったところばかり拾い読んでいると、母がきて「何の本」と聞くので「占いの本」とこたえたら「おもしろそうやね、あとで貸してー」といわれた。これは中学生ぐらいだった。家の薄暗い小部屋に筑摩世界文学大系があったので棚の手のとどく本から読みはじめた。おぼえていることは少ないが「めくり終える式」が遺憾なく発揮されたことだけはまちがいない。ギリシアの古典悲劇の台詞まわしが異様で、また、ときどきイオー、ポポイ、パパイ! などと、いい大人が頭がどうかなったかのように書いてあるのが爆笑で、そういう感じの本を、くりかえしめくったことはよくおぼえている。

その文学大系でカフカを探したのは、手塚治虫の『メタモルフォーゼ』という漫画を読んでおもしろそうとおもったからだ。『メタモルフォーゼ』は連作短編の連載で、そのうちの一本の原作が『変身』だった。漫画は、誰でもそうだと思うが、小中学校のときに読んだ漫画はその時の志向や考え方や癖に大きな影響をおよぼすもので、たとえば、僕の場合、漫画のなかの一員のようにおもって『天才バカボン』を読んでいて、バカボンのパパが「わしはチクワはきらいなのだ。タコ、タコ、タコはないのか」と探すのを見て、自分も夕食の関東炊きをかきまわし「タコ、タコはないのか」といってみたり、『あしたのジョー』で西が夜中にジムを抜けだしうどんを食べるのをみて、自分も家を抜けだしてうどんを食べてみようとおもったが住吉警察に補導されたりした。段平と葉子が少年院で踊る場面をみて『ノートルダムのせむし男』を読んでみたのはカフカと同じことだった。

兄がＳＦを読んでいた。はじめはフレドリック・ブラウンだったかと思うが、真似をして、創元ＳＦ文庫やハヤカワ文庫を読むようになり、買うだけではとても追いつかないので図書館で借りたりして、結局、文庫のものはだいたい読み終え、そして、レイ・ブラッドベリやカート・ヴォネガットやシオドア・スタージョンのまだ翻訳されていないものを読んでみたいと思った。ちょうどそのころ植草甚一の本も読んでいたので古本屋へいき、ペーパーバックのＳＦの棚にいったら知らない名前ばかりで弱り、それでも植草風に目についたペーパーバックを十冊くらい束にして抱え、胸を張って勘定してもらい、家にもって帰って読もうとしたら、どれも三行ほど目を走らせるだけで飽きてしまった。それで「しょうもない小説や」などと、たぶん思っていたのだろうから、たらいの水より浅はかな少年である。思いこみだけは昔から強かったので、英語の小説を読むこつとして、植草甚一か片岡義男かどちらか忘れたが、知らない単語はどんどん飛ばし、とにかく最後まで読み通すことをくりかえす、と書いてあるのを見て、まだ十四歳の、住吉中学に通っている石井慎二は、おそろしいことに、「……やっぱりな」と思ったのである。こうなるともう身もこころも石井慎二でなく片岡慎二、あるいは石井甚一となって、英語の小説も、日本語の小説も、ひとしなみに、知らない単語は放っておいてどんどん読み通す、ということを俄然意識してやりだした。これでは、小説世界によって内面が深化するとか、思想に打たれ己の道を歩きだすとかいったことが、むろん起こるはずがなく、順々にページをめくるのだけ上手くなっていっても、傍目にはまるでそういった作業機械か、バカボンぽい卓球の練習である。高校にあがっても癖は治るどころかいっそう昂じていき、アルバイトで得た収入はすべて、ただめくられるだけの本に費えた。

高三になりたてのとき、マルク・シャガールの展覧会を見て、あ、これだ。と思った。自分が小さいころから「なんかこういう感じ」と思っていたものが、いろいろと絵の具で描かれてあって、ああそうか、俺は画家だったのか、というか、もうほとんど画家やん。あとは絵を描くだけや、と思ったのである。その二年前には、ソニー・ロリンズを聴いて、あ、これや。と思い、テナー・サックスをはじめていたのだった。そのサックスをやめ、デッサンの教室に通い、芸大に落ち、高卒でデザイン事務所の丁《でっ》稚《ち》をはじめたが、その間もずっと画家や音楽家の伝記や作品集、彼ら自身の書いた手記や随筆は、えんえんと「めくって」いた。ページをばさばさと「めくって」いく作業の底に、書いたその人の絵や曲と、同じようなグルーヴが感じられる気がしたのだった。音楽を聴きながら本を読む、ということは、昔からあまりしないが、岡本太郎やマイルス・デイヴィスやダリやジョン・ケージの本には、彼らの表現する力が絵や音楽とはちがう形で封じ込められているように感じ、手を動かしながら奇声をあげたり、派手に身もだえしたりしつつ、最後までめくり終えたときは疲れではなく、からだの底から吹きあげてくる鋭い風圧のようなものを感じた。本を通し、それぞれの画家や音楽家の、奥のほうの声を聴く、というのに近かったと思うが、そうしたことをくりかえすうち、自然と詩を読むようになった。

デザイン事務所をやめたのは、事務所の社長に、「いしい、お前のようなやつは、芸大とかいったら気が狂ってのたれ死にしてしまうから、普通の大学へいきなさい」というような予言をされ、大いに驚いたからで、それであわてて普通の大学にいったのだが、文学部にはいってからの「めくり終える式」読書には、テストステロン茶漬けをかっこんだくらいの勢いがついた。スタンダールやプルーストはテキストだったため、授業中、語義をとって読んでいくことになったものの、家や図書館で読むのは専ら、なにが書いてあるやらわけのわからない本ばかりで、古い図鑑やギリシア語や中国語の古書を、ひとまとめに持ち帰っては、安いウオッカやジンをのみながら、ばさばさと埃をあげながら無言でめくった。おかげでこのころから鼻炎が持病になった。そういえば、大学三年のころ、本に関し、思いたってやってみたことがある。図書館にフラフラでかけていっては、それまでいったことのない書棚の前にいき、金持ちのおばはんが服屋でそうするように、ここからここまで、という感じでゴソッとひとまとめ持って帰り、片っ端からめくっていくのである。なまはげ、伝説の軍鶏《しゃも》、ルールドの泉、じゃがいも飢饉、担保物件法、溶接はんだ付、カメハメハ大王の暮らし。だんだんわかってきたのは、どの棚にも「おもしろい本」と「おもしろくない本」がある、という当たり前の事実だった。あまりに当たり前すぎて僕は驚き、ひとり部屋にこもり、このようなことを四年かけて結論づけた自分にも驚いた。

その後、東京で就職し、五年でやめ、さらに五年のみだれた生活の末すべて破綻し、粉々になった自分の破片をつないで、ヨロヨロと小説を書くようになって、とまあ、なんやかやと起きてはいるが、ここまでのように書き連ねていっては本来のテーマである十冊の本をあげるスペースがない。これまであげてきた人の本はどれもだいたいどんなものか見当がつくと思うので、いますぐに思いだせるもので、あの本をめくったのは、まちがいなく他に代え難い経験だった、と信じられる十冊を最後にあげておこうと思う。やはり、内容はほとんどおぼえていない。めくっていくことに夢中で、内容を覚えている暇がなかったのだ。

『夢声戦争日記』　徳川夢声
『失われた時』　西脇順三郎
『菅野満子の手紙』　小島信夫
『富士』　武田泰淳
『浄土』　町田康

『なめくじ艦隊』　古今亭志ん生
『PERSONA』　鬼海弘雄
『夜の果てへの旅』　セリーヌ
『ふたりの真面目な女性』　ジェイン・ボウルズ
『ウォーターランド』　グレアム・スウィフト

「本の雑誌　私のオールタイムベストテン」　二〇〇七年六月

洞窟ツアー

荒井良二『たいようオルガン』

荒井良二が泊まり込み、絵を描いている仕事場を、覗いたことがある。それは長野県穂高町にある、温泉旅館の一室で、荒井は湯からあがったばかりで、どう見ても大きすぎる浴衣を着ていた。部屋にはいった途端、空気が変わった。敷居ひとつで、ちがう次元の空間に、足を踏み入れてしまった、という感覚があった。別に、荒井良二が部屋をぐしゃぐしゃにしていたとか、十畳敷きの真ん中にピラミッドが置かれていたとかいう話でなく、部屋の外と内とで、自分がここにいるという意味合いが変わったような感じで、部屋の外では「自分は、穂高町の温泉宿に来ていて、階段をあがって、廊下にいる」という風に、概念を狭めていく方向に自己認識が働くいっぽう、部屋にはいると、言葉の追いつけない速さで、外部へ、外部へと、空間が拡散していく方向で、自分がそこにいると感じた。また、いうまでもなく、部屋のなかにはいってからのほうが、虚構でなく、いま、ここで生きている、という、目眩《めまい》のようなリアリティがあった。部屋は整然としていた。机には荒井良二が途中まで描きすすめた絵本の原画が何枚かあった。荒井は、それらの絵を、一枚ずつめくって見せてくれたが、間近にいて感じたのは、彼が早く描きたいとおもっている、ということだった。それは、描きかけの絵本を早く完成させたい、ということでは全然なく、とにかくいま、すぐ絵を描きたい、ということで、あるいは絵を見せてくれながら、荒井はそのとき、外面上、筆と絵の具をもっていないだけで、からだの内側の動きとしては、もうすでに空間に線を引き、色を塗りはじめていたかもしれない。部屋を出た瞬間、周りの気配はもとにもどった。僕は穂高町の温泉宿の二階の廊下にいた。ふすまの向こうでは荒井良二が絵を描いている。僕は自分がいままで荒井良二のからだのなかにいたことに気づいた。温泉宿の一室とおもっていたがそれは表面上のことで、彼はそのようなことを考えもしていないだろうが、荒井良二の絵を描く身体に僕はいま招かれ、その感じを体験して出てきたのだと思った。

そのとき描かれた絵は『ルフランルフラン』という作品になり、店頭で見た当初から僕は軽い目眩に駆られ、印刷された絵のはずなのに、ページを開くと、そこにいま、新たに描かれた線やかたちが次々と生まれ出るように見え、絵本を読むというより、新鮮な出来事の破裂を、ただ息を詰めて見まもる、といった、ある種、現実を破る見世物のように感じ、荒井良二はやはり、これまでの作品とはちがうところにいった、と思ったのだが、新作『たいようオルガン』はさらに新しい、物凄い作品になっていた。

前作と今作のあいだで、何があったのか、荒井良二の身体は、大きく変わっている。外面的には同じ人間だから、変わりなどないように見えるが、内側の身体は、これまで差しこまれていかなかった深い溝へ、貝の舌のように潜っていき、さらにその奥の、人間の光の届かない闇の洞窟をちろちろ探り当てている。これは恐ろしいことである。『たいようオルガン』で荒井は、人間であることをしばしやめ、無生物としての液体が洞窟の形をなぞるように、筆の跡や、鉛筆の線を残していく。それらはまるで、ラスコーの壁画の線のように自然で、そうでしかありえない、といった風に容赦がない。前作が現実を破る見世物だとすれば、今作は荒井が肉体の底に刻みつけた壁画を見てまわる洞窟ツアーである。

やっていることの重さ、切実さと、外面上の暢気さ、ユーモアは相反しない。荒井の勇気は、外へ外へ、とにかく線を引き、色を塗り、空間を広げることに向けられる。それは時々、くるりと裏返り、目に見えない内側をさぐる。ぱたぱたと勢いよく、内と外とが回転し、洞窟からの風と、平原からの風が入り混じるところを、荒井良二は涼しげな顔で、ただひとり筆を握りしめて歩いていく。

「あとん」二〇〇七年七月

中原中也の詩を読む、という出来事

中原中也の詩を読むとき私はその詩の中に入っていくことができない。読みながら詩の外側にいる自分をたえまなく意識する。それは冷たいとか、孤独感といった、情緒的なことではなく、否、もちろんこの「外側にいる」と感じることが、そういった情緒的な印象につながっていくことはあると思うが、私がいいたいのは、ある土地のまわりをぐるぐるまわるとき、私はその土地のなかに間違いなくいないとか、穴を掘っている自分はその穴のなかにいるといえるかといったような、より現象的、物理的なことなのである。

いま家の外でチェーンソーが鳴っている。誰かが葡萄の枝をはらっているようだが、その人の姿は見えず、枝も見えない。ひょっとしたら人の骨を断っているかもしれない。チェーンソーの音は耳の鼓膜をメインに、私の表面を震わせてなかへ入ってくる。私はチェーンソーのたてる音に入っていくことができるだろうか。

私が中原中也の詩の外にいる、というときその詩はもちろん私の目を通し、私の意識の中へ入っているのだ。中に中にと入るたび、私は逆に外に出される。外にいて、中原中也の詩のまわりを、周回している気がするのだが、閉め出された感じはまったくしない。

中に中に、と入るにつれ、外へ外へ、と押され、ふと背後を振り返ってみるとそこに、さらにはるかな外があった。宇宙と呼ばれているものだった。星座が、ロケットが、という宇宙でなく、時間・空間の、ただ物理的な広がりとしての宇宙であり、その外側に、出された私がおり、次々と重なり、私と宇宙が交互に、入れ子状になっている。無限のようなその重なり合いの中心は、むろん、中原中也の詩を読む、という出来事、その一点である。それは「音に似ている」。意味よりも先に、中心から来る波動として中原の詩は私に伝わり、作品のなかに、音を示す言葉が多く出てくるからそう思うだけでなく、詩の有り様そのものが、この世に初めて響く、音のような感じなのだ。宇宙の擬音といえるかもしれない。

中原中也という名がそもそも、擬音ではないか、と思えてくる。ナ、で踏みだし、カ、で跳ねて浮かび、ハ、ラー、と虚空を回転しながら昇っていき、途中から、上も下もなくなり、はるかな闇の一点へ、チュー、と遠ざかり、消えたかと思った瞬間、ヤ、と燃えて輝き、そしてもう見えない。

鎌倉文学館「中原中也展」によせて　二〇〇七年九月

流れていくに委せる

佐伯一麦『ノルゲ』

一行目に目を落とした瞬間、読者である自分の、『ノルゲ』の暮らしははじまる。それは、ページをめくりながら、語り手である「おれ」の言葉を通し、『ノルゲ』の時間、空間をみずからの中に入れ、そしてみずからのどこかへ、流れていくに委せるという、読むプロセスのことである。出来事や、その顚末を求めて、読むのではない。『ノルゲ』の時間、空間を動く「おれ」の背後から、『ノルゲ』を見、『ノルゲ』を飲み食いし、『ノルゲ』を歩く、ということを、『ノルゲ』を読みながら読者はやる。その中心は何か、というとノルウェーへの留学生である妻で、「おれ」は『ノルゲ』における自分の身分は、妻の留学についてきた男というに過ぎない、と苦笑をにじませて語るが、中心である、妻の存在は、「おれ」とクロスするときにだけ読者の前にあらわれ、ドアが閉まれば見えなくなる。人がそこにいないこと、裏返せば自分がここにいること、もっといえば、ここにしかいられないことそのものの苦み、驚き、諦め。「おれ」は中心だけを見てはいない。電話回線を探して原稿を日本へ送り、ノルウェー語の教室に通い、ノルウェー作家の代表作の英語訳と日本語訳をノートブックに記す、その「おれ」の暮らしを、「おれ」が書く言葉と同じ、目の前を埋めていくような速度で、読者である、自分も生きる。

自分のなかに入り、どこかへ流れ去ったはずの、小説の時間、空間が、いつのまにか自分を、はるか広い、大きなところにまで広げていることに不意に気づく。大きすぎ、目にはみえない闇のなかだが、何かの存在は、確実に感じる。それは、『ノルゲ』のページの上に、ある時、鳥の姿や、目の奥が焦げるような頭痛として浮かび、ノートパソコンの階層化されたフォルダ、また、四季をうたった詩句として浮きあがる。『ノルゲ』の中心は溶け、いいかえれば、ありとあらゆる存在が中心となって、蜂や、かささぎや、編み物のひと目ごとに宇宙がつながり、離れ、チカ、チカと明滅をはじめる。読者は、「おれ」と同じく、自分のいまいる一見単色の世界が、実は無限の彩りをもっていることに、あちらこちらに、焦点が合っていくように気づく。

「Esquire」二〇〇七年九月

自分でハワイをやる

トリスを飲んでハワイへ行こう、とよくいうが、僕はとてもこのフレーズが好きだ。そのくせどういう意味かは知っていない。本気でハワイへ行こうと思ったことがないからではないか。ハワイへなんて行ってどうするんだ、と毒づいてみたくなる。ハワイへ行ったことがあります、と一度いってみるために、ハワイへ行ってみてもよいぐらいのことは思う。僕の兄は、一時よくハワイに行き、ハワイはとてもよいところと教えてくれたが、どういう点がよいか、いわなかった上、兄もハワイへは仕事ででかけたので、はじめからハワイ行楽だったわけではない。はじめから行楽、というようなことに、僕はいま興味があるのだが、本気でハワイへ行こうと思うというのは行楽という感じと相反するのではないか。行楽は流され、気がついたら来ていた、という感じのもののような気がする。つまり行楽には本当ははじめも終わりもなく、ダラダラー、とある状態がつづいていくだけで、ふと気がつくと家で座っていたり、通勤電車に乗っていたりして、あ、いまは行楽じゃなかったか、と思うぐらいのことで、なあんだただのそれだったら、わざわざハワイに行かなくても、三崎や松本、いや地名など関係なく、いまここでも、あそこでも、いくらだって可能じゃないかと思った。ハワイに行く、なんていっている時点で本気じゃないじゃないか。ハワイで、はじめから行楽、しかも本気をやるために、人間は、自分でハワイをやるしかない。人間ははじめから人間であり、その上はじめも終わりもない行楽であり、まして本気でないわけにいかないからだ。自分でハワイをやる、というとき、そのやりかたは人によってちがうだろう。僕はこれまで、ハワイをやっていたことがあるとしたら、それは間違いなく、本を本気で読んでいるときだ。小説や漫画や、アメリカの友人が送ってくれた画集を開いて、海と大陸の影を横目ににらんで、自分でハワイをやっているその感じになるのを待つことにしよう。そうならなくても別に構わない。そうなっても気づきはしないだろう。本気のハワイは自分がハワイをやっていることに自覚はないだろう。

『金毘羅』 笙野頼子

私は男なのか女なのか、いや、金毘羅様だ！ 文学だからこそ成し遂げた、奇想あふれる、ぶっちぎりの「金毘羅」一代記。近代日本の「男」社会、精神構造を痛快に批判し、話題をさらった問題作。

『フォーエバー・ヤン』 ヤン富田

科学者にして仙人のような、聴き手を未知の世界へと導く、偉大な音楽家ヤン富田。主に、九〇年代以降のインタビュー発言や研究成果のアーカイブから厳選し、その「音楽的遺伝子」を未来へと伝える。

『ビッグ・サーの南軍将軍』 リチャード・ブローティガン

近年、絶版だった旧作が次々に文庫化され、新たな若い読者を獲得しているブローティガンのデビュー作。正史からはこぼれ落ちる「アメリカの夢の終り」の残滓を、詩的な文章で綴った愛すべき一冊。

『星投げびと』 ローレン・アイズリー

ソロー、エマソンの系譜を次ぐ自然派作家にして、文学・哲学・自然科学の幅広い知識をもちながら、まず一人の人間たらんと願った孤独な思索者の随想録。ブラッドベリの「人生を変えた一冊」。

『対訳 Turtle Island（亀の島）』　ゲーリー・スナイダー

土地への〝再-定住〟を提唱し、アメリカ環境思想を牽引するスナイダーが一九七五年にピュリッツァー賞を受賞した詩集。亀の島とは先住民に倣った北アメリカの呼び名。盟友ナナオ・サカキの対訳。

『トランス=アトランティック』　ヴィトルド・ゴンブローヴィッチ

アルゼンチン滞在中に欧州で大戦が勃発し、以後ついに祖国の地を踏むことのなかったポーランドの作家が、その実体験をもとにして戯画的に著した小説。併せて抄録された『日記』もすこぶる面白い。

『天才バカボン』　赤塚不二夫

「これでいいのだ！」など、数々の流行語を生んだ、戦後ギャグ漫画の金字塔。アニメでなく是非とも原作を読んでほしい。第一巻巻末には、赤塚不二夫に見出されたタモリが当時のエピソードを紹介。

『ハワイ』　森山大道

二十一世紀には入りますます充実し独走する森山大道が、ハワイを撮った。これまでに紹介・消費されてきた、いかなるイメージとも一線を画す、黒くて明るいハワイ。質量ともに本年ベスト写真集との評価も。

Louisiana Power and Light, John Dufresne

ルイジアナ州に広がる湿地帯を背景に、フォンタナ一族の血の呪いをめぐって、結婚、友情、政治、そして愛と救済を求めて展開される物語。フォークナーのヨクナパトーファ・サーガをも彷彿させる。

Mingering Mike: The Amazing Career of an Imaginary Soul Superstar, Dori Hader

架空のソウル・スーパースターを創作し、段ボールで作ったドーナツ盤と色彩豊かなスリーブジャケットで独自のコレクションを作り上げた少年がいた。蚤の市で発掘された驚異のアウトサイダーアート。

「Esquire」二〇〇七年九月

文章が「揺れ動く」

W・G・ゼーバルト『土星の環　イギリス行脚』

W・G・ゼーバルトの作品ははたして小説なのか。どの本でもはじめて開く読者はとまどうにちがいない。語り手はいったい、何をいっているのか。そもそもいつ、どこで語られているのか、たとえば、ごく最近のイギリスの話だったはずが、いつ、どこから西太后の宮廷の話にすりかわったのか。そして何より、ときにページの端に慎ましく、ときに見開きページ全面にわたって挿入される白黒の図版、レンブラントの絵、頭蓋骨の写真、地図、夕景の汀《みぎわ》、手書きの筆記体の日記帳は、いったい何なのか。

私がはじめて読んだのは『移民たち　四つの長い物語』で、つづいて『アウステルリッツ』、ニューヨークの友人を訪ねた際に『目眩まし』のペーパーバックを渡され、わからない単語は飛ばしてパラパラとめくって日本に帰ったら、『目眩まし』の日本語訳が出ていた。カナダにいったとき『カンポ・サント』のペーパーバックを買った。『土星の環　イギリス行脚』は都合五冊目になるが、「ゼーバルト」という途方もなく大きな一冊の作品を、少しずつ、読み続けているような気がする。けして読み終えることはなく、そもそも、読むごとにかたちがかわっていくので、何度読みかえしてもその都度にあたらしい。そういう魔術を使っているのではないかと思うくらい、ゼーバルトの文章はたえず目の前で「揺れ動く」。

「イギリス行脚」という副題の通り、語り手である「私」が、イギリス南東部のサフォーク州を、ほとんど徒歩で旅していく、というトラヴェローグ、つまり紀行文に見える。しかし冷静に読み返せば、第一章の一ページ目にすでに、これが失われた場所と時間をめぐる、記憶への旅路であることは、苦いユーモアとともに宣言されてあるのだった。

「旅のはじまりからきっかり一年後のある日、私はほとんど身動きできない状態で、ノーフォーク州都ノリッジの病院に担ぎ込まれたのである。以下の頁を少なくとも思考のなかにおいて書きはじめたのは、この病院においてであった」

そして驚くのは二ページ後に、「病院を出てからはやくも一年以上がたった」と書かれ、さてサフォーク州の話がはじまるのか、と思った瞬間、親しかった同僚のマイケル・パーキンソンの死が語られる。「原因不明の死を遂げた《ヒーハドダイド・オブ・アンノウンコーズィズ》、と検視は結論を出したが、私は自分でこうつけ加えた、夜深けの暗がりのなかで《インザダーク・アンドディープアワーズ・オブザナイト》、と」。彼の死にもっとも衝撃を受けたのは独り身だった同僚、ジャニーンだっただろうと「私」はいう。「子ども同士のような友情で結ばれていたマイケルを喪《うしな》った痛手からどうしても立ち直れず、彼の死から数週後、こんどは自分が病気に取り憑かれてまたたくまに身を滅ぼしてしまった」

そして「私」はようやく旅をはじめる。スタート地点はジャニーンの研究室。旅先は十七世紀、ノリッジで開業していた医師、博物学者トマス・ブラウンの書物。ロンドン。アムステルダムの解剖学講義。その様を描いたレンブラントの絵。「トマス・ブラウンにおいても、この世においてやはり永続するものはなにもない」「われわれが一日生きながらえることがすでにして奇跡であった」

小説を読むことは、書かれた文字を理解して読み進む、といっただけのことではない。読みながら、作家の言葉に共鳴し、読者の奥底に沈んでいた記憶が、ふわりとあがってくる気配が、するときがあるだろう。ゼーバルトの作品の言葉は、それが向こうから、自分がいなかった場所、いなかった時代の奥底から、ふわりとあがってくる、といった気配をもたらす。文章が「揺れ動く」と前に書いたが、気配のなかで、いま、ここにいる、と信じている自分も「揺れ動く」。鰊《にしん》漁について書かれていたはずがいつのまにかベルゲン・ベルゼン収容所を解放した部隊の少佐の話となり、二十年間エルサレムの神殿の模型に没頭する男の家から徒歩で十八世紀フランスの文学者シャトーブリアンの若き日の恋にたどりつく。その間、あまりにも多くの屋敷が燃え、大風に飛ばされ、崩れ去る砂地とともに海中に没した。私たちはヨーロッパを逍遥しながら、みずからの死のほうへ、ふわり、と落ち、そして舞いあがる。

我々は「知り尽くせない」。ただ、「知り尽くせない」ことの圧倒的な豊かさを知る。

私の友人であり翻訳者であるアメリカ人の女性は、大学時代、クリエイティブ・ライティングの教授に「もし大学院に進むならイギリスのイースト・アングリア大学でゼーバルト教授から学びなさい」といわれた。ゼーバルトはそこの名物教授だった。コピーショップの常連でもあり、写真やどこからか拾ってきた絵はがき、古新聞などを、ああだこうだと話しながら、拡大縮小したり、陰影をつけたりした。それらは作品のページに使われた。

友人の義妹も別の大学の教授に同じことをいわれた。そしてアドバイス通り、大学院に行くことを決めたのだが、イースト・アングリアで彼女が勉強をはじめる六ヶ月前、ゼーバルドは自動車事故で亡くなっていた。

W・G・ゼーバルトの作品は小説なのか、といえば、もちろん小説である。ただ、読んでいるとき奥底で起きることは、なつかしい音楽や、すでにいなくなった人の声をテープで聴いたりすることに近いと思う。なにかを悼むというときの「悼み」そのものに、もっとも近い、という気がする。

「論座」二〇〇七年一一月

闇のなかの物語

ジャネット・ウィンターソン『灯台守の話』

この本はとんでもない速さで書かれたのではないかと思った。この物語が書かれるのに常人が必要とする時間の、たとえば三六五分の一というような速さで。話の中央に著者という灯台が立ち、周囲の世界に光を巡らしている。しかし時は闇である。読者は光に照らされたストーリーラインだけをたどるのではなく、豊かな闇のなかで進行していく目に見えない物語を感じながら、文字を、空白を、言葉の波を泳いでいく。

崖に斜めに突き刺さった家。「怒りの岬《ケープ・ラス》」に立つ灯台。海にむかって放たれる物語の光。さっとばらまかれた貝殻のようなエピソードのあいだあいだに、息がつまるような切実さがたちのぼってくるのは、誰よりもジャネット・ウィンターソン自身が、この物語を、物語ることを必要とし、また、そのようなしかたでしか生きられない孤独者の哀しみに、身のすみずみまで浸されているからだろう。

スコットランドの港町とその周辺を舞台に、小説ははじまる。時間は二十世紀と十九世紀、ときには十八世紀まで移り動き、灯台の光がさっと海原を、地表を舐めるかのように、大きな物語の断片がばらばらに輝く。語り手である「銀《シルバー》」という名の少女にとってこの世はそのような形でばらばらである。一方、百年前、いや二百年前から代々灯台を守ってきた盲目の「ピュー」（「ケープ・ラスにはいつだってピューがいたさ」）は闇の深さ、闇のめぐりについて詳しい。ピュー自身が闇でもあるようだ。太陽が光を発し海が絶えず波を送るように、ピューという闇からも、たえず惜しみなく放射されてくる波動がある。そして十九世紀に生きる、孤独を人の形に切り抜いたような男、バベル・ダーク。物語の紐は三者をつなぎ、分かち、さらに思いもかけない遠くで不意につなぐ。他に何が言える？　と著者は問う。お話しして、と誰かがこたえる。闇から浮かびあがる、目には見えない光の話をしてと。

「週刊文春」　二〇〇七年一一月

書くということ

書くというのはからだや意識のより奥のほうの運動がこの世の表面にかすって傷跡が残るようなものと思う。小説を書いているときのなんとなくの感じでいえば、黒色の風船が遠い底のほうからじわじわあがってきて、焦って手づかみにすると割れたり消え失せたりするので、よりのぼってくるのをじっと待っていて、ようやく風船の先が意識の水面に膨らんだ頭を見せれば、指先やてのひらで撫でてみる、その、ざら、ぬる、という手触りや丸みや冷たさの感じ、黒風船全体の存在感といったものが、自分の小説の言葉やストーリーになっていると思う。そして内側かと思っていたら一気に外側へ広がって小説をはさんで自分とこの世がひっくり返っていたりする。

大竹伸朗氏との対談によせて　二〇〇七年一一月

霧のなかの本

ブルーノ・ムナーリの本をめくるのは何かを思いだすことにたいへん似ている。初めは自分の目の前しか目にはいらないが、少しずつ霧がたちこめ、気がつくと真っ白で、何も見えないように思うが実は、見えなくなったのはふだん見えていると思っている外の目だけで、そちらが閉じられていくいっぽう、薄暗いなかに光があたり、くっきりと像を結んでいく色やかたちがある。『きりのなかのサーカス』はまさにそのような本で、何もないと思っていたなかに音楽や動物、道化などがあらわれてくるが、僕のなかにあらわれてくるのは本の絵だけでなく、あるアパートの部屋の玄関である。二十代の半ばから終わりにかけて友人ふたりと保健所に無届けでバーをやっていた。僕はバーテンダーであり音楽をかける係もしていた。その日カウンターは常連客でうまり奥の座敷のこたつでは誰かがボードゲームをしていた。かけていたのはフィル・スペクターのクリスマスレコードでつまりその日はクリスマスだった。ドアベルが鳴った。よくくる顔見知りの女の子が立っていた。いしいさん、といった。はい、とこたえた。クリスマスおめでとう、と彼女は笑い、そして平たい紙包みをさしだした。開けてみると見たことのない本で題名は『きりのなかのサーカス』といった。それから彼女には会っていないが、僕の霧のなかに、彼女はいつも立っている。僕は本をとじ、そして『きりのなかのサーカス』はまた霧につつまれる。

「MOE」二〇〇七年一二月

らもさんと話していると地面に黒々とあいた穴を前に喋っている感じになる。穴の底から、飛びこんでみい、飛びこんでみい、とあの独特な声がきこえる。少しこわい。飛びこんでみい、いしいくん、飛びこんでみい。僕は息をとめ、縁を蹴り、穴に飛びこむ。暗い空間をまっすぐに落ちていき、風切り音が響き、光がだんだんと強くなりそして広がり、なんにもみえなくなり、そして、はっと気づくとそこは地面で、僕が立っている目の前には黒々と穴があいていて、またあの声が底から、飛びこんでみい、飛びこんでみい、ときこえてくる。毎度そのくりかえしだった。らもさんは僕の話すこと、話していないこと、話すかもしれないことなど、すべて予め知っているようだった。何度飛びこんでもけして底にはつかない、そらおそろしい穴だった。そして地面でもあった。飛びおりる僕を毎度支えてくれてもいたのだ。

穴という考えから暗い空間を抱えた人間を思い描くかもしれないが、人間は誰でも暗く見通せない空間を内にもっているもので、らもさんの場合、なぜ穴と考えたかというと、その透明さ、ぽっかりあいた空間の感じからうけとった印象かもしれない。らもさんは会っている人間としても読んでいる小説としても同じ感じが残り、それはいま思い返せば、うっとうしいなにかが詰まっていない、透明さ、という感覚なのである。はじめからそうでなく、だんだんと透明になっていったのではないかと思う。なにを目的に生きるか、なぜ小説を書くか、ということは、らもさんはおそらくいっさいなかった。生きること、存在することのふしぎさを、人間の形でそのまま生きる、ということをふだんらもさんはしていて、そして小説を書いているときには、人間の形をほどいていっそう透明になり、この世にあいた穴に本当になることができた。ストーリーの運びや設定の巧みさがよくいわれるが、向こうから浮かびあがってきたようにページに垂直に立つ一文、そこだけ絵の具を垂らしたように光る一語など、そこにらもさんがいると信じられるほど立体的な言葉が書かれていることがあり、そういう言葉が透明な自分から出てきたとき、らもさんはふしぎそうな顔をしてじっと紙面をみつめ、さらにじっと見つめ、そしてようやくコップの中身で口をしめらせると、鉛筆を握りなおし、また書きはじめたにちがいないとおもう。だから読者は、話の展開をただ追うだけでなく、らもさんが驚き、目を見ひらいたであろうそのところどころで立ち止まり、しばらく眺めてから読みはじめる、ということをしさえすれば、その瞬間はまさしく中島らもが生きているそのままの時間となる。そしてそのとき中島らもはこの上なく透明で中島らもという個別性などもう越えているので、人間が生きている、ということそのものが、その言葉の上で成り立っているように見えるのである。

中島らもはいつも自分自身の穴に飛びこんでいたのではないか。飛びこんでも飛びこんでも戻ってくる。そんな人間のふしぎさ、滑稽さ、哀しさを、自分に飛びこんでくる自分を見つめては感じ、自分のなかをくぐりぬけながら感じ、そのウロボロスの輪を少しはずして、ひねりをくわえるようなことがおそらく、言葉を書くということだったろう。中島らもが書くのはすべてそのように書いているので、どんな短い、瞬間芸のような掌篇にもそうした、ひとりでやる踊りのようなところがあり、エッセイの最初の一行などたいがいそうで、中島らもがサッと飛びこんでいくところが目に見えるようだ。中島らもはジャンルわけされることに対しいつも居心地悪そうにしていたが、作家、文筆家というより、ある透明な存在が、中島らもという名前を自分でつけ、日本にいるから日本語でなにか書くということをしている、というのが、もっとも近い感じだったかもしれない。

そして中島らもはよく笑った。座って笑いながらうしろにひっくり返った。爆笑させる話題は自分でたんまりともっているし、ポツン、と瞬間に漏らすひと言で腸が破れそうなほどの笑いを周囲に引きおこす人だが、人が目の前で話したことで、仰向けに転がって大笑いしているときが、生きていてもっとも幸福に輝いているという感じがあった。

僕の兄の友人が会社の同僚と外国にいき幻覚キノコを食べたがまったくもって効かず、周囲はケラケラ笑ったりほがらに唄ったりしていて、だんだん悲しくなってきて、ひとりビーチにいってうつむいて座っていた。痩せた坊さんが隣にきてどうかしたのか、と英語できいた。兄の友人は事情を話し、仲のいい同僚と思っていたが実は自分はずっと軽んじられてきたような気がする、と内心を打ち明けた。坊さんは、そのようなことあるわけがないよ、あなたは美しい目をしている、といった。兄の友人は感激し、あふれる涙をこすって隣を見た。坊さんはきょとんと首をかしげた犬だった。とか。

家の近所に定食屋があった。午後二時ごろ、はじめてはいるとテレビがついていてテーブルも床もとても清潔だったがどこかがたしかにおかしい気がした。厨房のほうから、いらっしゃーい、とおっさんの声がした。僕は整然と下がった木札をながめ、カキフライ定食、といった。へーい、カキフライ定食いっちょう、とおっさんはいった。へーい、とまたおっさんがいった。ひとりで調理しているらしい。十分後、厨房からカウンターへお盆が押しだされ、向こうでおっさんが、カキフライ定食あがりー、といった。僕は盆をとってテーブルに戻った。カキフライとキャベツ、みそ汁にごはん、お新香、小鉢。小鉢は厚揚げとほうれん草の煮浸しだったが厚揚げの断面が緑色だった。カキフライはこれ、ぜったい、危ない、という味がした。みそ汁に細かくしぶきがあがっていて、オヤー、と見ていると足の茶色い虫が溺れていた。僕は立ちあがると、おっちゃんおっちゃん、虫、虫、といった。おっさんは厨房から慌てて店側に出て来て、ごめんよ、あー、ごめん、おじさん、目が見えないんだよー、といった。とか。

犬の着ぐるみを着て銀座で酒を飲んでいたらたいへんに酩酊してしまい、銀座の三越百貨店のシンボルであるライオンの像によじのぼり、うしろからまたがって、ええんか、ええのんか、と犯していたら、歩行者天国で出ていた警官たちが、さすがにあれはあかんやろ、ということで僕を捕まえた。僕の意識が戻ったのは築地署の事務室だった。目が覚めた瞬間、自分がどこにいて、なにをやったのかさっぱりわからなかった。目の前にベテラン風の角刈りの制服の警官がいた。あー、きみ、起きたの、と警官はいった。僕は、あの僕、何かやったんでしょうか、といった。制服の角刈りの警官は椅子ごとくるっと周り、君ねえ、重罪だよ！　といった。僕はヒエーと思った。警官は中腰になり、僕に人差し指をつきつけ、君はね、獣姦で、強姦で、ホモだっ！　といった。とか。

会う度こうした話を用意していく、というわけでなく、なんとなく話しているうち、真空が物体を吸いよせるように、こちらの胸にこうした話が自然と浮かんできて、ア、らもさん、そういえば、ということになるのだった。途中までは真剣な顔できいているが、話がなんとなくみえはじめると、ニヤニヤ笑いが湯気のように顔のまわりにたちこめ、そして最後のひと言をきいた瞬間、手を叩き、満足げな痙攣気味の笑い声をあげながら、らもさんはごろりと背中からひっくり返る。そしてしばらくそのままの姿勢で笑っていた。夢を食べる動物の話はきくが、らもさんは笑いを食べて生きていたという気がしてくる。気散じとか、潤滑油といった甘っちょろい笑いでなく、切実な笑い、生き死にに関わるような笑いであって、それは中島らもの透明な感じと関係があると思う。

本気の笑いとはひっくり返りであり、内と外のたえまざる逆転である。頭がおかしくなり、からだの部位がでたらめにつき、会話がなりたたなくなり、人間だと思っているものが人間でなくなっていたりすることだ。あらゆる内外がくるくると入れ替わっているその間、笑いが切実であればあるだけ、うっとうしい人間の一切合切は吹き飛ばされ、透明な空洞だけが残る。笑っている瞬間瞬間、中島らもは中島らもとして、たえず生まれかわっている感じがしていたのではないか。中島らもは小説を書いていきながらきっと自分でも本気で笑っていた。表面上、じっさいにうしろにひっくり返っていなくても、読み進んでいるうち、細かなひっくり返りが、小説の随所で火花のように発しているのがわかる。そして本を閉じた後、自分のからだの内側が少し外側へ漏れ出していたり、逆に、自分の外側がからだの内に陥入したりしているのを感じる。その穴が中島らもである。読者が小説の最後のひと言を読み終えた瞬間、透明ならもさんはごろりと背中からひっくり返り、そうしてしばらく、そのままの姿勢で笑っている。

「ユリイカ　特集　中島らも」二〇〇八年一月

動物ばかり

ドストエフスキー『白痴』

たとえば自分の内側へ入りこんで外側に循環していくような大きな小説を読んでいるとき、鉛筆で余白に線を引いたり模様を描いていたりといった癖がある。読んでいるときの感覚はそのつど言葉にならないがあとでページをめくってみて、ああこんな感じだったのかと伝わるときがある。二十年ぶりに読み終えた『白痴』の新潮文庫をいまはじめからめくり直し普段になく線や模様が多く、ほとんどのページになにか描かれてあるのをみてなるほどなとおもった。それも、いつもはけしてこうはならないというのは、小さな絵がやたら目立つことで、しかもその多くが動物だった。ドストエフスキーが「無条件に美しい人間」として描いたムイシュキン公爵は自然動物性を帯びていると私は感じたのだろうか。

上巻一二一ページに驢馬の絵が出てくる。エパンチン家の母と三姉妹に公爵がスイスでの泣きだしたいほどの憂鬱を吹きはらってくれた「驢馬の鳴き声」について話すくだり。驢馬に「心の中にある一種独特の共感」をおぼえると語る公爵はもうすでにエパンチン家の四人を「独特の共感」で振動させている。驢馬の絵が何匹もページじゅうに増えていくのは私も同じ感じがしたからだろう。下巻一五六ページには病気の少年イポリートが語る悪夢のなかの「三叉戟《みつまたぼこ》の形」の殻をかぶった毒虫の絵。異常な早さでくねくねと動くこの動物を、五年前に死んだニューファウンドランド犬のノルマが捕らえのみこもうとするが逆に刺されてしまい悲しげに叫ぶ。「そこでぼくは眼をさましてしまった。公爵がやってきたからである」。見開きページじゅうにたなびく黒煙と筋、そこから放射状にひろがる螺旋模様がいったい何の意味か、私にはわからないが、ただこの場面で小説の底のほうからなにか思いもよらないものが噴きだしていると感じたことはたしかである。もう一匹の動物をあげるなら下巻四三八ページにでてくる針鼠でこれは三女のアグラーヤが公爵に与える動物だが私はこの動物の形をさまざまな違うかたちで描いていて、なかでも目を引くのは表裏さかさまにされた針鼠だ。「私たちが子供だってことは、じつにいいことですねえ!」と公爵は有頂天になって叫ぶが私は公爵が内側ではふるえているという気がする。

澄み切っていること。言動をくりかえすこと。判断を待たずやみくもに反射すること。たえずさえずったり、音をたてたりしているが、周囲にそれがほんとうに理解されることはないし、自分でも人ごとのように「わかってもらえたらなあ!」とばかり嘆じている。公爵の「美しさ」は、もちろん真っ白な哀しみに結びついているとおもうがそれは極小の塵に縮まったかとおもうと瞬時に極大の平原まで霧のように広がる。『白痴』という小説の感じもまったく同じで、ときに蛆虫ほどになって目の前でのたくるかとおもえば、不意に宇宙をのみこむ鯨ほどに膨らんで目に見えない空間をまきこんでいく。

「考える人　特集　海外の長篇小説ベスト100」二〇〇八年二月

中国という感覚にのみこまれる

いま中国人の莫言という作家が書いた小説『転生夢現』を読んでいて、読んでいきながら自分がこれまで読んだどんな小説よりも広く暗くそしてまぶしく感じ、興奮し涙し爆笑し、ということばかりつづくのだが、これは莫言の新しい作品の日本語訳がされてそれを読むたびにそうである。『転生夢現』は上下巻あって上巻は四三六ページあり、ある地主が一九五〇年土地改革の騒動のなかで銃殺され地獄におち、そして無実を訴えるがもとの村へロバとして転生させられてしまう。第四章「農業合作社のドラとどろき、雪中ロバが蹄鉄を打つこと」第六章「転生ロバがほのかに恋をし、知勇をふるってオオカミと闘うこと」第十一章「転生ロバが義足をつけてもらうも、飢民に襲われて食われること」。その後地主は牛、豚(上巻はここまで)と転生し短い生を継いでいきながら、農業、工業の国営化、紅衛兵の跋《ばっ》扈《こ》、文化大革命と、現代中国への流れを動物の低い目線から物語る。歴史大河小説というような言葉におさまりきらない何かが莫言の小説にはいつもあるが、これは中国の本物の作家が本物の中国のことを書いているからそうなっている気がする。「三千年の歴史」などと戯れ言のように日本では中国のことをいうが中国では「歴史」とは過去何年何千年という紙の積み重なりではなくて、もっと不定形で毛むくじゃらでウニョウニョうごめいていて、そのどこかの部分に自分のからだがおさまっている生暖かく巨大ななにかである。それは足を浸した夜の海に似ている。膨張と収縮をくりかえす「宇宙」に似ている。そしてまさしく「物語」のことでもある。

はじめて中国にいったのがたしか一九九五年でそれ以降いっていないが、こんなことを書くと怒られそうだが、上海の市街を数日歩きまわり、電車ですし詰めにされ別の名も知れない町へいってそしてまた戻ってきて、有名な大きな川の河岸にぼんやり立って北東の方角の空を見あげ、アーこの先に日本があるとふとおもったとき、日本という国が中国という大きなかたまりのなかのとても変わった一部と感じられ、ハッとしたことがあった。アメリカの属州などといわれるがカリフォーニアの海岸に立って太平洋を眺め、この先の日本はアメリカの一部の島、と日本人が感じたりするだろうか。河岸に立ったとき私は中国という感覚にのみこまれていた。それは安らかであると同時にきなくさく、非倫理的でふしだらな感じでもあった。「これからは中国だ」といってその時期誇らしげに移り住んだ大勢の日本人をみたがその人たちはいまふりかえるとなにかに「転生」したあとのようにみえた。そうした不合理や矛盾、非人間性をも内にのみこんで咀嚼《そしゃく》し、一部と化してしまう大きさ、明るさ、暗さが中国とその歴史にはあり、そしてそのようなものを作ったのは人間である。というようなことが、莫言の小説を動かしている原理だとおもう。中国と宇宙と物語は同じ軸でまわる。

「TRANSIT」二〇〇八年三月

時間に遅れる子ども

薬局で売っている特効薬のように本を読んで遅刻癖が治るということはない。あるとすれば母子で同じ本を読みアーあそこはこうだったね、などと話したりするうち時間に遅れることについて子どもが徐々に自覚し、待ち合わせの場所に先にいってその本を読むようになる、といったことだろうか。たとえば『走れメロス』を読んで、メロスが途中でマンガ喫茶にでも寄って一服していたら地平線に日は沈んで親友セリヌンティウスは「メロスー」とべそをかきながら槍で突っつかれていたでしょうね、とか。時間に遅れる子どもというのはだいたい待たせている相手のことが頭に浮かばないもので、「もしかしたらメロス来ないかも」と一度だけ疑ったというセリヌンティウスの気持ちになれば、子どものほうでもそれまでの待ち合わせの感じとは少しちがってくるのではないか。私は大学生の時朝電話がかかってきて出ると友人が「ええかげんにせえよ」といっていて、時計を見ると昼の二時で約束の時間に四時間遅れていた、ということがあった。

究極の遅刻本というとサミュエル・ベケットという劇作家の『ゴドーを待ちながら』というのがある。エストラゴンとヴラジーミルというふたりがゴドーという人を待っているがぜんぜんこない、その間ふたりはやたらゆっくりと動きゆっくり話しする、といったような芝居で母子でこれを輪読するとしたらそれはそれでたいへんな母子といえるとおもう。ベケットが最初に詩集を出した出版社は「時間出版社」という名前である。おもしろさということで最高の遅刻本をあげるならジュール・ヴェルヌの『八十日間世界一周』だとおもう。私は子どもの頃、高校生の頃、三十代、という風に何度も読んでいるがその都度確実におもしろい。また「時間」をテーマにした小説に『スローターハウス5』『夏への扉』などのＳＦがあるが、私は中学生の頃こういうのばかり明け方まで読んで寝坊しほとんど毎日学校に遅刻していた。

読売新聞　二〇〇八年四月

ページのむこうの特別な時間

本を読むとは、一見そこに書いてある字を読むことだけだと思いがちだが実は、その書いてあるページのむこうの空間に全身ではいりこみ、日常の時間でなくそこに流れている特別な時間に身を任せ流されていく、一種の身体経験、見えない踊りのようなものとみることもできるだろう。音楽の場合を考えてみたらわかりやすいが、きいていると思っている瞬間音楽は逃げ去っているがその逃げ去っていく瞬間の折り重なりがつまり音楽の流れで、小説や詩にも同じようなところがあり、本の場合文章を「演奏する」のは読者自身である。

『転生夢現』は歴史小説といえるが歴史上の出来事を連ねていくから歴史小説というのでなく、「釣り文学」とか「恋愛小説」などと同じく、「歴史とはなにか」「なぜ歴史があるのか」といった答えのない問いかけを、背後に響かせながら進んでいく「歴史小説」である。主人公ははじめロバで、一九五〇年のある日、橋の上で銃殺された主人公の地主が、閻魔大王の前に引きだされ無実を訴え、じゃあ同じ村に生まれかわらせてやるといわれて気がついたらロバになっている。ロバは寿命が人間ほど長くないので第一章で死んでしまい、再び閻魔大王の前に出てだましたことをなじると、次に転生させられるのは牛である。豚、犬、猿と転生を繰りかえす主人公の地主は、毛沢東時代、文化大革命、改革開放から二〇〇〇年問題と、動物の目線ですべてを目撃し、その同じ目線のまま読者も歴史の波にたゆたう。中国そのものを生き直すといってもよい。歴史とは過去の記録などでなく、いま自分のいる場所を揺さぶりながら、行く先の知れない果てへ枝葉を伸ばしていく真新しい音楽であると、読者は全身で笑いながら知ることができる。

『原っぱと遊園地2』は建築家の言葉による時間と空間の新しい表現だ。自分の設計は、遊ぶ目的があらかじめ決まっているのでなくそこに集まって自然発生的に遊びができていく「原っぱ」的な建築をめざすのだと述べる作者が、では実際にどう考え、どのような素材でどのような空間を作り、そして全体の建築を浮かびあがらせていくか正確な言葉であかしていく。正確といっても四角四面というのでなく、建物の暗がりを一歩ずつ進み、戻り、また進んで今度は右へ逸れ、やにわに立ち止まってもとの部屋へ駆けもどり、といった具合に、蔓や根がからみあい、どこをたどっているかわからないが全体に視点を引けば「そこ」にいる、といった文章で、これは青森や水戸の美術館にじっさいにいった人はわかるとおもうが青木氏の設計した建築とそっくりで、つまり表現の誠実さ、本当さということだ。なにかをわからせるとか、伝えたいものがあるとか、そのような本ではまったくなくて、まさしく原っぱのように、いってみて、うろうろとまわり、土管のなかを覗いたりなかに入って膝を抱えてみたり、何度もくぐり抜けたり、そして本から出てくるときには何か別の経験をした感じがからだに残っているふしぎな本で、もちろん学術書ではなくエッセイという文章でもなく、散文詩のようでもあるけれど、読んでいていちばん近いのは初めての美術館をひとりさまようときのあの感じだとおもう。

「MOE」二〇〇八年七月

笑える本

初めから終わりまで腹の底から笑える本、というのは私は知っているが大阪の堺東駅南口の本屋に売っている。題名は『坊主狸』といって、話を紹介しようとする人がアノナ、とはじめた途端山からなにか降ってきたみたいに笑いだし七転八倒そのまま息が上がって気を失うため読んだ人しか話を知らないという伝説の本で、よおしこの機会に俺も取り寄せて読むかと堺東に電話をしたら品切れで入荷予定なしとのことで愕然とした。初めから終わりまで笑える『坊主狸』を、いまどれだけの人が求めているか切々と訴えたら、この厳しい時勢になにぬかしとんね阿呆、狸、と怒鳴られた。どうしてこんな本屋に『坊主狸』が置いてあったのか見当もつかない。狸がやっている本屋なのだろうか。

今ワープロソフトで「ほにゃ」と間違えて打って勢いで変換キーを押したら「本屋」と出て驚きました。なので右の「本屋なのだろうか」というのは「ほにゃなのだろうか」と読みます。

ともあれ『坊主狸』を入手できなかったので自分の経験でいうと本を読んでいて笑いが止まらなくなったのは朗読のときだ。カメラがまわっていて机に向かい読みはじめたのだが笑いが溢れてきて一行も進めない。それは夏目漱石の『吾輩は猫である』（岩波文庫）の六三ページ「巨人、引力」という論文のところでそれからどこのページを開いても横隔膜がひくひくして結局没になった。ひとりで音読するというのでなく人前で読むということをすると大概底のほうから笑いの泉が噴きあがる。誰かに見られながら読んでいるということ自体が可笑しいし精神も身体も外に開いてくる。或いは読んでいて絶えず他者がそこにいるといった文章の小説、例えば小島信夫の短編集『アメリカン・スクール』や吉田健一『旅の時間』、新しいものなら佐伯一麦『ピロティ』などはどうか。優れた小説は表面はそうみえなくても必ず内側に静かな笑いを含んでいる。

読売新聞　二〇〇八年七月

開かれた小説

古川日出男『ボディ・アンド・ソウル』

本州の中心から真南へくだっていく電車の前向きの席で、慎二が『ボディ・アンド・ソウル』を読みはじめたのは前からそうしようと考えていたからでなく、四国という地域で二日過ごし、飛行機で東京という都市、三浦半島の突端へ戻り、そしてまた電車で本州の中心の松本という町へ戻ってくるという旅程のなかで読もうと何気なく書棚から肩掛け鞄に入れた。鞄はいま生きているもっともパワフルな画家の絵が印刷された色とりどりの鞄である。鞄の中の本はこの読みはじめた小説、もう生きていない現代音楽家の大勢との対話が収められた文庫本、東京スポーツ、『卍』がはいっている。一一ページに、飛行機は墜ちる、もちろん、と書かれていて慎二はしなの号は電車だ、とおもい直し、そして、自分が最近外国から日本へ戻るとき乗った飛行機のことをおもいだした。第二次世界大戦で外国からラジオで演説し国民を鼓舞したとされる軍人の名の付いた空港で胴体の太い飛行機に乗った。なかは満員で半数以上が日本人にみえ肘から上を挙げ気味にして通路を行き来している女性の働き手も多くが日本人にみえたが実際はパスポートなどみないといまは国籍はわからない。ドアレバーをなんたらという決まり文句がどこかできこえウイーと丸い壁の向こうでなにか音がしたとき、経済的、と決められた席の前列の端あたり、おそらく14のB、Cぐらいの位置で、押し殺した泣き声がきこえ、どうやら母親が手で口を押さえているらしいのだが、急につんざくようにダメー、ダメだよー、と少年の声がわめきだした。シッ、シッ、なにいっているのようちゃん、と母親はいうがようちゃんは、イヤー、おかあさんダメなのー、ダメー、これダメなのー、ともう引きつけを起こしたようにしゃくりあげていて、母親は手で押さえているがようちゃんの声はたしかに、燃えるー、ばらばらになるよー、ヒィー、燃えちゃうんだよー、といっていて、すると前方でひとりがバタンと席を立ち、肘を挙げ気味にした女性の働き手に、私は降りる、と告げ、お客さまそれはどうのこうのといっているそばからカップルが、親子が、ビジネス客が、次々と頭の上の手荷物入れを勝手に開き通路に立ち前方のドアに詰めかけ、女性の働き手に男性の働き手も加わって騒動になったが結局飛行機のドアは開き、三分の一ほどの乗客が三分間でいなくなった、ということがあった。慎二はそのとき『白痴』を読んでいた。ようちゃんは泣きつかれてずっと寝ていて他愛もないとそのときはおもったが、しなの号のなかで小説を膝で開いたまま慎二は、ようちゃんはこの冒頭に出てくる生者を呪う死者を、あるいは死者を希《こいねが》う生者の存在を、機内に感じとっていたのかもしれない。それは眠っているようちゃんの数時間の死にまぎれこんだのかもしれず、あるいは三分間ドアが開いたとき空港に降りていったのかもしれない、とおもった。そしていつも使っているノートを開いて「ようちゃんとしなの号」と鉛筆で書きかけ、以前コンピュータのキーで「しなの」と打って変換すると最初に「死なの」と出たことをおもいだしノートを閉じて小説に戻った。五七ページにルイ・ヴィトン動物園のことが書かれてある。ルイ・ヴィトンの動物園にもパリ店にも表参道店にもはいったことはないが表参道店やニューヨーク店の建物を設計した建築家の展覧会には前の週にいった。展覧会は東京の近代美術館というところの展示室一室を使って開かれたが、展示室の天井から楕円やパレットのようなのやさまざまな形の白い板が観覧者の胸あたりに水平につり下がっていて、その板の上に、その建築家の作った発泡スチロールやボール紙の家の模型が、点々と並んでいる。板には番号が振られていて、観覧者はその順番にみていく。建築家がある家を作ろうとおもい、最初に作ったものから数個の模型がはじめの板に置かれ、中庭のことを考えて飛躍した形の模型が次の板にいくつか置かれ、といった具合に、家のかたちができあがっていく過程が膨れあがったり削れたりぐるりを紙で取りまかれたり、といった揺れ動きとして晒《さら》されるのだが、これは手書きの原稿に似ていると慎二はおもった。いま読んでいる小説、小説全般にも似ているかもしれない。小説トハ、ナニカ？　トコロデ蕎麦ハ好キカ？　死なの号は名古屋駅のホームに二十五分遅れで到着した。山の上のほうで雷雨があったらしい。名古屋は蕎麦よりも平たく白い麺が有名で建築家が設計したルイ・ヴィトンの店もある。

新幹線で岡山までいって瀬戸大橋を渡り高松からフェリーに乗る。場所を移るということは住まう地名が変わるという以上のことだとフェリーのエンジン音に揺さぶられながら慎二はおもう。いま移動している先の直島というところへ引っ越すかも知れないが、その地名だけでなく、このように移動していること、そして一度いくというだけでなく何度も繰りかえしいくというのは移動を越えた同心円のなかに自分の存在を組み入れることでもあるだろう。読んでいる小説のなかで小説は西東京、中野坂上、銀座、南東北、亜東北と地名間を移動し、また時間を移動し、物語間を移動し、人称間を移動する、その移動する元と先の地点に目が行きがちだがほんとうは、その「間」が膨れあがったり削れたり紙で取りまかれたり、といった小説でもあるような気がする。書かれていないことに書かれていくことが吸いこまれ消失していくといったような。フェリーは地響きの音をたてて向きを変える。赤色の天道虫のような物体が埠頭にみえ、慎二は人形浄瑠璃の一節を口のなかで呟き、すると隣の老婆が季節違いでんなといってどこかへ消えてしまう。直島で一泊し、翌日の朝から快速船で犬島というところにいく。人口が六十人なのに犬が三千匹いるときいている島だが着いた埠頭に犬はいない。明治期に十年間だけ創業していた巨大な精錬工場のなかの空間で小説が宙吊りにされているという展示をみ、島が一望できる岡の上の神社にのぼって犬がいないのをたしかめてから高速船で直島へ、直島から高松へフェリーで戻る。高松は白い麵で有名な讃岐という地方の都市だが外国人には「讃岐」と「たぬき」をきき分けることができないので少し日本語を知っているくらいの外国人が騒動を起こすことがあるが、慎二の入った店は日本人らしくみえる人ばかりでゆであげた白い麵に鶏卵の天ぷらを入れてだしをかける。小説では米沢牛のすき焼きや抹茶ババロア、じゃが芋にバターをのせたもの、ラムチョップや粥が出てくるが人は人が食べたものを翌日すべて忘れているといった風に出てくる。高松の空港から飛行機に乗って東京湾に面した空港の滑走路に降りた。もう生きていない現代音楽家の対話を収めた文庫本は飛行機のなかで読んでしまった。

三浦半島の突端の三崎まで東京の空港から京急線の快速特急が走っている。サイダーを飲んでいる人は車内にいないし泣き叫ぶようちゃんも席にいないがだんだん薄暗くなってくるというのは三浦半島らしい空気にはいっていくからだ。油壺という地名は三浦一族が北条一族に敗れたとき全員首を斬られ流れだした血が湾に溜まって黒光りし油の壺のようにみえたからそうついたのだと、木の看板に書いてあるのを慎二はみたことがあるがそれは地震研究所の前だった。地名もここで揺らいでいるのだとそのときの慎二はおもい、いまの慎二は京急線の終点三崎口で電車をおり、小説を読みながら京急バスに乗ってまっすぐに港までくだっていく。三崎の港に家を借りて七年が経つがまわりはすべて駐車場になってしまった。すべて七度の台風の夜に吹き飛ばされてしまった。青色のネオンが灯ったスナック・ニューバッカスに入るとパレットのような形のカウンターにバーテンダーの佐藤さんがチョッキを着て立っている。慎二は小説を閉じて架空の動物の絵が描かれたビールの小瓶を何本も飲む。佐藤さんはここには船乗りのまぼろしがよく飲みにくんだと腕を組んだまま笑う。海でいなくなったやつらは本当にいねえといるとの間でタプタプ波に揺れててよ、塩で喉が渇っからときどき酒飲みにやってくんだ。目には見えねえがなんかさそこらのどっかがさ、曲がった、つう感じがすんだよな、店んなかが丸まって輪になってるっつうか、俺もそこに立ってる俺がさっきまでの俺と一周した感じがしてよう、俺さ、この仕事やってた甲斐があるなんておもうとしたらまあそんなときよ。佐藤さんはいま「書かれている」と感じているかもしれない。その感じは自分について人間がおもうときつぎつぎと自分の底が抜けてみえないところに抜けていく、といった風な、入れ子状の構造を感じることに似てもいるだろう。それを時間のほうへ移動させていくと縮んだり膨らんだりを繰りかえす揺れ動く模型の連なりになり、舞踏とか、映画とか、そして音楽は目にみえるならどんな音楽でもそのようにみえるだろう、と小説と佐藤さんの「間」をみつめながら慎二は何本もビールを飲んだ。翌朝三崎の家を掃除し客を待ち客がやってきたら顔馴染みの魚屋へ連れて行った。魚屋は一昨年から座敷付の食堂を出していて朝に仕入れた魚をその場で調理し刺身盛りに煮付け塩焼きにして出してくれる。宴席に出たのはアジ、キンメ、小ギス、サザエ、ケッポ、マグロ中トロ、マグロ赤身、サヨリ、サワラ、カマス、以上が刺身盛りで塩焼きはダツ、カマス、地のヒコイワシ、煮付けはメバルとキンメダイだった。店の若主人がドラム缶でさっきから何かやっているとおもったらマグロの頭部を炭火で一時間炙《あぶ》っていた。包丁と熊手で取りわけられた頬肉と血合い、目のまわりの部分、目玉などにレモン汁を注ぎかけて全員で食べた。一度寝て起きてしまえば全部忘れている。カラオケスナックにいった。皆青江三奈ばかりうたった。青江三奈にはときどきそういうことがあるのだ。マスターが痩せたカストラートのような声の画家を指さし、あの人、恋に落ちて、フォーリン、ラブ、うたえねえかな、というので慎二はうたえんしょ、と三崎言葉でこたえ、カストラートの画家が細い声でうたいだしたとき店の美人の女性がうっとりと首を動かしはじめ、慎二はアアそうだったのか、とおもった。カストラートのような細い画家と女性は夜の油壺へ消えた。翌朝起きると家には誰もおらず慎二は空腹だったがこの日は歯を抜かなければならない。京急線に乗り込み鞄から小説を読みはじめると前に座った女性がこないだ面白かったのー、と見えない誰かに話しかけている。都電荒川線ってあるじゃない、あれを貸し切ってライブがあったの、生ギター一本だったんだけど、電車が揺れるリズムとギターってすっごく合うのね、ううん、止まらない、都電の貸切って止まっちゃだめでずっと走り続けなくちゃいけないんだって、慎二は京急線の揺れのなかで都電荒川線の揺れについて聞くのは変な感じだとおもい、それは京王線でも「しなの」でももしかしたら飛行機でも、きっと同じことだ、移動していく限りそれぞれの空間の振動音は呼応しあっているのかもしれない、とおもった。小説の後半にさしかかったところで西新宿に着く。高層ビル群。なんであゆうビルは崩れないんだろう、とおもった瞬間銀色にそそり立つ建物の上端がボロボロと崩れはじめ、慎二は歯科医の階段をあがりガラス戸を押す。ガラス戸を向こうから押して出て来たとき慎二は右半身がシワシワになっていて、親不知《おやしらず》を抜くまではよかったがその後血が止まらず、いくら止血剤を入れても止まらず、医師の声が耳元で、おかしい、なんで止まらないんだ、と繰りかえし、それを聞いているだけで慎二は右半分に皺が寄り始めたが、二時間顎を押さえられ歯茎の最深部を力任せに押され、救急医院への連絡をするかしないかでようやく出血が収まり、保険証をもっていないので持ち金のあらかたを取られお大事にといわれたのである。新宿駅から北西に向けて本州の中心へ走る電車の前向きの席にだらりともたれかかる。肩にからまった色とりどりの鞄の中の本はもう読み終わる小説、後半生チェスばかりしていたとされる外国の芸術家のインタビュー集、東京スポーツ、『犬島ものがたり』がはいっている。「しなの」ではなく

「あずさ」という名のついた車両を繋げ合わせた電車は午後五時に発車し、中野を通過し、西東京を過ぎ、山間部に入っていく。東京スポーツを広げた慎二は有名なギャグ漫画家の死をはじめて知った。慎二はギャグ漫画家の家にいったことがあった。家の模型を作った建築家の家にいったことがあった。パワフルな画家の空間にいったことがあった。そしていま「あずさ」にいる。正確には「あずさ」と小説ごと移動していきながら、東京スポーツをめくると誌面の下のほうで目が留まる。それは「東スポ特性1面Tシャツプレゼント」という広告で、過去に人気があったトップ記事をTシャツにプリントしてそれぞれ十名に贈ります、といった内容だったが、それらの記事の見出しは「電線に止まったUFO」「独占写真！　妖怪ゴム人間」だった、慎二はハッとし、鞄から小説をとりだし、シワシワの右手で心当たりをめくりだす。二三二ページ。「トキワ荘」。二四二ページ。「腕が不思議に伸びる感じ」。二四七ページ。「待望しなければならない。乞うのだ。天空に飛来するUFOを」。慎二は暗い内側から徐々に膨らんでいく感じがし、前向きの席で伸びをし、小説を手に取り読みはじめる。そして二八七ページ、突然、それは降ってきた、という一文を読んだ瞬間、爆《は》ぜるような音を立て、突然降ってきた雨が窓を叩きはじめ、辺りはすぐに洗車場にいるかのような豪雨になった。慎二は構わず読みつづける。午後五時新宿発あずさ二五号は午後五時五十五分甲府駅の手前でおもむろに停車し、くぐもったアナウンスの声が、ただいま韮崎小淵沢間で落雷のため停電いたしました、申し訳ありませんが復旧し次第発車します、という。雨粒は次第に天井を突き抜け頭上から降りかかり、満席の車内は水浸しで乗客は皆びしょびしょになっていくが慎二はまったく気にしない。遠くで雷が鳴る。また音が鳴る。音はどんどん近づいてくる。透明な雨に打たれ、シワシワの右半身に潤いが戻っていくのを感じながら慎二は、移動と移動の「間」の豊かな場所で、すべてが「間」へと開かれている小説を読みつづける。

文庫解説　二〇〇八年八月

とっておきの秘密の沼で

ユベール・マンガレリ『四人の兵士』

四人の赤軍兵士はどうという理由も示されずはじめ語り手のベニヤ、缶にナイフをさして湯を沸かしていたパヴェル、ウズベク人の巨漢キャビン、皆より少し若いシフラという順で森で寄り集まる。理由は書かれていないだけで四人にはこの四人しか考えられないことは読んでいてわかる。四人はひとつの懐中時計をもっていて、それは機械が壊れていて時計としては用をなさないが中に女の写真が入っている。テントの前に枕木を二本据え、裏返した木箱を置き、タバコを賭けてサイコロを転がす。四人は頻繁に沼へいく。とっておきの秘密の沼で、四人以外に知られないため通った跡にも注意し、静寂のなかで水に身を浸したり、毛布を洗ったり、岸辺にずっと腰をおろしたりしている。四人はそれぞれのうしろを追いかけ回して遊ぶ子犬のように見えるときがあり、そしてその四人の時間は前へ進むのでなく、ひとつところで回り、何も起こらずとまっている、という印象をうける。何も起こらないように小説の表面では見えているが、その向こうで物語や想像を越えた光景がある、というのは四人がいるのは正真の戦場だからだ。

ひとつところでの回転をつづけてきた時間に変化がうまれるのは、四人にひとりの志願兵の少年が預けられてからだ。少年が毎日ノートになにを記しているか知ったとき、そしてそこにこういうことを書いてくれと懇願をはじめたとき、四人の兵士たちの時間は一気に巻き戻され、ひとつの帯のようになる。記憶をさかのぼる心地よい回転音がやんだとき、四人の兵士たちは、もう四人だけの時間は、巻き戻されて残っていないことに気づく。もうあとは時間を進んでいくしかないのだ。そして爆発音が響き、小説は時間とともに走りだし、目を逸らしようにもあまりのスピードに逸らすことができない。四人も読者も走りながらページを次々と過ぎていく光景を見送っているしかない。

「週刊文春」二〇〇八年八月

ボロボロになった背表紙

家の本棚に柴田元幸訳の本のなかでどういうのがあるかと眺めていたら『デカルトからベイトソンへ』のボロボロになった背表紙が見えこんなになるまで熟読したのか、と思った。モリス・バーマン著、副題「世界の再魔術化」、一九八九年十一月二十日初版発行。一九八九年に上京し、それから何度か引っ越しをしていま三浦半島の三崎にいて、引っ越しの度に本の数は減っていったが、それでもこの本はいまここにある。内容も、どういう状況で読んだかもよくおぼえていないが、知識のカードがかたんかたんと裏返されていくのを見守り離れてみればまったく別の模様にうまれかわっている、というような読んでいるときの感覚だけはいまも残り、そしておぼえているのは訳者の後書きがなにか本を読んだという以上の後味を残したことで、いまその箇所を探してみると最後のページに「近代を批判した本を訳すにあたって近代の枠コンピュータを駆使するという創造的ウロボロスを可能にして下さったのは津田宏さんである」とあり、いまこうして書き写していてもからだが内側へねじくれていくそのときの感じが湧きあがってくるが、デカルトからベイトソンへ、という本を没入し注釈も読みそして後書きの最後のページにこのように書かれていては軽く四次元のうっちゃりをくらったようなものである。まあ本を閉じればそれはまたくるりと裏返るのだがともかく普通に本を読んだというだけの印象ではなかった。おぼえていないと書いたが、「それぞれの章が多かれ少なかれ独立した物語を構成しているから、興味のあるところから読んでいただければよいと思う」と後書きにある通り、こびりついていた埃を拭いて読みはじめるとすぐになにかがよみがえり、固い印象がほぐれる。第九章は次のようなエピソードではじまる。「一八八三年か四年のことである。五歳になった私の母方の伯父は、ユダヤ人の初等学校に送られ、ヘブライ語と旧約聖書を学ぶことになった。当時の白ロシアのグロノド県のユダヤ人社会では、学校に上がった子供一人ひとりに、一枚の石版を与える習慣があった。この石版で子供は読み書きを学んだのである。さて、第一日目の授業で、先生が実に驚くべきことをした。祖父の石版を手にとり、ヘブライ語のアルファベットの最初の二文字（アレフとベート）を蜜で書き、それを祖父になめさせたのである。蜜の文字をなめながら、祖父は生涯忘れることのなかったメッセージを学んだ。知識は甘美である、というメッセージを」。ここから最終行までまた一気に読んでしまった。その間さまざまな色や形のものがからだのなかで浮き沈みした。そして最後の見返しのところになにか紙がはみ出ているのに気づき、広告かなと思いとりだしてみた。それは広告ではなかった。BEACHCOMBER HOTEL、と最上部にありその下にMAURITIUSとあって私は呆然とした。私は古代魚シーラカンスを釣りにコモロ島へ渡ったことがあるが飛行機でまずいったんモーリシャス島に下りホテルに泊まった。紙はその支払い明細で、日付は25/04/90 ~ 01/05/90とある。私は正確にこの日この場所まで柴田元幸の訳したこの本をもっていき部屋で読んだのだ。だからボロボロになったのだろうか。いま魚屋にもっていき計ってみたら本は七〇〇グラムと少しあった。

「文藝　特集　柴田元幸」二〇〇八年一二月

多次元のスポロガム

ル・クレジオ『大洪水』

『大洪水』の文庫本は四〇〇ページほどだが私に出版前渡されたのはゲラ刷りをコピーしたA４のつまり字が両面に詰まった二百枚の紙束だった。目次がたいへんおもしろそうだがもったいないのでチラ見して飛ばし、紙の右側に「視線に境界はない」、そして左側に「初めに雲があった」ではじまる文の塊がある。紙をめくる。描かれている日本語の文字を視線で縦に追い、こんな風に書かれる小説はと驚きながら目が止まらないのは小説を進めていく著者の速度とトルク、引っぱるだけでなく呑みこんで流し去ろうという空間の力だ。一一ページにAが十六個書かれている。私は小説を読み進めながら鉛筆で余白になにも見ないまま絵や模様を描いていくという癖があるが、このページから頻出するのが矢印の形で、ラッキョウの表面の筋のような曲線の先に矢が、上下運動のように描かれていたり、紙全体を横切って左右に向いて、一本、二本、三本、四本、と往復する感じで描かれていたりし、そうして紙をめくっていきながらまあ読んでいてどこかそういう感じがしたんだろうとさらにめくっていくうち、一五ページに、「いつまでも描かれつづけている垂直と水平の運動をのぞけば、いかなる関係ももはや存在しなかった」とあるのを見つけ、なんとなくばつが悪いというか、見透かされているのがわかったとでもいうように、私はこのページに三十二個のAを並べて大きなAの形を描きだしている。紙をめくる。矢印のかわりにあらわれたのが縦棒と横棒を組みあわせた十字形で、はじめは紙一枚に三、四個置かれるばかりだったのがやがて、下部の余白をぎっしりと埋め、上部では十字形が変化した飛行機が左向けに飛翔し、十字、十字、十字、と白い十字のものが見わたす限り立てられている大地を前に立つ感覚で紙をめくり、と、突然具体的なもののスケッチがあらわれてぎょっとしたが、それは二四ページの上部の余白で、横向きのラッパのようなものから用紙の外の空間へ伸ばされているようにラインが出ている。真下には「丘の頂上でサイレンが鳴った。おそらくあらゆるものの原因はこのサイレンだったのだろう」と言葉がある。紙をめくる前にそのサイレンがどこへ鳴り響いているか私にはおぼろげにわかり、紙をめくり、するとそこ、二六ページの中間に、「彼女のために、門みたいなものが開かれるのを見た瞬間、サイレンは鳴り終わった」と言葉がある。私は十字形で門みたいな形を描いている。そしてサイレンが鳴り終わった日から「私、フランソワ・ベッソンはいたるところに死を見出すようになった」。

紙をめくる。鉛筆画はしばらく波の図柄がつづく。大きくうねり、粒を散らしながら進んでいき、文章の書かれている紙束全体を波は縦横に揺らすかに見え、文章のなかにもさまざまな振動があらわれ、それが分の表面に目に見えるかたちで浮上してくる場面もあって、たとえば三六ページ、「天と地のあいだのどこかで、血で描かれた平たいものが揺れている。それはたがいに鋲打ちされた金属板でできあがったものであり、全体が締まったり、縮んだりするのを、楽しんでいるようだ」と書かれてあるが、私もここで金属板のように揺れながら余白に、洪水の後のような光の射す黄色い光景を鉛筆で描いていて、ウサギや牛もいて、どこか谷岡ヤスジの絵に似ている。紙をめくる。十字形が何十も並んでいる。それは鉛筆でなく、四一ページにあらかじめ印刷されている十字形で、椅子、指、拳銃、鳩、フロレアル荘といったランダムな名詞にひとしなみに、目印か、十字架のように、縦棒と横棒を組みあわせた形が立てられていて、それらのものとものあいだを、私のひょろながい鉛筆の線の矢印が、縦から横からまた斜めから入りこんで、さまようように曲がり進んでいくが、それは『大洪水』を読んでいくいまのことであるし、フランソワ・ベッソンの彷徨であろうし、また小説や、ほかのなにかに入りこもうとし、はね除けられながらのたくり身を打ちつけることでもあるだろう。たとえば生きている限り死ぬことはできないのかと。波形にくわえ、斜めに引かれる平行線がはじめは薄く徐々に色濃く紙の上にあらわれてくるが、小説のなかでは雨が降りつづき自動車やレインコートや舗道を絶えず濡らしている。雨の降ってくる空と降り落ちる地面という両極の他に、小説の街には高低があるらしく、高い丘にのぼって見渡せばひしめく家の屋根が切れかけたネオンのように点滅しているが、それはあったりなかったりするというより、あるということを無限に繰りかえす苦行を強いられているように見える。五六ページに、家や運動や色彩はもはやなにものでもなくなったが、だが、依然として存在している、と絶望のように書かれ、すると十字形は並び互いに組み合わされ、格子の模様、さらに巨大な方形をなして紙の上に広がり、その結節点ごとになにかがチカチカと点滅し、あるということを無限に繰りかえしているのが見える。一六ページに出て来たビルディングの一九八個の窓というのもそうだったかもしれない。「市松模様の空があった。それまで曖昧だった色彩は黒と白に分かたれた。やがて本質的な差に応じて、光の部分と影の部分に区分される。形は直線、螺旋、屈折線など、もっとも図式的な表現に帰していく」と一四ページにある。はじめからそう書いてあったのだ。そして五八ページに立ちはだかるのは長方形だ。しだいに崩れゆらめきだす。私はとある作家と二〇〇八年の秋に対談し、そこでしたスポロガムの話を思いだした。対談相手の作家は、私の小説を読むと読んでいる人の外側が小説に取りまかれる感じで、いっぽう自分の作品では、読んでいる人の内側を満たしていく感じがするのではないか、と語り、私はそれを聞いてスポロガムですねといった。スポロガムとは私の子どものころ駄菓子屋で売られていた青白い長方形のガムで薄く人の形が筋でつけられてありそのようにくりぬくことができる。内側と外側つまり図と地に分かれるが、それらの輪郭は両方とも同じであり、自分の内部をどこまでも深く探り精密に書くというのは彼の生きている外側の輪郭を描き出すことになるし、外側の世界を目を逸らさず綿密に書くとなると次第にそれはその人の内なる人間の形になってくる。『大洪水』の五八ページに立つ長方形もそのことをいっている。

その中心には、辺《へん》のなかにそれぞれ人間的、あるいは植物的な冒険をはらんでいるいくつかの長方形が生まれている。ちょうどやわらかなビロードのような影を押抜き具で切りぬいたように、外縁だけが残っている。さながらトンネルのなかで、進んでいく自動車のまわりに静かにひろがる白い光の帯のように、はっきりと。そしてそれは無限の窓を開いている。

ル・クレジオはスポロガムを食べたことがあったろうか。ここまでがプロローグで一章からは出だしで宣言されているようにフランソワ・ベッソンという男性の物語になる。正確には、フランソワ・ベッソンという人間と、その人間の影をくりぬいた世界との、同じ輪郭をもったもののせめぎ合いが描かれていく。それは時間や空間においてもそうで、フランソワ・ベッソンはあるとき、ある場所にいるとすれば、他のときや場所に同時にいるということはできない。そのとき、その場所にくりぬかれたまま生きていかなければならないが、その外の世界を、フランソワ・ベッソンの存在がくりぬいてもいる。つまり両者は重ならない。ふだんは人は、重なるように思って生きているということが割りにできるけれど、フランソワ・ベッソンには、ある時点からそういうことがいっさいできなくなってしまった。自分の両親、自分の家、自分の幼い日に書いたものでさえ、すべてフランソワ・ベッソンにとっては、輪郭の外側にしか存在しない。しかしほんとうにそうなのか、内側と外側を越える、なにか別の図式的な構造はあり得ないのだろうか。フランソワ・ベッソンは最後にその一点にみずからを賭け、みずからを焼き尽くそうとしたかに見える。それはクラインの壺の展開図、メビウスの輪で描かれるこの世の地図、多次元のスポロガム構造といったものかもしれない。目に見えない、ものを越えていくもののため、フランソワ・ベッソンはみずからの人間の形を壊し、輪郭を捨て去る。闇のなかですべてを溶かし合わせ共鳴させようとこころみる。一見それは孤独な戦いであるけれども、それを書き記す人間、読みつづける人間がいるのなら、けっして徒労にはならないだろう。彼らの目の中にフランソワ・ベッソンの冒険が映るとき、その人らは、フランソワ・ベッソンと同じようにふだんの輪郭を失い、無限の窓をくぐり抜け、そこで待ち受けるフランソワ・ベッソンと螺旋状に絡み、永遠にむけて伸びていくことができるのである。

文庫解説　二〇〇九年一月

広大な宇宙の暗み

大竹伸朗『見えない音、聴こえない絵』

展覧会は必ずいっていたし、著作物もあらかたもっていたが、二〇〇六年の暮れ、日本史上の出来事といえる東京都現代美術館の「全景」展の一環で、ある書店から本人との公開対談の話をもちこまれたとき一瞬躊躇した。そしてもちろん受諾したが、その一瞬の躊躇はどこから来たろうかとその夜考え、その一瞬を埋めることはできないが、あがくことは必要だろうという気になり、対談の当日までに、いま日本で大竹伸朗の作品が公開されている場所にすべていくことにした。北は北海道の別海から、南は香川県の直島。東京でいくつかのギャラリーに足を運んだあと、満を持して「全景」に臨んだ。無地のノートを腰だめにし、三階の一枚目から凝視して歩きながら、絵を前にからだの内側に起きる波や、線、音の感覚のようなものを握りしめた鉛筆で描いていった。最後の一枚までたどり着くのに三日かかったが躊躇した一瞬はまだ僕のなかに巣くい、いまから思えばそれは「大竹伸朗」と聞いたとき、僕のなかに浮かんだ時間と空間の大きさだったかもしれない。小説や絵をいくら作ろうが厳然と目の前に広がっている広大な宇宙の暗みといいかえてもよい。一瞬だろうが無限をふくむことは現実に起こりうるのだ。『見えない音、聴こえない絵』はそのような瞬間の輪郭を、言葉で切り抜いていくという作品で、二〇〇六年に初めて会った大竹さんがそうだったように、嘘がなく自由で、心地よいノイズにあふれ、時折荒波のような笑いにさらわれる。

「フィガロ・ジャポン」二〇〇九年一月

ふたつの北極

ジョージーナ・ハーディング『極北で』

トマス・ケイヴは他とはどこか違った気配をただよわせた、痩せてはいるが頑健な船乗りで、高名なマーマデューク船長の捕鯨船「平安」号には初めて乗りこんでいた。一六一六年の夏、夜通し日が沈まないグリーンランド東部デューク入り江の焚き火のまわりで騒動は起きた。乗組員のひとりが、アムステルダムで会った男の話をした。男を含む捕鯨ボートの一団が母船に戻れないままこの極北の地に取り残され、ひとりまたひとりと壊血病で倒れていく仲間を男は地面の割れ目に押しこんで埋葬し、そうしてひと冬を耐えしのぎ翌年戻ってきた捕鯨船に救出された。それから船には乗らず海のそばでひっくり返したボートを家にして暮らしている。別の船員がそんな話はでたらめだとせせら笑った。生身の人間がこんな北極で冬を越せるわけがない、お前はでっちあげ話に乗せられたんだ。この船員はその昼アザラシの子供を捕らえると生きたまま皮を剝ぎ海で待つ仲間のほうへ投げ返していた。トマス・ケイヴが力強く、自分もそのアムステルダムの男に会ったことがある、あの話も本当だと思う、といった。そんなことは不可能だと船員がいった。不可能じゃない、トマス・ケイヴはいった、可能か不可能かはやってみるまではわからない。なら、おまえがやってみろよ、船員はいった。やってもいい、トマス・ケイヴはこたえ、全員が黙り込んだ。

八月二十四日「平安」号は海岸に立ちつくすトマス・ケイヴをひとり残し、デューク入り江から暗い銀ねず色の海へ出帆した。貯蔵品、マスケット銃、火薬等が浜の小屋に残された。つぎの夏船がこの入り江に戻ってきたときまだ生きていればトマス・ケイヴは賭け金の百ポンドを受けとる。

これから先、トマス・ケイヴがたったひとり北極で生き抜こうとする様が、彼のつけている日誌を中心に綴られる。狩りをし薫製を作り小屋にこもるトマス・ケイヴに、北極の冬が容赦なく襲いかかる。それはすべてのものから生きる力を持ち去り凍らせて砕き見えない場所へ運んでいくような強烈な冬だ。日は一日じゅう昇らず、ケイヴでさえ、寒さは俺が思っていたのとぜんぜん違う、と畏れをこめて漏らす。ただ読者は徐々に、トマス・ケイヴ自身のなかにも「極北」の地が、果てなく、昼も夜もなく、方向、上下の感覚、そして命の気配も失われた荒涼とした光景が広がっていることを理解する。
丁寧に布で包んでもってきたヴァイオリンをケイヴは弾く。炎の前に座り、靴職人に教えられた通りに、手慣れたナイフさばきで木の靴の踵を淡々と作る。狭い小屋のなかで、何十、何百と。外では命を涸らす風が吹きまく。すべてが凍った闇のむこうからトマスの前に女があらわれる。動物の毛皮も帽子もつけておらず、上着の上にショールを巻いただけだ。血にまみれて泳ぐアザラシの子供が見える。消えろ、消え失せろ、とトマス・ケイヴは怒鳴る。内と外、ふたつの北極のせめぎ合い。ひたすら春の日の、太陽の光の訪れをトマス・ケイヴは待ち望む。そして光はやってくるが、それはケイヴが思っていたのとぜんぜん違う。ふたつの北極が溶けあい、ケイヴの内と外がひとつになるが、それはトマス・ケイヴが北極のようななにかになる、ということでもあった。周囲で氷が割れ、服を脱いで水浴をし、アザラシの群れのあいだを歩きまわり、トマス・ケイヴはヴァイオリンを弾く。読者にもトマス・ケイヴのなにかが伝染する。鯨のような巨大な影が自分のなかをゆっくりとよぎっていくのを私は感じる。トマス・ケイヴの姿は胸がつぶれそうなくらい悲痛ではあるけれど、それは彼が生き抜いていくためにはそうならなくてはならず、トマス・ケイヴはそれ以前よりたしかに大きくなっているかもしれない。少なくとも閉ざされてはいず、凍りついてもいない。春の海風のように、ときどき同じ弱いもののほうへ吹きよせては溶かすことさえする。

「波」二〇〇九年二月

大正時代の聖書

先週京都に引っ越したがその前は信州の松本に住んでいた。二〇〇四年、松本の家を仲介してくれた猿田さんに初めて会った。まるで不動産屋らしくない温厚かつハンサムな五十男で、事務所で驚いたのはスチールの書棚は不動産関係のファイルが半分くらいで後は森敦全集、キルケゴール、サミュエル・ベケットなどが収められ、僕が小説家とわかると家の話はそっちのけでずっと本の話をした。度々家に訪ねてくるようになった。僕の新刊本を二十冊くらい抱え、知り合いに配るんでサインしてくれますかと含羞《はにか》んだり、鯖の押し寿司やチーズケーキを作って差しいれですともってきてくれたりする。何故こんな料理上手かと聞いたら、昔京都にいて料理屋でばかりバイトしていた、夢は世界じゅう回って料理を作ることでした、と笑った。二〇〇六年の春の夜、猿田さんは歩いていて自動車事故に遭った。大正時代のこの聖書は前の年猿田さんが僕にくれたもので、クリスチャンでもないのにこんな大切なものをと返そうとしたら、いしいさんに持っててもらうのがこの聖書はいいんですと微笑んで帰っていった。聖書はいま京都の机上にあり、僕がこれから住む世界じゅう共に旅してまわる。

「GRAZIA」二〇〇九年二月

ハマチとの子

前田司郎『夏の水の半魚人』

京都から品川経由で三浦半島の三崎の家へ帰る電車のなかで読んだ。移動中に本を読むと余白というか版面の外側に鉛筆やペンで幾何学模様やなにかの形を書いていることがある。長電話している間に手元のメモ帳にぐるぐるぐるぐると模様や意味のわからない動物の絵を描き込んでいることが多いがそれと同じで、小説を読んでいるときはただ読んでいるというだけで立ち止まって考えるということをあまりしないが、後でこの模様をはじめから辿っていくとああここでこういう感じかとか、ここでは三角形の折り重なりのようだったのかとわかることがあるしわからないこともある。語り手が去年の夏、学校から帰ってきて母親と差し向かいで小玉スイカを食べはじめる。母が語りだす、十二歳くらいだったかな、小学生の高学年くらいだったから、ちょっと五年生だったか六年生だったか覚えてないんだけど、まあそれくらいのときにね、蒲郡《がまごおり》のお爺ちゃんちがさ、ハマチの養殖をしてたって言ったでしょ？　私もそれ手伝ってたんだ。

この母の語りがある最初のページに鉛筆で、余白でなくいきなり版面の上に、大きいものから段々と入れ子状に小さくなっていく五つ、六つの正方形を描いている。なんのことかいまはわからない。ページをめくると次のページにはなにも書かれておらず、それは覚えているが途中で真っ白になるほど驚いたからで、十二歳くらいだった母親はハマチと遊んでいるのだ。生け簀《す》をひとつ任され、だんだんとそれぞれのハマチの区別がつくようになって、そうするとお気に入りのハマチが出てき、ときどきそのハマチを生け簀から海に連れ出して「二人で」泳いだりするようになった。十二歳の母親はそのハマチを

「彼」と呼び、やがてハマチは何も言わなくなるのだが、その彼の名前が「魚彦」、あなたの名前よ、彼からとったの、と母親は小玉スイカを食べて言う。

次のページに「1」とあり「僕の変な名前はお母さんの初恋の魚から来ているのだった」と一行目にあり、二行目は「僕も五年生になってお母さんが少し普通と違うってことが大分わかってきた」である。余白に三角形と円が重なって揺れている感じの模様が描かれているが語り手の魚彦、そしてハマチと遊んでいた母親の年齢がほぼ同じであることに反応しているかもしれない。それからマメのような黒い丸、バゲットのような細長い形、波形。固有名詞の連発、中田、米田、今田、久我沼、林、なかでも米田の波形には紐のような線が見開き二ページの版面の下部分をほとんどすべて埋めていて、これは魚彦が米田を米田と呼び捨てにするのに抵抗があり、米田の名をあまり呼ばないようにしていたし、そして「心の中で呼ぶ」ときは下の名前、海子、と呼んでいた、と書いてあることが、そのまま線の形で現れたのだと思う。課外授業で森林のある公園にいったとき、魚彦は森のなかに入っていき、そこで海の音を耳にする。ここは品川区だ。品川区、と書かれてあるところを鉛筆の線で囲ってある。魚彦は夏になると蒲郡にいって泳ぐので海の中の音を知っている。目をつむってみるとからだのなかの音がもっとも大きく聞こえる。品川区の林試の森という場所にいま魚彦はいるが物知りで仲の良い車椅子の今田によると本当は臨死の森なのだ。魚彦は自分のからだでなく森のどこからか海の音が聞こえてくることに気づき、あっちから聞こえると、音を頼りに臨死の森を歩いていく。そして次のページで、さっき現れてページの外へ消えた紐がからまりあったようないくつもの波線が版面の上下を洗うように逆巻いていて、その真ん中の空き地に海子が座り海の音をたてている。

誕生日会で、先ほど次々と登場した固有名詞の同級生が魚彦の家に来る。外へ遊びに行くが魚彦の家は御殿山のふもとにあり皆で御殿山をのぼる。御殿山は品川駅から京急線の北品川のほうへいったあたりで、京都から新幹線で品川駅にはいるときにちょうど行き過ぎ、三崎口行きの快速特急に乗って折り返して発車したすぐ右手に見えるのが御殿山で、まわりに最近ばかでかいビルが建ったけれど、ふもとから見あげても登っていっても空が広いという印象の土地だ。山なのにすぐ海がある。魚彦は今田の車椅子を押して御殿山の舗道を登っていき、だんだんと遅れはじめ、東京の海側は平らな印象だがこのあたりはぽかんと土が飛びだしたように傾斜の強い一帯で、御殿山に何度か登ったことがあるがどんどん坂が急になってくると勘違いにしても思った印象がある。遅れた魚彦と今田とそしてひとり離れて歩いていた海子は一緒になり、変な名前で得したことはあるかと、魚彦は海子に話しかけ、無いと海子はこたえる。原美術館の手前を曲がると駄菓子屋オカモトの前でみんな溜まっている。皆で揃って歩きだし、いつの間にか斉藤の二年生の弟キンも混じっていてキンは大抵鼻水を垂らしているが今日は夏だから垂らしていない。中田が地面にスーパーボールを投げつけそれを林が追いかける。林と中田はスーパーボールを御殿山の坂の地面にぶっつけ、跳ね飛んでいくそれをジャンプして捕る。ジャンプしては捕る。キンが真似して捕ろうとするがうまくいかない、あっちこっちへと跳ねるスーパーボール、読んでいて視線が上下し、ページの余白にはもちろん版面やページの端に当たってはバウンドするなにかの軌跡が三ページに渡って描かれているが、とても追いつけないキンのようでもあり、ここはスーパーボールとそれを見ている魚彦今田海子、林中田その他の存在の上下動が、小説中もっとも表面にあらわれた部分だろう。珍しく余白に文字が書かれているが「スーパーボールが跳ねる遊びだけで胸がスーパーボールでいっぱいのようになる」とある。魚彦の十一回目の誕生日だ。

海と山がせめぎ合う場所御殿山のふもとに住む魚彦は、地層や恐竜が気になる。父親は会社にいるらしいが、魚彦は自分の新しい名前を考えてノートに書いたりしながら、自分はもしかすると生け簀を任されていた十一歳の母と、生け簀を出て海を泳ぐハマチとのあいだの子と考えついたことがあったかもしれない。小説にはそう書かれていないが魚彦ならそう考えるだろうし、まだだったとしていずれその考えに当たるだろう。生け簀でそうなっていなくてもハマチのどこかしらの部分が母のなか、からだ、こころに残り、それが魚彦が生まれ出るとき自分に溶けて出てきたのだ。その考えを魚彦は笑い飛ばし少し怖くなり忘れてしまい、そしてからだ、こころのどこかに、やはりハマチの部分のように残るだろう。十一歳、十二歳くらいの人間にはそのように自分ではどうもできず。沸きあがっては静まりかえるのに任すほかないことが多くあり、どこかに残り、こびりついたそうした部分が積み重なって、結局は自分ではどうしようもないものを抱えもった人間の目に見えない大きな部分になる、色のついたガラス片、とりわけ赤いものを魚彦は探しまわっているが、魚彦の求めているのはただ割れたきれいなガラスというだけでなく、壜が割れ、砂地に埋もれ研磨され、そして地上に現れ、自分に拾われ、今田の部屋に運んでいかれガラスの人形の一部になる。ガラスの人形とは今田とキンと魚彦の秘密で、小石くらいのサイズの色つきのガラスの破片だけを集めて、四〇センチほどの立像を作る、最初はただの棒だったものがだんだんと人の形になってくる、キンと魚彦が外でガラスを集め、ボンドでそれを貼り合わせるのが今田の役目だ、いまはもう胸の部分、腕もかなり出来、もっとも気に入っている赤いガラスはガラスの人間の目になる計画だから、もう一個赤いガラスが必要で、人形が完成すれば海に沈めて願をかける。人形のことが出てくるたびページの中央に幾重にも入れ子状になった人間のかたちを描いている。魚彦らは自分らが思っている以上のことをやっているが、思っている以下だったり以上だったりというのは始終ある話、というよりその膨らんだり縮んだりこそが人間の滑稽さや豊かさであり、思っていることと出来事が輪郭がぴったり合ってしまったらもうそのことは終わりである。

小学生が多数出てき、後楽園球場はまだあり、前年に三パーセントの消費税が導入されたという記述から平成二年の夏とわかるが、小説に流れているのはノスタルジアの時間ではない。平成二年のこの小説の「いま」の、その「いま」の感じが、平成二十一年この小説を読んでいる「いま」と共振しあう。それくらい「いま」の純度が高いのは、魚彦の語りの脱臼する具合やスピード感が、小説の「いま」度を引き上げているからだと思うが、はじめから十一歳の子どもらの登場する小説を書こうという考えがあったのでなく、このような語りをしてもっとも自然な人間、と考えた瞬間、著者のなかに、十一年くらい生きた人間の感じがさっと波のように流れたのではないか。魚彦の視線、視座はとまらずにクルッ、クルッと変わり中心がなく、配置された石の上を飛び移っていく感じがする。十一歳の人間としては自分という問題がどんな場合も大きいけれども、その自分が、触れようと手を伸ばすたびクルッ、クルッと身を避けるという風にもみえ、自分が動くので自然あらゆるものとの距離感がつかめない。唯一、存在自体が距離、という母はこの小説のなかで、魚彦も他の誰も入っていけない揺るぎない外部としてそこにあり、小説の最初のページの入れ子状の正方形がそのことの反映なのかどうかはわからない。「大きな石に、斉藤と久我沼と中田が座っている。中田は割り箸にしみこんだ水飴の甘みを吸っている」という一節を、魚彦らが「いま」そこにいる感じがし、熱いものを覚え何度も読み返した。

「en-taxi」二〇〇九年三月

金木町のブルース

朝食のあと園子さんに、うちに太宰治の本はなんかあるだろうかときいたら、たぶん『津軽』があるといって仕事場に二冊持ってきた。文庫本の『津軽』と、もう一冊は『走れメロス』で、そのメロスのほうの見返しをめくったらページいっぱいに黒々と押されたスタンプが目に飛びこんできて驚いた。「金木は私の生れた町である」と、にじんだ感じのスタンプの字で「津軽平野のほぼ中央に位し、これという特徴もないが、どこやら都会風に一寸気取った町である。——太宰治『津軽』より」と文章がつづき、その横に左の掌を頬に添えた有名な「どこやら都会風に一寸気取った」作家の肖像写真があり、下に「旅館　斜陽館——太宰治の生家」と記されている。泊まったんや、といったら園子さんは気軽な調子でエ、泊まりました、ごっつい家だった、といった。斜陽館がまだ旅館として営業しているかどうかよくは知らない。斜陽館の電話番号が書かれてあるが市外局番が「〇一七三五」というのもごっつい数字である。また、いちおう営業している店というのに斜陽館、というネーミングセンスもごっついものがある。たまたま家にあったのが『津軽』と『走れメロス』で、『走れメロス』には「帰去来」や「故郷」などの津軽物が収められ、さらにその開いた本にたまたま斜陽館のスタンプが押してあったというのは、ちょっといま光が走ったような感じがし、金木町のほうに穴が通じた気がした。そして私は吉幾三のシングル盤を買っている。吉幾三を聴かずして太宰治を語ることはできない。

村じゃ私に石投げる　この村出て行けと
しかし俺がいなくなりゃ　青森だめになる
ハンカくせぇと人は言う　病院入れと人は言う
しかし俺はプレスリー
田舎のプレスリー（イェイイェイイェイ）
田舎のプレスリー（イェイイェイイェイ）
ぜったいプレスリー
（やーあ　マイネ、マイネ、てか？）

演歌師吉幾三は言うまでもなく太宰治と同じ金木町の出身で太宰治が玉川上水に浮かんで四年後の昭和二十七年に生まれた。私は一度間近で会ったことがあるがぎょっとするくらい背が高く、太宰治も当時としては皆がふり返るくらい長身というのをどこかで読んだことがある。いまインターネットで調べてみたら今年の十一月にやはり金木町に太宰治の等身大の銅像を建てる計画があるらしくその高さは一七六センチである。吉幾三は公称一七八センチだからふたり太宰と吉が岩木山をバックに並んでいる姿はまさに津軽の空である。吉幾三は歌詞を自分で書いている。「俺はぜったい！　プレスリー」の歌詞で太宰なのは一見目立つ病院やマイネではなく、これは楽曲を聴かないとわからないが、イェイイェイイェイのうねりと含羞《がんしゅう》である。

「俺ら東京さ行ぐだ」は、もう当たり前というくらい太宰治に聞こえるが、それはもちろん歌詞の内容がどうというよりよくいわれる通り「日本においてヒットした最初のラップ」であるからだ。「女生徒」「駆け込み訴え」などを引くまでもなく太宰の小説はほぼすべてラップである。また、ヒットした当時、この歌の方言はまったく津軽弁でない、とか、金木町には「電気は通っていた」しそれほどの田舎ではない、などと揶揄されていたのを覚えているが、田舎のイデアというか、逆理想郷のようなものを設定して東京をひっくり返すというやりかたも吉と太宰は通じる。そしてさらに重要なのはただ技法状、ライムを重ねていくだけという表層的な偽ラップでなく、太宰治の小説は人間のブルースから来る本物のラップであり、その点太宰治とは北部の白人の富豪家にまぎれこんだ黒人だったともいえる。うたうしか他にできず、神様にやけにすがり、なにかあるとすぐ薬に手を出してしまう。そしてギター代わりに筆を持ちトーキング・ブルースをうたう。吉幾三のラップがいまも生きており、卒業やら桜やらふやけた言葉をただ並べただけのラップっぽいだけの楽曲がすぐに消えていくのは、太宰ほどの濃厚さはなくても、吉幾三にも津軽の黒人の血が入っているせいにちがいあるまい。

「俺ら東京さ行ぐだ」が大ヒットする前年私は交換留学でアメリカにいったが格好をつけるための英語のペーパーバックと、そして新潮文庫で出ている太宰治の本を全冊もっていった。たいへん重い荷物だった。シカゴで迎えに来るはずの人が誰も来ず、郵便飛行機で小包扱いで田舎町へ行った。何ヶ月が過ごすうち、近所の喫茶店でわりと話すようになった大学生のバイトの黒人が、私が読んでいる文庫本に目をつけ、それ面白いんやったら訳してくれよ、といった。私はいちばん短い「満願」を一週間くらいかけて英訳した。黒人と友人らに喫茶店で読んで聞かせたが、皆からだをエビのように折って手を叩いて爆笑したのは、私の珍妙な英語ばかりでなく、「満願」に流れ渡るブルースの光と影のせいだったろう。

「文藝別冊　総特集　太宰治」二〇〇九年四月

厚い本に手が伸びる

昔詩人の田村隆一が対談かなにかで「大学生なら『魔の山』は読まなきゃダメだよ」といっていて、まだ読んでいなかった大学生の僕は身を低くして本屋にいき、新潮文庫のトーマス・マンの『魔の山』

の上巻を買って読んだ。ドイツ人の病人は元気だと思った。下巻も買って読んだ。読み終わったとき、アー長かった、と思ったが、それが厚い本を読み終わる快感だということにも気づき、以来、厚みのありすぎるくらいの本に手を伸ばす癖がなんとなしについた。

去年出た本で厚いといったら『M／D　マイルス・デューイ・デイヴィスⅢ世研究』で、書店で初めて見たとき他にもそういう人は多いだろうが爆笑してしまった。奥付までで七七八ページ、いま計ったらカバー含めた厚みは五センチ五ミリ。角張った装幀からは危なそうな白煙がたちのぼって見え、手に取ってみると意外に軽く、背表紙になにか書いてあると思ったら、横書きで目次が並んでいてまた爆笑した。しばらくは四国に九州にと出かけるたび肩掛けの鞄にはいつもこの本が入っていて、道中いそいそと弁当を開くように膝に載せて読んだ。空間を移動していきながら読み、音楽を聴くように没入させる力がこの本にはあり、その力が外見に表れてこのような姿になったといえそうだ。東京の山手線に乗って読んでいたら向かいに座っていたスーツ姿の男性が同じこの本を読んでいた、ということがあった。向こうもこちらに気づき、声は交わさなくとも、自分らはいまセッションをしている、と相手もそのときそのように思ったろう。

『ゴシック名訳集成　暴夜《アラビア》幻想譚』は文庫本なのに机の上に自立する。六九五ページで厚みは三センチと五ミリ。その大部分を占める『シャグパットの毛剃』は、夏目漱石が読み、小泉八雲が激賞したことでも知られ、名訳集成というだけあって訳文がまたすばらしい。書き出しはこうだ。「シュルムが子《こ》の、シュルバイが子《こ》の、シムプウアが子《こ》の、親代々《おやだいだい》の呉服屋《ごふくや》の、彼《か》の名高《なだか》いシャグパットの毛剃《けぞり》をやって退《の》ける男《をとこ》は、ペルシヤ宮廷《きゆうてい》の理髪長《りはつちょう》として音《おと》に聞《きこ》えたババ・ムステエファが甥《をひ》のシブライ・バガラックと決《きま》つてゐるのだ。」ワンモア「決《きま》つてゐるのだ。」すべての漢字にふられているルビもページの上の空気に濃厚さを加え、本自体が魔法の言葉を詰め込みパンパンに膨らんだ小箱に見えてくる。

新作を世界一楽しみにしている中国人の作家莫言の小説もいつも厚い。手元にある『白檀の刑』上下巻は総ページ数七〇六、重ねた厚みは五センチと八ミリ、最新刊の『転生夢現』は上下合わせて八六四ページ、厚みは六センチ八ミリある。ここ数年日本語訳されている莫言の作品はどれも、なにか巨大なものを飲みこもうとどんどん本自体が巨大に、目に見えない闇の生き物のように、どんどん膨らんでいっているように見えてならない。中国の時空間と、莫言の時空間が入れ子状に、無限小から無限大まで重なり合っていくようにも見える。『白檀の刑』では清帝国の末期を「猫腔《マオチアン》」の響きに乗せて描いている。帯の言葉だけで僕は上下巻合わせて迷わずレジに持っていった。「猫の哭き声天地に満つるとき大清帝国の礎が揺らぐ　ニャオニャオニャオー」。『転生夢現』は、僕がこれまで読んだなかで一番おもしろかった小説だ。一九五〇年、共産党による土地改革が行われるなか、ひとりの地主が殺され、閻魔大王にわしは無実だと訴える。そうか、じゃあ生き返らせてやろう、大王は答え、地主は喜ぶが、気づくと自分の住んでいた家の納屋でロバに生まれ変わっている。その後もロバから牛、豚、犬、猿、人へと、死んでは蘇り、死んでは蘇りをくりかえし、人民公社の発展、文化大革命、開放政策、そして新しいミレニアムの光と、中国の近現代史のただなかで、変転する人間の暮らしとところを、地主はそれぞれの動物の目で見守り、語りつづける。

厚くて熱い一冊を最後に。クレイジーケンバンドの横山剣の手による半生記『クレイジーケンズ マイ・スタンダード』は五二八ページ、ソフトカバーで厚みは三センチと三ミリ。小学生・横山剣の見た世界の切実さ、哀しさ、あたたかさはそれぞれに深い。全体を通し、はるか遠くで大きなものを見てきた人間が、冗談めかして大切なことを告げてくれているように聞こえる。いま読んでいてハッと思った人は絶対に手に入れたほうがいい。この本は縁の集積だ。夏の日があまりに暑ければ、テリー・ジョンスン（湯村輝彦）のパラパラマンガもついているので、パラパラやって、ホット&クールな風を顔に浴びつづけてもいい。

「yom yom」二〇〇九年六月

西脇順三郎という水を飲む

思い返せば水辺にばかり住んできた。生まれ育ったのは大阪の万代池のほとりだし、東京で十二年住んだのは隅田川にかかる吾妻橋の袂だったし、それから三浦半島の三崎の、目の前が埠頭という元船宿の家に引っ越し、そしてこの二月からは、京都の鴨川の左岸に住んでいる。意識してはいないつもりで、住む場所を決めるにあたり、やはりどこかで居心地のよさを感じているのだろうか。あるいは水のめぐりにも似た縁に流され、ふと気づけば、それぞれの場所に結ばれているのか。

唯一水際でなかった住み場所が、この二月まで住んでいた信州の松本で、扇状地に広がるぶどう畑の高台に建つ家に五年住んだ。ただそれも目に見える表面だけのことで、足元の暗渠《あんきょ》では絶えず農業用水が水音をたてて流れ込んでいたし、朝起きるとその地域ごと雲にとりこまれて何も見えないということもあった。なにより水道水。僕はこれまで四十数年、ジュースや乳やビールや酒や、さまざまなものを飲んできたが、そのなかで最高の飲み物が、松本市里山辺の水道から注がれる水である。朝起きる、庭掃除を終える、旅程をこなして帰ってくる、そして陽光のあふれる台所にはいっていき、蛇口をひねって、ほとばしる水道水を両手にすくい、揺れる鏡のようなそのせせらぎを喉へ流す。冷たすぎずぬるすぎず、味は近いようで遠く、舌がどこか山奥の水源に触れているような余韻が残る。からだになじむというか溶けていくというのか、僕がいずれ死ぬとき最後に一杯松本の水道水を飲んでから死にたいと思うくらいだ。

西脇順三郎は「旅人かへらず」の冒頭で書いている。

「旅人は待てよ
このかすかな泉に
舌を濡らす前に
考へよ人生の旅人
汝もまた岩間からしみ出た
水霊にすぎない

この考へる水も永劫には流れない
永劫の或時にひからびる
ああかけすが鳴いてやかましい」

水は象徴というのでなく時間そのものに見える。音そのものが目に見えるようになったのが水、という見方もできる。また、言葉という目に見え、意味を知っていると普段思っているもののかたまりが、つぎつぎと目や耳にはいり、からだを流れ、やがて見えない遠くへ流れ去る、ということが起きているあいだ、読んでいる人はそれを、飲んでいる、といってもいい。獣の乳のように濃厚な歴史小説、サイダー状に弾ける恋愛小説、濃茶の味わいの随筆、かき氷を口に含む感じの短編をわれわれは読む、あるいはわれわれは飲む。

西脇順三郎はこれまで出会ったなかでもっとも透き通りもっとも荒れ狂いもっとも遠くまで流れていく水だ。なかでも、ある大切な友人がこの世を去ったという知らせを受けた数分後呆然と神保町の田村書店に入り、その人に読ませようとでも思ったか、なにも覚えないまま買い求めた長編詩「失われた時」は僕のあらゆる時間、場所にいまも流れている特別な水だ。僕がいずれ死ぬときこの詩の最後を読んでから死にたいと思う。

「葦

しきかなくわ
すすきのほにほれる
のはらのとけてすねをひつかいたつけ
クルへのモテルになつたつけ
すきなやつくしをつんたわ
しほひかりにも……
あす　あす　ちやふちやふ
あす
あ
セササランセサランセサラン

永遠はただよう」

この詩は終わりがない。「失われた時」のあるこの世に住んでいてよかったと思う。

「マリ・クレール」二〇〇九年六月

見えないけれどそこにある

京都の古い家で暮らしているせいか妖怪のことには敏感になる。いまこうして書いていても背中から何かにのしかかられ、手元を覗かれている気がする。物がそこにある、そこにない、目に見える、見えないなどといった理屈の、そのあいだの中間地帯、「見えないけれどそこにある」とか、「そこにないのに見えてくる」とか、そんな領域を広く感じられれば、生活がよりこまやかになり、ご先祖のことや、人のこころの機微に敏感になったりと、その人の生きている時間や世界が透き通りながら膨れてくる。動植物の目で自然界を見たり、生と死のあわいや、身近なところに渦巻く星雲のなかに、身を浸すこともできるかもしれない。そういう意味で妖怪は異世界でなく、あなたの生きているこの世に現れ、あなたの世界を広げてくれている。

古今東西、妖怪をとりあげた本は数多くある。まずは「本そのものが妖怪」といった一冊。『日本霊異記』は九世紀初めに編まれた日本最古の説話集だ。奈良時代それ以前から、日本人は鬼と宴会したり、雷を捕らえるために馬で駆けまわったりしていた。読んでいるうち本が口をあけてあなたをのみこむのを感じるかもしれない。けれどすぐ外にいる。そしてまたのみこまれる。長く読まれてきた本の力が強いのは長く生きながらえてきた狐や巨木がふしぎな力を持つのと同じだ。

ヨナス・リー『漁師とドラウグ』を読んで身震いし、すぐ和歌山の浜に出かけずっと波の揺れ動きを見ていた。ノルウェイの現代作家が書いたものがこれほど迫ってくるのは海でつながっているからだろうか。「文章、言葉自体が妖怪」という一冊が、内田百閒『冥途』だ。一語ずつがあなたの目の前に立ち、踊ったり怒ったり笑ったりするのを感じるだろう。そのなかにあなたもいる。どういうものであれ本に浸ること自体「見えないけれどそこにある」妖怪との戯れに似ている。

読売新聞　二〇〇九年一〇月

鬼海村と戌井村

戌井昭人『まずいスープ』

写真家鬼海弘雄は三十年以上浅草寺の境内に通い、撮影を続けている。雑踏を行き交うなかで「これは」という人物を見出すや、近寄って声をかけ、承諾をもらったら朱塗りの門の前に立ってもらう。シャッターを切るのは三、四回、一日にひとり撮れるか撮れないか。写真集『PERSONA』に収められた一枚一枚に、鬼海の手によるキャプションが添えられている。「二十八匹の狸をしめて作ったというコートのひと」「舞踏家」「ミラーボールを買った青年」「わたしの東北訛りに、死んだ友人を思い出し泣き出したひと」。奇抜な服装、個性的すぎる髪型、喜怒哀楽の分類に当てはまらない、煙のように曖昧だが鋭く鼻を突くひとりひとりの表情。鬼海は目に見えないところからなにかを汲み上げるように撮る。写真のなかで胸を張るそれぞれが、浅草の土地をたったひとりで背負いこみ、体現しているかのように見えてくる。ある写真評論家は、「浅草にはひょっとして、地図には載っていない『鬼海村』という場所があって、ふだん浅草に行く我々には見えないんだけれど、ここに写っている人はみんなその

『鬼海村』の住人なんじゃないか。鬼海さんが行くとみんなその見えない村からひょっこり出てくるんじゃないか」といったことがある。

鬼海村に隣り合った場所に「戌井村」がある。住んでいるのはサウナに行くと家族にいって出かけたきり家に帰ってこない男や、みかんで煙草を中和させるという女子高校生、割った煎餅を武器にチンピラを叩き伏せる古物商に、バケツにフナを入れて庭に立っている見知らぬ人、モンタンという名の九官鳥（イブ・モンタンのモンタン）など、鬼海村に劣らず、土地に根ざしたそれぞれのキャラクターが立っていて、つまり戌井昭人の『まずいスープ』は、そんな住人ばかりが住む目に見えない戌井村の、地方のドライブインなどで売っている、ペナペナの表紙の民話集みたいな趣の小説集である。

民話集みたいというのは、出てくる人たちのその土地に立つ「村」な感じに加え、戌井昭人の書き方、語る感じにも関係があるかもしれない。「マ、ここ座ってよ」、四角い籐の椅子をポンポンと叩いて、戌井は聞き手を座らせる。戌井は飲み屋のL字型のカウンターの角の向こうに、聞き手は手前側の左端に座っている。戌井はチューハイを注文してから身を少しずらし、「でね、この人が例の、割った煎餅が武器の関田さん」「ア、ドウモ」、軽く頭をさげた野球帽の関田さんは戌井の向こう、カウンターに肘をついて煙草を吹かす。寡黙だが眼光はえらく鋭く、下手なことは絶対いえないといった横顔だ。青森の古道具市で、どういうわけかチンピラが因縁をつけてきた話を戌井は始める。

「最初は適当にあしらっていた関田さんであったが、チンピラは調子に乗って売り物の茶簞笥を倒した。怒った関田さん、もう誰も止められない。袋から取り出した煎餅を齧って割って立ち上がり、チンピラの顔面を煎餅で斬《き》りつけ、ひるんだ隙《すき》に、顎《あご》を殴ってぶっ倒し、さらに店頭にあった壺を手に取って、顔面に叩《たた》き落とした。あまりの早業《はやわざ》であったが、一つ一つの動きに無駄がなく、父はその動きを鮮明に覚えていた。そして関田さんは顔面血だらけで倒れているチンピラを眺めながら、平然と煎餅を齧って食べたらしい」

カウンターには関田さんの他、フィリピン人の奥さんの実家の親戚のそのまた親戚の「ゲリラみたいの」をしてる家にいったら、生のミミズをそのまま食わされそうになった小太りの横溝さんとか、自分ではフランス人の血が混じっていると言っているがおかめの変形を戻したような顔のシックさんという八十歳のゲイとか、モデルガンの銃口に穴をあけて偽造拳銃を作っている和製早撃ちガンマンのトッポ白井とか、そういう人たちがずらりと並んでい、戌井はそれぞれが隣の席に着くたび、「でね、この人が例の」と身振り付きで生き生きと話してくれる。戌井の声は淡い磁力をもっていて、話がつづいていくる間、聞き手である私たちは戌井村の住人になった錯覚に陥り、女子高生のマーがいつかシャブに手を出さないといいな、でもマーならだいじょうぶか、なんて余計な気をもんだりしている。カウンターははるか先が霧に煙って見えないほど長い。もやの間には、「俺のエビが盗まれちまった」と嘆き節を歌うブルースマンや、ガスで膨らましたくらい太ったロシア人なんかの姿もちらほらと見えている。

そこにいるのは皆「そうなってしまった」人間だ。子どもの頃からの夢をかなえた研究者とか、ベンツに子どもシートを付けて買い物にでかけるＩＴ企業の社長とか、高打率を維持しつづける野球の人気選手とか、そういうのはあまりいない。否応もなく、その場その場の事情に身を任せていたら、なんだか低い窪地みたいなところにたどりつき、そこでゲイバーを開いたり、大麻を栽培したり、「タコてんや」という仕掛けをつけた糸を防波堤から垂らしたりしている。「そうなってしまった」のなかには「出会ってしまった」「生まれついてしまった」などの縁も含まれていて、そうして結ばれた縁を戌井村の住人は唯一の財産のように扱っているが、「離れてしまった」ときは、まあそうか、と後追いしない。それぞれ人間の「苦み」「まずさ」を抱えているが、それを野放図に撒き散らして周囲を腐らせるということもしない。せいぜいまずいスープを作ってしまうだけだ。

食べ物の話で「おいしかった」という話ほどつまらないものはない。それが一転、まずいものになると話は急に勢いづく。やけに薄暗かった、奥で赤ん坊が泣いてた、テレビにどぶねずみが写っていて今考えたらあれがたぶん、などと細かなシチュエーションから、料理人の声に顔、臭い、色、箸で触った感触など、五感六感に渡って「まずさ」が語られる。「まずさ」は一個一個違うものだと分かる。何かを背負って人間をやっているとそれぞれの芯に必ず巣くうものだと。浅草に住んだ十二年、目の見えない老人が腐った牡蠣フライを揚げたり、隻腕《せきわん》の男ばかりがビールのジョッキを傾けたりするのをしょっちゅう見た。あれは戌井村や鬼海村から出てきていたのかも知れない。皆途方もなく滑稽で、そして絶妙な「まずさ」をにじませていて、見かけるたび彼らの住むその見えない村へ、ヒョコヒョコついて帰りたくなったものだ。

「新潮」二〇〇九年一〇月

「夢」と「ロマン」

「夢」も「ロマン」も、自分をつなぎとめる「いま、ここ」から抜け出し、まだ見ぬ世界と溶け合いたい、という衝動に関係がある。それが異性に向けば恋愛になるし、時間軸で考えれば未来を読む科学や歴史に、空間軸でみれば旅行や冒険になる。「夢」や「ロマン」への憧れは、たぶん誰の胸にもあるけれど、皆いそがしいと感じ、空想にふける暇があればエステや貯金に精を出すほうがいまの世はまじめだと思っている。ただ、僕は化粧する癖がないので想像でしかないが、ちょっと思い切って買った、初めて使うルージュを唇に引く瞬間、女の人はほんの少し夢を見てはいないだろうか。おろしたてのコートに腕を通す前と通したあとでは、女性の世界は少し色が違って見えるのではないか。どんなささやかなことにもきっと「夢」や「ロマン」は宿る。夢の広がり具合はあなたの目や耳がどれだけ自由に開かれているかによる。自由な目で見れば1Kの部屋は森に変わるし、自由な耳で聴けば水道の滴もシンクを叩くパーカッションに変わる。

本を読むことは、「いま、ここ」にいながら、「いま、ここ」ではない世界と溶け合う最もポピュラーな方法だ。そして読んでいきながら、自分をつなぎとめている枷と思いこんでいた「いま、ここ」が、実は自由な広がりをもち、「夢」と「ロマン」が横溢している場所であることに読者は気づく。本を読んでいる時間、あなたの「生」は溌剌と色づき、その色は周囲の世界をも色づかせる。最後のページ、最後の一行、最後のひと事を読み終えて表紙を閉じ、目をこすって周囲を見回すと、あなたの「いま、ここ」は、ほんの少しだが確実に変わっている。

『ウォーターランド』 グレアム・スウィフト

退職を迫られたイギリスの歴史教師が故郷である沼沢地フェンズについて物語る。人と水との戦いの歴史、自分の少年時代、そして「うなぎ」の歴史。「時間」を大きな目で見渡すと、それは黒光りしてのたくり、いっときも同じ形をしていない。それは「夢」に似ているし、「うなぎ」にも似ている。人間の中には、ふだん気づきもしないけれども、その「時間」が轟々《ごうごう》と流れている。最初は教師に反感をもっていた生徒たちと同じく、読者もまた、長い「時間」の果てにこの小説に包まれてまどろむ。

『転生夢現』 莫言

農地改革のあおりを食って殺された親分肌の地主が、閻魔大王の前で恨み辛みを訴え、大王は「ではもとの場所に生まれ変わらせてやろう」という。気づけば地主はロバに生まれている。その後も牛、豚、犬、猿へと転生しながら、文化大革命、開放政策、経済発展を、それぞれの動物の目で、もとの家族や子孫とともに、同じ土地から見守る。莫言の時間、空間が、中国の時空を飲み込み膨れあがって宙を舞う。ロマンを生命と情念のほとばしりとするなら、これほどおもしろく壮大な小説は他にない。

『暴力はどこからきたか』 山極寿一

ゴリラの恋、チンパンジーの友愛、ボノボの性。ときには歌い、食べ物を囲んで分かち合い、小さなものを守るために群れ全体で立ち上がる。類人猿の行動を、アフリカでみずからが遭遇した、さまざまな実例を挙げて語りながら、著者が視野の隅に必ずいれているのは人間である。人間のようなたがの外れた暴力はいったいいつどこで始まったのか。性は、戦いはどう変質し、どう変わっていないか。類人猿について考えることは、人間のロマン、性愛と歴史を五百万年単位で俯瞰することだ。

『真鶴』 川上弘美

紙に定着された小説の空気と時間が、目を落とすと不意に浮きあがり、生き物の呼吸のように、膨らんだり縮んだりしはじめる。紙の上で起きていることと、読者の目の奥で流れていることが、交錯し、重なり合い、反発し、はじけ飛ぶ。男と女、その関係に、読者とこの小説は近いかもしれない。あるいは未知の、永遠に若く新しい古典芸能の舞いを、たったひとり、真っ暗闇の客席から息を詰めて見つめている感じに近い。逃げ水のようなこの小説はいつまでも揺れ動き読み終わるということがない。

『あの空を探して』 新元良一

大学を卒業した「僕」は「アメリカ」を夢見、「I❤NY」キャンペーンで賑わうニューヨークへ渡る。日本食のデリバリー会社で配達員として働きながら出会うのは夢やロマンでない現実の住人だ。読んでいる間、青春小説としての表層とはうらはらに肌を絶えずざらざらとした粗い空気にこすられている感じがする。著者は、現実のアメリカ、生身の時間をくぐり抜けた向こうで、本物の夢、本物のロマンを読者に語りかける。小説を書く、読むのは、小説を生きることでもあると語りつづける。

『コンゴ・ジャーニー』 レドモンド・オハンロン

夢とロマンといえば大冒険、この本で描かれるのはそうした想像をはるかに越える「超冒険」。コンゴ川上流の湖に棲む幻の恐竜を求め、著者は現地のヤバイ案内人を雇い、呪術と毒、猛獣と兵士が待ち受けるジャングルへ、私財をすべてなげうって丸木船の旅に出る。こんなとんでもない旅行記が同時代で読めるとは思ってもいなかった。レドモンド・オハンロンはいまイギリスで老若男女問わずもっとも人気のある作家というがこの本を読めばうなずける。みんな「夢とロマン」が必要なのだ。

「フィガロ・ジャポン」二〇〇九年一一月

小説を「生きる」時間

「「おれ」のこの場面の「赤シャツ」に対する気持ちをこたえなさい。（『坊っちゃん』より）」「おれなあ、イタリア生まれやから赤シャツとか似合うやん、そやから絹の袖になあ、スルルルッと腕とおしてな、広場のテラスでスパゲッティチュルルッツって食うてん」。満州帰りの中学の国語の教師はさすがに馬鹿にされていることはわかったらしく試験の点数はもちろん素行点は下の下の下だった。パンチパーマをゆるくほどいた髪型で校舎の裏でセブンスターを吸っていたら、近所の友達に冷水器のところに呼び出され「しんちゃん、このままやったらお前、ただのチンピラなってまうで。チンピラ格好ええか？」といわれ、そんな顔していうんやったら、あんまし格好ようないかもな、と思った。

この頃、大藪春彦や横溝正史など読んでいたのを覚えている。いま振り返ればまんま角川映画の戦略に乗せられていて微笑ましい。小学生の頃はなにより海外のＳＦだったが、中学校に入ってから文庫で芥川龍之介、太宰治などの日本のメジャーどころを読みこんなにおもしろいのかとびっくりした。「日本語で書かれている」と思った。海外のＳＦも日本語に訳されてはいたけれど、ぎりぎり限界の命がけで書かれた日本語は次々とかたまりのままこちらの深い穴に飛びこんできては、意味とかストーリーとか以前に、黒い湯につかっているような熱っぽい感覚で僕の内側を満たした。なかでも夏目漱石や正岡子規、森鷗外の日本語はすごかった。捕獲したての野生動物のように暴れ、うなり、なにかを猛然と平らげていくといった感じがした。そんな年齢ということもあったかもしれないが、こういう人たちが、それまでになかった小説の日本語を、書いていくその一瞬ごとに作りだしていったことはたしかなことだ。

高校生になってジャズのレコードを聴き、そうか俺はジャズをやる人間だったと気づいてテナーサックスを買った。テナーサックスは三週間練習してもスー、スー、としか鳴らなかった。よく行くジャズバーにサックスを持っていき、バーテンの人に「俺ジャズやる人間かと思ってたら違った。三週間やっても鳴らへん」といったら、バーテンの人は僕のサックスを調べて妙な顔をし、「いしい君、サックスは竹のリードをはめな鳴らへんで」といった。竹のリードを買ってはめたら三秒で音が出た。週に三回ジャズバーに通って専属のミュージシャンに練習をつけてもらった。ジャズなどはじめるとどうしてもアメリカの小説に手が伸びていく。メルヴィルにホーソーン、ヘミングウェイ、フィッツジェラルドにフォークナー。サリンジャーやアップダイクなどの現代小説を読むようになると、読めもしないのに古本屋でペーパーバックを買って、公園や電車の駅でぱらぱらめくる癖がついた。ブローティガン、ジョン・バース、アイザック・シンガー。それまでになかった小説の言葉をいま作りだしている人たちが、まだこんなにいるのかと驚き、はその古本屋の主人に薦められて初めて手にした。カート・ヴォネガットサックスを鳴らして興奮した。

二年生の暮れ心斎橋を歩いていたらシャガールの展覧会をやっていて、入ってみたら巨大牛が空を飛んでいたり、農婦の首がもげていたり、魚が人と溶けていたり、自分が子どもの頃からいい感じと思っているものが全部そこに描き出されていて、ア、そうか、と立ちつくした。俺はジャズかと思ってたけど、頭のなかがこうだということは、ほんまは画家やったのか。というか、頭がこうなんやから、俺はもうすでに画家や。あとは絵を描くだけや。それで近所の画学校に入り、日がな一日陽の当たるところで鉛筆デッサンをしていた。石膏像や花などの定番以外に、空気で膨らませたビニール袋と水を湛えたビニール袋を並べて描き分けたり、黒い毛糸玉を五つ並べて描いてみたり、そういうのは目は疲れるがけっこう面白かった。絵に興味をもつとどうしてもヨーロッパの小説に目が行く。うちに筑摩の世界文学全集があったのでホメロスやキケロなどを読みその言葉遣いや比喩の大仰さに爆笑し、なんだか広い空の下で話を聞かされているようで、二千年前から真新しい小説の言葉がこんな風に飛んでくることもあるのか、と嬉しくなった。正直、この頃読んでいてそのスケール感が無限の広がりをもつように感じたのは、ホメロス、プラトン、老子と荘子、シェイクスピアとカフカだった。二十世紀、二十一世紀の小説より、いつも変わらず完全に新しい。その頃日本でも中上健次、村上春樹、村上龍がデビューし、ジャズをやっていたことは無駄にならなかったと喜んで読んだ。世の中には自分が読むべきなのに、まだ題名すら知らない本が雲のはるか先で山ほど眠り続けているのだと考えると、興奮して寝床でばったんばったんのたくった。自分が本を書くことになるとは考えもしなかった。ただ、読んで描いて音楽をきいてということが毎日できれば、他は別になんだっていいと思った。ノートに独自の哲学理論を書き立て「俺はベルグソンを越えた」などと酔っぱらって真剣に思っていた。

小説を読むことを、小説を「生きる」ことと言い換えてみると、それは小説を書くこととほとんど同義になる。小説を「生きる」時間は、友達と待ち合わせしたり遅刻したり三時間目に英語の授業があったりというときの時間と少し違う。どれぐらい違うかというと乗馬を見ているのと馬になって走っているのと同じくらいちがう。小説の時間には分や秒などの単位がない。小説を書いている俺を他人が見たら机に向かっているように見えるだろうがそれは上辺《うわべ》で、ほんとうはニューヨークや宇和島やナミビアやタイランドへと飛びまわっているのだし、それは読んでいる人もじっさいにそうだろう。そして十代の時間と肉体はゴムまりのように柔らかく遠くまで弾み他の世代に比べて跳ね回るスピードもいっそう速い。だからこそ骨のある本にぶつかっていくべきだ。「十代向け」に書かれた本など後回しにし、ちょっと引いてしまうような本、ホメロスや老子や谷崎潤一郎や森鷗外、そういうものを頭でわかろうとせず全身でひたすら字を追っていく。三十代、四十代になったらわかるが、普通に働いている大人にはそんな悠長な時間はない。十代で谷崎や老子など理解できそうにないけれど、一生のうち手にとるべき本も実はそうたくさんはない。十代のうちに一度古典に触れるだけでも触れてしまえば、その人はおそらく二十代、三十代、四十代とその本を読み返す。十代のときに触りもしなければ、その人はたぶん一生読まないままだ。古典とは古いということだけでなく、それだけ長く読まれいつの時代にも響くほどの力をもってきた本ということだ。本を読むのに正解や点数など関係ないのだから、十代にだけ許される無茶をやり通せばいいのである。

ヤングアダルト図書総目録　二〇〇九年一二月

様変わりする風景

江國香織『がらくた』

先日来日したボブ・ディランの有名曲「やせっぽちのバラッド」に次のような一節がある。「何かが起こっているけれど、それが何かあんたにはわからない、そうだろ、ミスター・ジョーンズ」。『がらくた』の世界は、このフレーズで呼び覚まされる感覚に、絶えず震えている。どこかで透明な煙があがり、悲鳴をあげる直前か、直後のような静けさが全編にただよう。一見、予定調和とみえる恋愛小説という言葉に、匕首《あいくち》をつきつけるだけでなく、ずたずたに切り裂き、本気で息の根を止めようという気概を、この小説はありありとはらんでみえる。翻訳家の女性、その母親、その夫、十五歳で「夫」に惹かれていく少女や、そのボーイフレンド。すべての男女がめいめいのつくりあげたルールに則って考え、そつなく行動し、互いの周囲を回りながら近づいては離れ、離れてはまた引き寄せ合う。不意に彼ら彼女らは、まわりの風景が思っていたのと、似てはいるけれどかけはなれてしまっていることにうっすら気づく。気づいたところでどうもできない。風景はどんどん様変わりしていく。たしかに何かが起こってはいる。それが何なのか、彼ら彼女らはいうことができない。それを安易に、恋愛と呼んでしまうのは間違っている。『がらくた』で起きているのは、私たちが知っていると思いこんでいる、「恋愛」以上の何かなのだ。彼ら彼女らの間を吹き巻き、先回りして驚かせ、少しずつ少しずつ、ルールの意味を歪めていく。その向こうに、それまで想像もしていない、知っている言葉のあてはまらない広大な原野が見え隠れする。そして、この小説を読んでいる人間にも同じことが起きる。ストーリーを辿っていると思っていたところが、気づいたら、透明な煙のただよう見知らぬ場所に着いている。いつどこでこんなことに、愕然とし、二度三度と読み返してみても、その謎は解けない。舌足らずだが、「江國香織が起こっている」としかいいようがない。

「文藝　特集　江國香織」二〇一〇年六月

本はSP盤のように

毎日蓄音機でSP盤を聴いている。蓄音機というと「ノスタルジア」とか「大人の時間」とか気色の悪いキーワードが浮かぶが、じっさい耳にする音はまったく違い、うちの座敷にミニチュアのエルヴィスやカザルス、セロニアス・モンクが現れ、レコードの上で、ライブ演奏しているくらい生々しい。

電気オーディオの場合、過去のある時、声や楽器が震わせるスタジオの空気振動を、電気の力でレコード盤やCDに圧縮して封じ込め、再生のときは電気アンプの力でそれを拡大し、スピーカーからズドーンと送りだす。SP盤と蓄音機の場合、この「電気による圧縮・拡大」のプロセスがない。SP盤の溝には、その場の空気の揺れがダイレクトに刻まれ、蓄音機は手巻きのゼンマイで駆動し、ちょうど弦楽器のように、木製のボディでレコードの響きをその場に共鳴させる。録音されている瞬間の空気が「いま、ここ」に直結され、マイルスの唾《つば》やリパッティの指さばき、ジョンとポールの声の光が、ありありと目の前にあらわれる。オーディオというより、実感でいえば、タイムマシーンに近い。

来客があると必ず蓄音機の話が出、じゃあ聴いてみますか、という運びになる。いつの間にか皆、蓄音機の前に集まり、音で輝く空気を気持ちよさそうに浴びている。通りを歩く人が足をとめて覗《のぞ》きこみ、庭ではトノサマガエルがビートルズに合わせ喉《のど》を鳴らす。

昨今では音楽は携帯オーディオや、自動車の車内で、「ひとり対音源」という形で聴くものになっている。レコードを大勢で聴く、という機会はなかなかない。とはいえ、携帯オーディオの軽やかさ、デジタル録音ならではの圧縮感など、現代のテクノロジーでこそ味わえる音楽の楽しみはもちろんある。CDやレコードの棚はもう必要ないし、電車でもジムでも海辺でも、好きなところへ好きな音楽を何万曲と持っていくことができる。

本の世界もそういうことになるらしい。旅の雑誌から鳥の声や波音が聞こえ、宿や周辺の景色が動画で見られる。その場で予約サイトに飛び、支払いもできる。昆虫や鳥の図鑑が電子化されたら、それは楽しいだろう。

では小説は？　書く側からすれば、正直なにも変わらない。小説を書くのは、漁師が魚を釣り、農家が稲刈りをするようなもので、毎日毎日、いい作物を作ることだけを考えひたすら手を動かす。それがどんな皿に盛られるかはまた別の話で、後で他の人が考えてくれればいい。読む方からしても、電子化されてこその便利さや、使っていくうちに生まれてくる楽しみがきっとあるだろう。

何十年か先、本はもしかすると、SPレコードみたいになっているかもしれない。「空気感が生だ」「いまそこで書いてるみたいに読める」などといわれて。蓄音機のゼンマイを巻き、一曲ごとに針を取り替えるように、本も「その面倒さがいい」などといわれるかもしれない。「これ、めくるんだよ」とか。自分の本棚をいま眺めて、これは絶対、本の形でないと、という本が何冊もある。鬼海弘雄の写真集『PERSONA』、柴田元幸初邦訳のトマス・ピンチョン『メイスン＆ディクスン』、大竹伸朗『全景展カタログ』など。

どんなSP盤も、蓄音機でかけると生々しく響くように、五十年後に開くと、たぶんあらゆる本が生々しく愛おしい。電子書籍が話題にのぼるようになってから、家にある本はすべて残しておこうと決めている。

朝日新聞　二〇一〇年七月

乱反射するいのち

サーシャ・ソロコフ『馬鹿たちの学校』

誰も目の前にいない。語り手は、あることを語ってしまうと、もう別のところで次の語りをはじめている。名前も年齢もあかされない。『馬鹿たちの学校』にいま通っているのか、かつて通っていたのか、それもわからない。どこの国にあるかわからない別荘地に、検事である父と、輪郭しか描かれない母と、三人の生活がかいま見えるが、すでにその別荘は父が手放してしまったあとらしい。この小説のなかで、時間は小説の外のように流れない。渦を巻き、さかのぼり、ふいに飛び、何度もおなじところをたどっているかとおもえば、砂にしみこむように消えてしまう。

二百ページに亘って、改行なく、ときには句読点さえ挿入されず、少年のモノローグがえんえんとつづく。語りは一見支離滅裂で、ストーリーどころか文意すら読みとれないこともしばしばだが、この爽快感、風通しのよさはいったいなんだろうと思った。少年が嘘をつけないからではないだろうか。少年は（年齢はわからないけれど）、小説のなかに、自分の腹のうちをすべてさらけだして語っているので、また、そのような語り方しかできない人物なので、一語ずつ、一文ずつ、混乱や重複はみられても、そこに濁りがない。でたらめな星のかたちにカットされたクリスタルガラスのなかを乱反射する光みたいだ。

子供はふつう、自分をいつわったり、見栄をはったり、かくそうとしたり、おおげさにいったり、そういう揺れ動きのなかで、不安に駆られながらものを語る。自分と自分以外の世界がたまにしか接続されない、自分ではどうしようもない分断された状態に子供はいる。いっぽう『馬鹿たちの学校』の語り手は世界に溶けている。偏在し、時空を飛び、草木に同化し、目の前の大人のなかにやすやすと入りこむ。不安に駆られていないわけではない。ただその不安は、この世に接続されない不安でなく、生命それ自体の不安定さから発している。この小説を読む直前、赤ん坊が産まれる現場を目の当たりにした。へその緒を切り離されたばかりの新生児は、母親の胸に置かれると、誰に教えられたわけもなくある方向に這いすすみ、目の前の突起物、紅の星のような乳首にむしゃぶりついて一心に吸った。そこに道徳や教訓、世間的な意味はなかった。生きる欲動が充溢し、光が乱反射していた。『馬鹿たちの学校』は、子供が登場するという以上に、小説それ自体が、この世のすべてに泣きわめく新生児にそっくりだ。

「小説トリッパー」二〇一〇年一一月

トーマス・マンの菩提樹

ここ数年、我が家はカイガラムシに圧迫され、倒れそうなところをなんとか持ちこたえている。カイガラムシとは、赤色を出すコチニールという染料の原料で、口や体表からねばねばした透明な液を出す虫だ。この液を炭素などといっしょにかため、円形にプレスすると、一分間に七八回転するSPレコードができあがる。SP盤はもろく、そして一枚ずつがずっしり重い。うちの座敷にはいま、カイガラムシの唾のかたまりが積み重なり、このままだとじきに畳が抜けてしまう。その横に水屋簞笥みたいな蓄音機が鎮座している。

和室にSP盤、蓄音機というと、大人の趣味の時間、ノスタルジア、みたいな気色の悪いイメージが湧いてくると思うし、僕もそうだったのだが、人に勧められ、一台目のポータブル蓄音機を買って、もともともっていたプレスリーのSPをかけてみて驚愕した。家じゅうが雷で揺さぶられるようで、ふだん動じない家内が鍋をかぶって座敷へ走り込んできたくらいだ。そこにプレスリーがいた。ポータブルなので、身の丈およそ六十センチくらいだが、回転する盤の上に足を開き気味に立ち、腰をぐりぐりくねらせながら、骸骨マイクに向かって唾を飛ばしていた。ダイレクトカッティングの溝を、電気でなくゼンマイで駆動して鳴らす。その音が録音されているその場、そのときの空気振動が、風になった版画のように、蓄音機のホーンからあふれでてくる。マディ・ウォーターズの凶悪なギターが、チャーリー・パーカーの腐臭のする吐息が、パブロ・カザルスの狩猟のような弓さばきが、空間をかき乱し時間をへし曲げる。ノスタルジアなどとはとんでもない、蓄音機は、録音された瞬間をたえず「いま」へつなぐ、タイムマシーンだったのである。

現在住んでいる京都はここ百年大きな地震や空襲に見舞われていないので、割れやすいSP盤が各家の蔵や物置に安置され、蓄音機趣味の人も他の町に比べて多い。そこらで蓄音機蓄音機いっていたら、「これもきいてみい」「ここで鳴らしてみはったら」と暗がりに潜む「主」みたいなひとらに声をかけられ、気がついたら家はカイガラムシの巣、蓄音機二台を所有し、KBS京都ラジオで毎週喋りながら蓄音機でSP盤をかける番組をもつようになっていた。

蓄音機にはまりこんだ当初から気になっていたレコードがあった。トーマス・マンの教養小説『魔の山』の終盤に出てきて、主人公ハンス・カストルプをだんだんと変にさせていく一連のレコードである。サナトリウムに届いた蓄音機とSPレコードのセットにカストルプはのめりこみ、「ぼくにやらせてください」と、管理役を買ってでる。社交室で皆にきかせたあとは、真夜中じゅうひとり、蓄音機の音楽に耽溺する。カストルプがとりわけ好んだ五枚のレコードが詳細に紹介されるが、なかでも「菩提樹」は、「ひとつの世界全体を意味し、しかも彼はこの世界全体を愛さざるを得なかった」。そして長い長いこの小説のラストで、泥まみれの戦場で、倒れ臥した戦友を踏みつけて進軍しながら、カストルプは低い声で「菩提樹」を口ずさみつづけるのだ。

この「菩提樹」は誰がうたっているのか。カストルプは七年をサナトリウムで過ごし、第一次大戦の勃発とともに山をおりる。一九一〇年代中期までの録音ととらえ、さがしてみようと思ったが、「歌手は格調の正しい味わいに富んだ歌い方をする青年」「ほどよいすすり泣きを思わせるような明るい暖かい声」などと書かれているこのテノール歌手が誰かわからない。実在するレコードなのか？

トーマス・マンはなにか抽象的な、巨大な雲のようなものを、この「菩提樹」に重ね合わせ、語っている気がする。歌い手個人をこえて、ヨーロッパそのものが歌っている風にきこえる。じっさいにこのレコードがあるとすれば、ぜひ蓄音機で鳴らし、その声を、いまの空気に溶け合わせてみたい。

カストルプの好んだ五枚のうち、最初にあげられる「アイーダ」最後の二重唱のテノールは誰かわかる。まちがいなくエンリコ・カルーソだろう。犬が蓄音機に首を傾けた、黄色いレーベルの片面盤がうちにある。一九〇九年のドイツプレス。針が溝をこするノイズは響くが音楽にはまったく影響がない。針を落とすと光の柱のようなカルーソの声が盤面から一気に空へ立ちのぼる。トーマス・マンは書いている、「現実の事物の醜悪さに与える高貴な、そして動かしがたい美化」。京都の家でレコードが鳴りだすと、僕は、同じ瞬間、椅子にすわったマンが耳を傾けるのがわかる。百年を越え、いま同じ空気を生きている、と思う。それはハンス・カストルプも同様だ。一九一四年のドイツ、山上のサナトリウム。まわりつづける同じレコードと、息をつめながら見入り、きき入るカストルプの姿が、音響の向こうにありありと立ち現れる。

「本の時間」二〇一一年四月

おすすめの三十冊

『転生夢現』 莫言

中国の「歴史」をつらぬき、乗り越えていく、個人の「物語」。個人といっても、ロバ、ブタ、猿と、主人公は転生していくのですが。それぞれの生が超絶におもしろく胸を引き絞られるような一編の作品になっています。それが時間によって織り上げられる。ＮＨＫの書評番組で「これまで読んだなかでいちばんおもしろかった小説」と言い放ったことがある。その気持ちはいまも変わっていません。

『ウォーターランド』　グレアム・スウィフト
「これまで読んだなかでいちばんおもしろかった小説」。「いちばん」は宇宙と同じように多層的にあるのだ。イギリスの歴史教師が、最後の授業にあたり、故郷である湿地帯の成り立ちとともに、一家の歴史を語る。話の尻尾が見えたと思ったらすぐ引っ込む。そのくりかえしのうちに、じつは自分がとてつもなく大きな生き物に触っていたんだ、と気づかされる物語。生き物だから、のたうち、脱線する。授業のさなか、いきなりえんえんと「うなぎ」の講義がはじまったりする。

『フラナリー・オコナー全短編』
アメリカのざらついた日常を、鉈の言葉で断ち割るオコナー。はじめて読んだときからだがまっぷたつに割られ、切り刻まれていく感じが襲った。アメリカの人間の家のなかを透明な窓越しにのぞきこんでいると、二階から物を投げられた、といったような。

『オデッサ物語』　イサーク・バーベリ

黒海の真珠、と呼ばれる港町で起きた、少年時代の悲劇。バーベリの血は、息をのむような惨劇を描きながら、ひとかけらの笑いを小説の底にしのばせます。宝石のような比喩、石ころのような人物造形。小説の秘密がすべて詰まった奇跡の短編集。

『夜明け前のセレスティーノ』　レイナルド・アレナス

アレナスの作品はすべて仰天するほどおもしろく、小説の一大サーカスを見せられている観があります。キューバ政府もキューバ人も、ラテンアメリカの人も北米の人も、ヨーロッパも、アジアも、すべてかき集め、ごった煮にし、ドロドロになったそのスープを、この世の誰もみたことがないようなうつくしい宝の器に惜しげもなく盛りつける。

『さりながら』　フィリップ・フォレスト

「露の世は　露の世ながら　さりながら」の一句を残した小林一茶、夏目漱石、そして長崎の爆心地でシャッターを切り続けた山端庸介。三人と、それに作者自身に共通する、のりこえようもないかなしみを、小説のかたちで大切におさめた本。目の前で息絶える我が子。死んだ弟を背負って歩く兄。かなしみを胸に秘めていない人間はこの世にはいない。

『目眩まし』　W・G・ゼーバルト

小説にこんなあたらしいことができるのか、と目をみはりました。大学のコピー室で、大量の写真を淡々と複写する姿を、僕の知人が目撃しています。ヨーロッパ最高の小説家と呼ばれはじめたそのとき、自動車事故で亡くなります。どういうわけでかわからないのですが、後半に出てくる地図のところで、僕はいつも胸をつかれ、この世に生きているよろこびと悲しみを噛みしめます。

『最後の物たちの国で』　ポール・オースター

オースターの作品はどれも暖かみがありますが、この作品は、破壊された町という前提だからか、冷え冷えとした感触がしばらくつづきいていきます。その底にだんだんと、ちら、ちら、と動きだすものがあって、輝いては揺らめき、彼方へと誘うのですが、それは主人公と読者を絶望の世界から救い出す、わずかな希望の灯火であることがわかってきます。『最後の物たちの国』がじつは、読んでいる自分たちの胸のなかにあることも。

『灯台へ』　ヴァージニア・ウルフ

三崎の港町で、何度も何度もくりかえして読みました。自分が小説のなかに住んでいる気がし、より正確には、僕はこのセント・アイヴズの町を、三崎の町と同じように、迷わずに歩くこともできます。一ページ目から、ただ淡々と読んでいけばいい。はじめは、どこに向かっているのかわからず不安になるかもしれません。でも大丈夫、セント・アイヴズはそこにあり、灯台は立っている。最後のページをめくりおえたとき、まわりに二十世紀はじめの海の香りが、濃厚にたちこめているのに気づくはず。

『白痴』 ドストエフスキー

ほんとうに巨大な小説というのは、森のような生態系をなしていて、思いもよらかなかった細部同士が、つながり、きらめきあい、命を交換しあう、ということが随所で、読んでいない場所でも起こっている。『白痴』を、僕は何度くりかえし読んでも、読み終わった気がまったくしません。ストーリーがどう、という話でなく、たぶん僕の一部もその生態系にとりこまれてしまっているのだと思います。

『魔の山』 トーマス・マン

詩人の田村隆一が、「厚いけれど、高校生だったら読まなくちゃだめだよ」と書いているのを読んで、高校二年で最初に読んだ。最後のページにたどりついたとき(ほんとうに「たどりついた」という感じでした!)、自分も魔の山の上で長い時間を過ごし、そしていまおりてきた、という感じにつかれました。それから三回くらい読みかえしていますが、ページをひらくたびに僕は、高校二年からつづく、霧のかかった長い時間のなかに引き戻され、気がつけばまたこの山の上にいます。

『夢の浮橋』 谷崎潤一郎

谷崎潤一郎の小説の、目に見えない「なか」ではいつも、他の小説では考えられないような出来事が起きています。その出来事について書かれていないのに、いや、書かれていないからこそ、その出来事が、小説の表面の向こう、うすぐらい「なか」でうごめいているのがわかる。文字で書かれている部分でなく、闇、空白に自在に語らせることができた作家は、日本では、谷崎潤一郎しかいないと思います。

『彼岸過迄』夏目漱石

漱石の作品にたちこめるなんともいえないけだるさは、癖になり、全作品を文庫で読みかえすという期間がときどきめぐってきます。谷崎とはちがい、漱石は、闇にのみこまれていく作家だ。自分ではのみこまれつつあるのに気づかず、ぎりぎりの光と闇の縁を、理性を杖に、言葉でリズムを刻みながら歩んでいく。

『ヨッパ谷への降下』筒井康隆

筒井康隆の短編を読んでいくのは、この世の最大のたのしみ、と思っている人は僕を含め多くいるでしょう。光の作家、という印象です。目がつぶれそうなくらい強烈で無慈悲なサーチライト、てらてら輝く肉の脂、爆発と炎、夢のなかを流れる淡い輝き。なかでも「ヨッパ谷」は、目に見えないくらいか細いガラスの糸を、何億何万と張り巡らした光の工芸品。きのこやこけの森のように、ゆがんでいるのに完璧な造形美がある。

『アメリカン・スクール』　小島信夫

初期作品から最後の『残光』まで、小島作品に一貫してあるのは人間を人間たらしめている欲、寂しみ、笑いです。笑わせようというのでなく笑いが切実に必要な人間の姿がそこにあらわれている。僕と同じように、一作品をきっかけに、すべての小島作品を読みたくなる人がいるといい。もうひとつ、小島作品の特徴は、読み終わった後、「小説を読む」ことそのものが、あらためて好きになっていることだ。

『彼女について』　よしもとばなな

ここ数年でもっとも驚いた小説。よしもとばななは意識せず、谷崎が闇でやっていたことを白日のもとでやっている。この本がもっと話題にならないのはおかしい。

『西脇順三郎詩集』

日本語、というより、西脇語。作者個人を越え、水のようにしみとおり、流れゆく言語世界。日本にはマラルメもブレイクもプーシキンもいないけれど、西脇順三郎がいるのでまったく問題ない。「失われた時」や「旅人かへらず」のたった一行にきらめく宇宙を、自分でも見てみたいがために、僕は長々と小説を書いているところがある。

『ぺるそな』　鬼海弘雄

鬼海弘雄が今日も写真を撮りつづけているというのは、おおげさでなく、人類の希望だと思う。このように人間を見、人間の姿をこの世に残すことが、ひとりの人間にできるというのは、この現代の日本においてほとんど奇跡。『ぺるそな』は、写真集はもうこれ一冊だけでいいという本。ときどき、本はこれ一冊だけあれば、という気持ちにもなる。

『悩む力』　斉藤道雄

これまでに読んだ本のなかで、もっとも驚き、もっとも感激した一冊。北海道の浦河町にある精神障害者たちの施設「べてるの家」についての本です。「べてるの家」がこの世にあってほんとうによかった。去年八年ぶりにでた続編のタイトルは『治りませんように』。

『自分と自分以外』　片岡義男

うしろからやってきてスッと追い抜いていく光の記憶。幼少時のこの、原子爆弾の体験が、片岡作品特有の、なにもにない空間にさす薄光、という気配をうんでいるかもしれない。小説であってもエッセイであっても、そのきびしさ、うつくしさは変わりません。

『原っぱと遊園地』　青木淳

青木淳が書きながら考え、考えながら書く、その動いていく思考の軌跡。どこにむかって歩いているのかわからないけれど、青木さんについて歩いていると、それまで当たり前と思っていたものがまったく違う顔を見せたり、無縁だったものが親しく笑いかけてきたりと思いもよらないことが多くあって、気がついたら青木さんは消えていて本も読み終わっている。青木淳の建築作品を歩くのに似ている。本も建築も、ともに歩いたあとは青木淳が大好きになっている。

『見えない音、聴こえない絵』 大竹伸朗

美術とか絵とかいう考えを捨てて、人間がいかに途方もないスケールで自然や廃墟や漂流物とシンクロできるか。大竹伸朗が日々やっているのはそのようなことだ。作品の前で大竹は獣や風や廃船となり、もうそこにいなくなった港や焼け跡のひとびとと無言で語らう。大竹伸朗が僕たちにもわかる言葉で作品や、生きている世界について書いているというのは信じられないくらいの僥倖だ。いまも文芸誌「新潮」で連載中。

『暴力はどこからきたか』 山極寿一

世界一ゴリラに詳しい著者がみずからの経験をほりさげて、ニホンザル、チンパンジー、ボノボ、そしてもちろんゴリラといった、類人猿の愛と暴力の世界を豊かに描いていく。読んでいるあいだ、果物や森のにおい、葉にふりかかる驟雨の音を、からだの内に感じます。

『「消えゆくことば」の地を訪ねて』　マーク・エイブリー
話者が地上にふたりしかいなくなってしまった「ムルリン・パサ語」。逆に、ひとりの少年の情熱で墓場から復活した「マン島語」。野生動物やジャングルのように、グローバリゼーションの波のなか、絶滅に追い込まれつつあることばは数多くあります。これはそうしたさまざまな言語の現状を、現地取材をもとに追ったドキュメンタリー。たしかに、ことばは「生き物」なのだ、と知らされます。大切に、はぐくんでいかなければならない。

『ヒトの変異』　A・M・ルロワ
「われわれ人間はどうしてこのような姿をしているのか」。それは遺伝子情報のか細い糸の上を、生命が、絶妙な綱渡りで進み、この世にあらわれでてくるから。多くの奇形を実例にあげ、どうしてそのようになるか胚のレベルで検証しながら、目と耳がふたつずつ、鼻がと口がひとつ、頭皮には髪が生え、左右には二本ずつの手足をもっている、そうした「あたりまえ」に秘められた奇跡を浮き彫りにする。

『星投げびと』　ローレン・アイズリー
夜の海岸でえんえんと沖へ星を投げつづける男。からだの一部が、そうなってはならない状態になってしまった生物学博士。いちおう、サイエンスライティングなのですが、全体の印象は、謎が最後まで解明されない探偵小説に似ています。生命、自然を、人間の科学がすべてときあかすことなどできないという諦念をもちながら、なおも科学にとりつかれていく著者の幻影を追いかけるような、揺れ動く読書。

『天然コケッコー』　くらもちふさこ
すべての線が、見ている最中にもふるえ、跳ねとび、夏の海岸につづく小径を駆けだしていく。ここに描かれている空気、音、小さな世界そのものが主人公。日本のすばらしさを知りたい、という外国人がいたら、まずこの名作をすすめたい。

『海街 diary』　吉田秋生
よくいわれていることかも知れませんが、小津安二郎の作品を想起させます。けれども、ある意味小津を越えている。日本漫画にしかできないことが、ここでは易々と、あらゆるページ、あらゆるコマのなかで魔法みたいに達成されている。鞄に入れて持ち運べ、いつどんなところでも持ち運べる、ポータブル鎌倉。波音や蟬時雨、谷をわたってくる風音つき。

『茄子』　黒田硫黄
台所でジュージュー音をたてるフライパンのなかに目をこらしているうち、ふと気がつけば太陽系の外の空間にぽつりと取り残されている。茄子の表面で、あらゆる時空は軽々と結びついていく。黒田硫黄の太くのたくる線は、その物語と同じく、自在に、思わぬ方向にのびていき、そうしていつの間にか、読者の胸でとぐろを巻いて眠っている。

『僕とポーク』 ほしよりこ

「猫村さん」をはじめて紙の上で見たとき、その線の速さ、鋭さ、うつくしさに驚愕した。絵画史上、こんなすごい鉛筆の線が描かれたことはない、と思った。絵のうまさでは、現在、日本の出版物のなかで群を抜くすごさ、そう思ってこの本を開いたら、ストーリーもすごかった。冒頭の「たろちゃん」は、その年にみたあらゆる本、映画、芝居のなかでもっともすばらしいと思った。

ふたば書店選書リスト 二〇一一年四月

目がさめるまでの時間

ここ半年、中高生の頃のように、ひっきりなしに本を読んでいる。去年の秋あかんぼうが生まれてきたためだ。生後すぐのあかんぼうの問題はまず第一におっぱいであり、そのあとは睡眠、そうして遊びである。おっさんの僕はどう引きしぼってもおっぱいは出ないので、起きているあいだの遊びと、ぐずりだしてからの寝つかせを担当している。午後にうにゃうにゃぐずりだすのを、おくるみで抱きあげてユラユラ揺らし、熟睡までもっていくのはもうお手のものだが、いったん眠りについたら一時間半、できれば二時間、気持ちよく眠ってほしい。ふとんの横にひかえ、なにかの拍子に起きそうになったら抱きあげ、安らかな眠りへともう一度みちびく。ひかえているあいだ、ずっと本を読んでいる。さほど長くないようでいて、毎日二時間本を開いていると、けっこう「読める」ものなのだ。しかも、あかんぼうのオーラを受けながら読んでいるので、小説の言葉がいきいきと光を帯びてこちらの胸にしみこんでくる。

そのように読んだものの大半が実は、お世辞ではなく白水社の本ばかりで、ここ最近、白水社のラインナップはすごいのだな、とあらためて感嘆した。まず、『ジョゼフ・コーネル　箱の中のユートピア』。画家や音楽家の伝記は、どうかなったようなひとが多く出てくるので好きで、昔からわりとよく読むが、このコーネルの伝記は、いままで読んだなかで最高の一冊だと思った。あまりにも波瀾万丈で、しかも本人としては「なにも起きていない」、こんな人生はまさに奇跡のようで、読み進めるうち、僕はコーネルのことがどんどん、どんどん好きになっていった。創作の切実さに胸を打たれ、亡くなる場面ではからだのどこかが引きはがされたような感覚に襲われた。人に薦めるときによくいうのだが、ポール・オースターの書いた最高傑作の主人公と同じかそれ以上に、この伝記に書かれたジョゼフ・コーネルは素晴らしい。

マルカム・ラウリーの『火山の下』の新訳もすごかった。「下」というより、ぐつぐつ煮えたぎる火山の、まっただなかを歩いているような読み心地だ。こんなにのべつ飲んでいるばかりの小説は、ほかにあるものでもなく、亡くなった中島らもさんはたぶん驚喜しただろう。幼児、精神異常者、老人、病人、恋人と、この世のあわい、みぎわにいて様々なことを幻視する話者は、多くの小説で見られるが、この有名な文芸作品は、ほぼ大半が「酔っぱらい」によって語られる。訳語がまた、読んでいて酔いがまわりそうなくらい度数の高い酒っぽい。

ロベルト・ボラーニョの『野生の探偵たち』を遅ればせながら読んだ。あかんぼうが生まれて人生が変わる、というのは実感したけれども、『野生の探偵たち』を読む前とあととで、僕は、詩や小説への感受性が少なからず変わった気がする。それほど濃厚で、こころにからみついてくる本だった。書き出しからそれは宣言されていた。「はらわたリアリズムにぜひとも加わってほしいと誘われた。もちろん応じた。加入の儀式はなし。なくてよかった」。こんな一節をさしだされ、飛びつかない小説好きがこの世にいるだろうか。作中では、おおぜいの人間が地べたをあちこちいったりきたりするが、上下巻を読んでいる最中、自分もやはりそのうちのひとりだという実感がじわじわ湧いてくる。同時代のボルヘスを読んでいる、とその間思った。

フィリップ・フォレストの『さりながら』を、『おらが春』注解と、漱石の『彼岸過迄』を片手に読んでみた。白水社ではないが、ドストエフスキーの文庫版を『貧しき人々』からすべて読みかえしているところで、『未成年』の青さがすごかった。これが終わったら『失われた時を求めて』か『ユリシーズ』をじっくり開いてみようと思う。あかんぼうの目がさめるまでの、短い、濃厚な時間、僕は小説という世界を旅してまわっている。

白水社ブックカタログ　二〇一一年五月

寝ているあいだに小説は育つ

よしもとばなな『ジュージュー』

私事で恐縮だが、うちにいま、生後八ヶ月のあかんぼうがいる。食べるのはそれはまあよく食べるが、あかんぼうは寝るのが仕事、とはよくいったもので、ぱくぱくおっぱいをのんだらそのあとは、とにもかくにもひたすら寝る。まわりで見守る大人は、その眠りをできるだけおだやかに、じゃまなく過ごさせてやろうと心血をそそぐ。

が、思ったようにはいかない。家のすぐ外を古紙回収業者のトラックが、ばかでかいアナウンスをまきちらしながら走っていき、電話が鳴り、ドアベルの音に出ていくと白い服を着た女性がパンフレットだけでも読んでくださいとくたびれた顔でほほえみ、そうして部屋に戻るとあかんぼう自身がけほけほ咳をして目覚め、腹ばいで起きてしまっている。それでも眠たいのは眠たいので、目や口やからだのくねくねした動きでそのように訴えてくる。あかんぼうを抱きあげ、シー、シー、ニャー、ニャー、呪文をいって寝つかせる。寝入りばなの不安定な状態は、あかんぼうにとっても不安らしく、はじめはうじうじぐずっているが、十分ほど経てばすうすう寝息を立てはじめる。小さなそのからだを布団に横たえ、僕は外に出、古紙回収業者のトラックがやってこないよう看板をたてにいく。

寝ているあいだに子は育つというが、小説もそうではないか。もちろん作家が寝ているあいだに小説ができてしまえばそんな楽なことはないが、そうではないか、というのは、小説も育っているあいだじゅう、寝息をたてているのではないか、ということで、最近のよしもとばななの小説を読んでいるととりわけそんなふうに思う。ひとつひとつの小説を大切にとりあげ、起きているうちは全力で遊び、眠くなったら、とん、とん、とん、絶妙な手つきで寝つかせる。こちらの都合だけではいけない。むこうに合わせるだけでもずれてしまう。いつのまにか、自然と合ってしまっている、という宇宙的なリズムで、とん、とん、とん、と著者は小説をあやし、寝息をたてているうちにその小説は、それが本来あるべきものとして育っていく。もう何十という、おおぜいの作品を生みだしてきた「大きなおかあさん」ではあるが、新しくうまれる小説にとってはたったひとりの、真新しいおかあさんである。そうして著者は、どの最新作にとっても、真摯にそのようなおかあさんたり得ている。というより、そうできなかったら、小説など書いていないにちがいない。

「ジュージュー」はステーキとハンバーグ専門の店で、ログハウス調の内装に、カントリー&ウエスタンのBGM、肉はジュージュー音をたてながら鉄板に乗ってやってき、コーヒーは薄目で必ずマグカップに入っている……。「七〇年代の、つまり私の親たちが青春時代を迎えていた頃の夢の店」と、著者は書いている。が、ただの夢ではない。眠る小説がみている夢だ。店の名はもともと「テキサス」といったのが、朝倉世界一氏のマンガ『地獄のサラミちゃん』に出てくるステーキ屋にちなんで、十年前に改装したとき、「ジュージュー」とした。『地獄のサラミちゃん』は私の「ママ」、おかあさんの愛読書だった。モデルをしながらステーキ屋で働く手足の長いサラミちゃん。昔モデルのバイトをしていて、ステーキ屋に嫁いできた、ほっそりした首の「ママ」。朝倉氏の個展にいってサインをもらうほどサラミちゃんにのめりこむ「ママ」の姿に、「パパ」は、「せっかくだからそれにちなんだ名前をつけるか?」といったのだ。すごい話である。

常連、ふらっとやってくる一見客。「ジュージュー」は誰にとっても自然に足がむいてしまう店のようにみえる。店の看板だった「ママ」の笑顔のせいだろうか。いまはもうその笑顔はみえなくなってしまったのだが。「お店で倒れたのは嬉しかったな〜」と、「ママ」は最後に病院で、「夢見るような顔」で言った。みえなくなってもそこにいる、ということは、まったく普通にできるのだと、「ジュージュー」に横溢する「ママ」のスピリットは、涼しい声で教えてくれる。だからこそ、いなくなったあとも客足は絶えず、かえってその不在に引きよせられるようにして、あらたなひとびとがまたこの場所に足を運ぶ。

一見、ステーキとハンバーグの店のようだが、「ジュージュー」は、宇宙空間にぽっかりと浮かぶ、白い発光体だ。「きれいな泡につつまれているみたい」に、その内側では、どの人の声もよく響き、一瞬ごとの表情も特別な光をおびる。「ママ」のスピリットが、その場に充ち満ちているのはたしかだが、それだけが理由で、「ジュージュー」があるのではない。いつのまにか、自然とそうなってしまっている、あの宇宙的なリズムのなかに「ジュージュー」はあり、主人公、「パパ」の見える姿や、「ママ」のみえない肉体、店に出入りするすべてのひとの時間も、軌道こそ違え、じつは同じリズムでまわっている。著者が呼吸する、その宇宙のリズムで。

小説を読んでいる時間は、夢を見ているのとどれほどちがうだろうか。夢を「見せられている」と思うほど興ざめなことはない。書く、読む、の壁をこわし、書いているのと同時に読み、読んでいるのと同時に書く。そのたゆたいのなかに、主人公も、著者の好きなマンガも、読者のいきづかいも、ひとしなみに溶けていく。「ジュージュー」と音をたてているのは、じつは読んでいる自分の肉なのでは、とうっすら目をみひらいておもう。「ママ」の好きだった歌が子守歌のようにきこえてくる。小説のおかあさんが耳もとでうたってくれているのだ。「空では鳥がないてるぜ　海では鯖がないているぜ　どうにかなんとかなるだろ　どうにか　なんとか」。

宇宙でのびやかに横たわり、よしもとばななは肉の夢をみている。すぐ横で寝息をたてている小説のなかで、読んでいる僕たちもそのあいだ、同じ夢をみることができるのだ。

「文學界」二〇一一年六月

名指したことのない光

金原ひとみ『星へ落ちる』

地を蹴り、飛びたとうとする。ほんの少し宙に浮き、すぐに着地する。また蹴り、一瞬間をおいてすぐ着地。「私」も「僕」も、「俺」も「彼」も、えんえんとくりかえされるこのむなしい飛翔は、全身でする、けいれんに似ている。ただしそのふるえは、からだやこころだけではない。地を蹴り、わずかな距離を落ちていくひとびとの居場所、星、ひいては小説全体が闇にひりひりふるえている。

「彼」にこがれ、訪ねてきてくれればベッドをともにする女性A。

「彼」を部屋に住まわせ、浮気の影に嫉妬の炎を燃やす男性B。

女性Aに、毎日電話をかけ、Eメールを送ってくる男性C。

構図としては、「彼」をはさんで対角線上にAとBがいて、たがいの気配を感じながらまわりをぐるぐるとまわり（近くに住んでいるふたりが顔を会わせることはない）、またその三者から遠く離れて、たよりなく消えかかった縁のロープを放すまいと、必死にAにすがるCがいる。半年ほど前まで、CとAはまるで若夫婦のように仲むつまじくアパートで暮らしていたのだ。Cは工場に勤め、Aは食事の用意から金の管理まで、かいがいしく尽くしていた。ところがAは、小説家としてデビューしてしばらく後、ある日、二、三日ホテル暮らししてくる、そういって出ていったきり帰ってこない。じつはこの時点でAは仕事相手として「彼」に出会い、ひと目で恋に落ち、そうして「彼の家」に近い場所にマンスリーマンションを借りて、「彼」の来訪を待ちこがれる暮らしをはじめる。

その「彼の家」にしても、ホモセクシュアルのBが、「彼」を身近に置いておくため、たがいに束縛しないという約束で、同棲をもちかけた場所だった。はじめはル・クルーゼの鍋で煮込み料理をつくったり、たまにからだを重ねたりもしていたのだが、ここしばらく「彼」は、ほとんど寝に帰るばかりで、料理にも手をつけない。Aらしき相手の存在を感じ、Bは、どうしてそんなことができるんだ、と「彼」の「浮気」をなじり、自殺をにおわせ「彼」の気をつなごうとする。

恋愛、とこのかたちを呼んでしまえば、それは一見わかりやすいが、そうだとこの小説を書き進めながら著者がつまずき、ひっかかり、じっと耳をすませ感じとった小説の襞、かすかなふるえをききのがすことになる。

「星へ落ちる」とは、小説の冒頭で「彼」が発することばだ。女性Aと電気の消えた東京タワーのそばを歩きながら、

「ずっと一つの星を見上げてると、自分がその星に落ちていきそうな気がしてこない?」

小説全体で、唯一「彼」がリアリティをもってそこにいる場面とおもうが、それでもこの声はそら耳だったようにきこえる。

この発言に、「私」女性Aは、「声をあげて笑」い、もう一度いってほしいという。Aみずから、わざわざそのことばをなぞり、「僕は星を見ていると、星に落ちちゃいそうな気がするんだ、って」いってほしいと「彼」にいう。「彼」は二度といわない。唯一リアリティをもって響いた「彼」の声は、こうして、彼の口から出なかったという印象のまま小説の闇に溶けてしまう。その後、「彼」の声はすべて壁のむこうからのように、いまそこにいるかいないかという、くぐもった間接話法で語られる。

声だけでない。その存在自体、A、Bの視点からちらちらと垣間見えるだけだ。そもそも「彼」は、AとBにほんとうに気を引かれているところがあるのかよくわからない。ただ自分の通っていく軌道上にA、Bがいるので接触し、過ぎ去っていく、という風でしかなく、A、B以外にも、ほかに会っている男女がいておかしくないが、この作品の内部に関するかぎり、著者がそう書いていないのなら、A、

B以外の存在を考えなくてもいいようだ。もっといえば、何人、何十人の相手がいても「彼」の態度は変わらず、そのことを示すためには、単数でなく複数、AとBのふたりだけいればじゅうぶんだった、ということかもしれない。

「彼」は人間だが、他者そのものだ。AもBも「彼」を崇拝し、おそれ、「愛している」のことばを内心のぞむが、口にしてはいえない。「彼」が愛しているというとき、それはその相手に死さえ強《し》い、さらに「彼」さえ砕け散ってしまいかねないことを、誰もがうすうす感じている。「彼」自身、愛をおそれでもしているかのようだ。ただ、小説のなかでAがいうとおり、自殺する、と声高にいいつのる人間は実はあまり死なない。

「愛している」が、けしていわれることはないだろうと、AもBも、Cさえも、もちろん「彼」も知っている。その絶望的にひらいた距離、のりこえようのない亀裂は、じつは「彼」と「私」、「僕」と「彼」、「俺」と「私」だけでなく、あらゆる男性と女性、人間と人間のあいだに、ぱっくり口をひらいている。それぞれ、ただ一つの生を、それぞれはたったひとり生きていくほかない。そこからはみだし、みずからを越えて相手に重なろうとする絶望的なこころみが愛とすれば、死を賭すことなしに、そこに触れるどころか、垣間見ることすらできない。生を賭ける、命がけ、ということでもある。台所のカレーの匂いとかおにぎりの重みといった、生活の表面に愛があるのではない。そんなものは「二、三日ホテル暮らししてくる」のひとことで消し飛んでしまうのだ。

捨てられ、底でのたうつCこそ、愛を生きている人間だともいえる。毎晩Aの携帯電話にかけ、留守番電話に長々とメッセージをふきこみ、Eメールを送ってくる。はじめは無様、醜悪にさえ見え、けれども読者はだんだんとCの存在に救われていく感じがしてくるかもしれない。たまに電話がつながると、Cは嬉しさに舞いあがり、Aがきいていようがいまいが、とうとうと言葉をまくしたてる。Aはパソコンのキーボードを打ってCの長話をだらだらと記録する。「後で俺が読み返せるように」と「彼」が笑いながらいったためだ。

「なあ、俺最近寝る時天に祈ってるんだよ。手ぇ合わせてお前に会わせてくれって祈ってるから。なあ頼むよ。……もしもし？　俺お前に会いに行きたいんだよ。待ってるからね。行くからね。カラオケ行こうよ俺お前に聞かせたい歌があるんだよ、練習してんだよ。それから美味しいご飯食べて、そう、ゆっくり朝まで丸一日欲しいな。二十四時間欲しいな。……」

絶望の底で、Cは甘やかな愛におぼれ、生きている時間じゅう、そこにいないAにのめる。服、靴、化粧品、Aの捨てていったものがそのまますべて残るアパートの一室で。

そうしてとある店でなにげなく手に取ったあるものに、Cは、真空に落ちるように瞬時に吸いこまれる。その様は、本作中圧巻だ。また、その吸いこまれる様を、読者は正確に同時に、我が身のこととして体験する。リアルが小説からたちあがり、ねじくれて倒れ、煙がたちのぼったそこに、また新たな小説があらわれる。ほんものの小説には全編中かならずこのような裂け目、破れ目があって、読者をひきずりこまずにはいない。考えてみれば、「不在」そのものの人間である「彼」が、物語の空虚な中心をなしているのにも似て、Cのこの転換、愛と絶望の日々の終焉について、目に見える光景やことばではなにも語られない。

服や靴、化粧や風俗、インテリア、目に見えるそのようなピースでなく、その間を満たす「目にみえない」なにかこそ、本作の主役であり、そして金原ひとみの小説はこれまでもずっとそうだ。表面の描写や語彙《ごい》に誘われて読んでいくうち、いつのまにか得体の知れない、それまで自分で名指したことのない光がこちらにうつり目がくらんでいる。人間と人間が愛し、愛されることの不能性、だからこそ求めていく切実さ、おかしみを、金原ひとみは書いているあいだじゅう、小説にぶつけ、小説にのめり、そのうち小説そのものに「なっていく」。書かれたことばをくぐりぬけて、小説を読んでいるつもりでじつは金原ひとみのなかを読み進んでいく読者は、わずかなあいだでも、金原ひとみの「愛」に、全身をひたすことができている。

「星に落ちる」というのは、重力に引かれて落ちるのである。ちょうどよくバランスのとれた一点で、天体同士は一定の距離をたもち空間につりさがる。地球と、さえざえと青白く光る月のように。CはAにとって、月になったのかもしれない。「彼」に対するA、Bはいまだまっさかさな落下の途中にあるが、「彼」という存在自体、著者（読者）からすれば落下していく最中にみえる。

書いているわたしは？

読んでいるぼくたちは？

金原ひとみの小説は、遠いこだまのようにいつもこんな問いかけをはらんでいる。

宇宙全体のなかで、天文学者に観測できている、目にみえる部分は現在二パーセントしかなく、今後みえる可能性があるのも、四パーセントにすぎない。宇宙の九六パーセントは今後もけして目にみえない。どんなに科学が発達しても観測が不可能なのだ。二三パーセントは、重力を生じさせる暗黒物資「ダークマター」が占め、そして残りの七三パーセントは、もはや物質ですらない「ダークエネルギー」という正体不明のもので、これが空間全体に満ち、一見静寂な宇宙をたったいまも加速度的に膨張させている。

金原ひとみの小説は、たとえ掌編でも、宇宙のしずけさ、激しさをたたえている。だから引きよせられるのだ。

文庫解説　二〇一一年七月

たちのぼり、流し去る

グレアム・スウィフトの『ウォーターランド』を、これまでいくつの場所で薦めてきたかしれない。泥炭に覆われた「フェンズ」という湿地帯に、人間、うなぎ、濃厚な命がたちのぼり、ゆったりとうねる時間がそれらを流し去る。いびきをかいて眠るラブレーやチョーサーを揺り動かし、半睡で夢を語らせたような、巨大なヨーロッパ小説になっている。著者のからだを越え、「いつのまにか、自然にそうなってしまった」という感じの大きさがある。ジュノ・ディアスは、クレスト・ブックス最初期の配本『ハイウェイとゴミ溜め』を読んで、まず驚いた。こんな新しい小説を翻訳するシリーズとして、クレスト・ブックスがはじまったことにわくわくした。そして新作『オスカー・ワオの短く凄まじい人生』にはいっそう驚き、感激した。一ページ毎に、おもしろさのピークが更新されていき、そして最後の一行で、胸になにかがあふれ、ああ、とおもう間にこぼれだして消えた。

新潮クレスト・ブックス冊子　二〇一一年七月

大阪で笑い、のたくることば

石田千『あめりかむら』

工芸品のような文章を書く人、とエッセイをはじめて読んだときおもった。書き手がいて、読者がいる。そのあいだにガラスのようにすきとおった薄い壁が立っている。書き手は壁のむこうから、読者へ、じかに語りかけることをしない。口は結んだまま手を動かす。壁の一点からはじまって、ていねいに、独特の指さばき、息づかいで、表面に一枚また一枚と「ことば」を貼っていく。読者は、壁をくもらせないよう自然に息をつめながら、貼り絵のように、テキストがひろがっていくのをじっと見守る。平板な「ことば」だけでなく、ときおりぐいっとマチエールが盛り上がるようにおもわぬ「ことば」が重ねられはっとする。その、おもわぬ、がごく自然なので、たとえば小箱の上にぺたりといもりが落ちて、そのまま螺鈿《らでん》細工にかたまってしまったかのようにみえる。

初めて編まれたこの小説集の場合、すきとおった壁に微細な手つきで「ことば」が貼られていく感じは同じなのだが、貼られた「ことば」の端が、風をうけてかひらひらなびいている。錯覚か、とおもって目をこらし、別のところに視線を移したとたん、どうしてもやはりひらひら動くものがある。「ことば」のひとつひとつが、薄い羽根のはえた生き物のように浮きあがり、薄闇に飛んでいってしまいそうな気配、あやうさを、小説集全体がはらんでいる。かたまったかにおもえたいもりが、闇でのそののそ歩みはじめるのだ。

表題作「あめりかむら」は、変ないいかただが「間」に満ちている。主人公の女性は、からだに病というすき間をかかえ、それまでのひとづきあい、仕事から身を引き、空虚な距離をたもっている。「ことば」は、その透明な「間」に貼られ、浮きあがって揺れたり、奥へ吸いこまれ消えたりし、すきとおった「間」がそれで埋まることはないけれども、「ことば」をくりかえし貼りつけるという「いま」は、過去と未来のはざまとして、ページを繰るごとにスライドしていく。

主人公も京都、大阪へとスライドする。意志をもってというより、そこにできた間についはまる、あるいは落ちこんでいくかのように。大阪の「間」はおもったより深く、ひきずりこまれ、揺り動かされているうち、主人公自身のなかにも「おもわぬ間」、ずれが生じ、そこにいきなり、ふだん目にみえない、あるものの気配がたちのぼる。この世とそのむこうの透明な壁が、どこかでひらいているのに気づいてしまった主人公は、真空に喘ぎながら不案内な大阪を歩く。町の風景や、ひとの視線にひっかかるうち、焦点が合っていくように呼吸をとりもどし、ふと入りこんだ路地で割烹着《かっぽうぎ》のおばさんに手招きされ、一日限りのアルバイトをすることになる。

空間と時間をスライドし、浮遊していきながら、その道程がただの紀行に、ロードムービーになっていないのは、たとえていえば、書いている鉛筆、撮影しているカメラ自体が、揺れ動き、浮遊しているからだ。揺れ動きは読者のからだへもうつり、気がつけば京阪電車の揺れや、大阪ことばのリズムが、あのすきとおった壁までもふるわせている。「ことば」の目に見えない土台そのものが、「ことば」のように語っている。後半、小説はもう生き物となって、四肢を伸ばし、腹を見せてのたくりだす。その裏返り、うごめきに、恐怖と笑いは表裏一体だった、と深いところで納得する。


きんたろうさんは、丸椅子に座ってたばこを吸っている。

「むかしはなあ、こどものおもちゃ、してたんや」

「おとなのほうが、はやりますか」

「おとなのほうが、ずっと遊ぶみたいでなあ」

煙を吐きながら、はっと笑った。


そうして最後、記憶自体が過去からスライドし、いま、ここの大阪にあらわれる。出現した過去への、主人公の切実な問いかけは、ひとの「ことば」でなく、それまで費やされた時間自身のふるえ、叫びのように響く。この小説でははじめから、読者も含めたこの世界そのものがきしみ、ずっと揺れ動いていたのだ。ふるえていた過去がすうとおさまり、大阪に溶けていく。小説の「いま」も、気がつけば、おもっていたよりよほど広い「間」をもって、目の前に開け、「あめりかむら」へのバスは主人公を乗せ、さらにその先の闇へ、のそのそのたくりながらはいりこんでいく。

「波」二〇一一年八月

人間を拡げる心地よい違和感

白水社の本に、どうしてこんなになじみをおぼえるだろう、と考えてみた。大学のとき仏文専攻だったことは大きいが、それ以前、高校生のとき、芸大にもぐりこもうと絵の具と木炭まみれになっていた期間、フランス文化特有の、「人間の感じ」が癖になってしまい、それが現在まで尾をひいている、というのが実感に近い。「人間」は誰も、われわれがそうと思っているよりよほど深く、そして大きく、想像をこえた広がりをもっている。絵画や詩、映画も含め、文化的におもしろいものは、限界を越え、世界を拡げていこう、という指向をもっているが、フランスにおいてはそれがいっそう強く、「人間の可能性を拡げていく」ほうに向かっている気がする。呆気にとられるほどの悪意、悲劇に縁取られていても、だから根底にユーモアがにおう。白水社の翻訳書は、フランス小説だけではむろんないけれども、「人間を拡げる」という感覚ではどこか共通していて、どの国の作品であっても、読了後、自分のなかの「人間」が別のからだにうまれかわったような、心地よい違和感がのこっている。

『野生の探偵たち』はまさにそんな小説だ。読書中ずっと家の座敷にいたのに、夜の都市を抜け、砂漠、森、途方もない距離を旅し、そして帰ってきた感じがあった。目眩に似た読後感のなかで、帰ってきたこの座敷は、ほんとうにもといた場所なのか、あやしくなった。国や言語を越えて、未知の「人間」のからだを胎動巡りしてきた、という実感だ。

『火山の下』は、故中島らもさんをにやにやさせただろう。これほど酔っぱらいばかりの小説はほかにない。多くの文学作品で、マージナルな存在、小児、老人、被差別民らが、世界にあらがい、ひっくり返そうとするが、この小説のなかでは「酔っぱらい」がその役を担う。熱気と甘い空気、あふれんばかりの言葉に、素面のものまで全員が酩酊し、いつしか読者も「べろんべろん」に酔っている。

『昼の家、夜の家』は、本の形をしているが一個の森だ。未知の葉や蔦が繁茂し、木漏れ日のもと、きのこがそっと胞子を噴きあげ菌糸をのばす。あらゆるフレーズが他の遠く離れたフレーズと呼応し合う。百十一のエピソードからなるが、実際は何億、何兆の、土にひそむものたちの息遣いがきこえてくる。最後の数ページ、めくりながら何度も「これはいつおわるんだ、いつおわるんだ」と自問していた。まだおわっていない気がする。

白水社エクス・リブリス冊子　二〇一一年八月

まどろみの読書

午後三時、畳に敷いた薄いふとんの上で汀のような音をたて、生後十ヶ月の息子がねむっている。真横で長々とからだを伸ばし、そっと本をひらく。毎日のことなので、いつまでもつづいていきそうな長編がよい。プルーストの『失われた時を求めて』は、近年新訳が二種類出、都合四種類の母国語で読める。比べて読んでいくうち火がついてしまって、そのまま鈴木道彦訳の集英社版を読みつづけている。ときどきうつらうつらとなり、自分が小説のなかにいるか、はたまた夢をみているのか、その夢が自分のか、あるいは赤子の夢か、透明な混濁にまどろみながら浮き沈みする。対して、一瞬を切りとった言葉を読みつらねていくときもある。小林一茶『おらが春』での、我が子への悲痛な無音の祈りを、おだやかに眠る息子の横だからこそ、一滴ももらさずくみ取ろうとおもう。本からふとんに目をうつすたび、自分たちがたったいま、ここにいるふしぎに打たれる。

「暮しの手帖」二〇一一年九月

ともに歩いていく仲間

平松洋子『野蛮な読書』

手に取る本と、よほど一体になっているから、こんな離れ業のようなエッセイが書けるのだ、とおもった。なにを、でなく、どのようにそれらを読んだか、自在にのびちぢみする時間のなかの記録。本と書き手の名の連なりを、平松氏本人の日常、非日常の空気が、パン生地のようにつないでいく。ある一文にいざなわれ、うなぎの煙にさそわれるかのように、腕をひろげ、なだらかな回想の海へおよぎでる。「読書だって場所や時間と同調する」とあるとおり、平松氏は、本を、字の印刷された紙の束とは考えていない。息づき、眠り、きげんよく笑いかけてくるときもあれば、そっぽをむいてしまうこともある。平松氏は自分の生きている時間の上に大切に本をのせる。伴走者として、あるいは、ナビゲーターとして。どの時間、その場所へ、どんな速度で進もうが、きっと本はついてきてくれる、そんな信頼感にあふれている。

食べものの描写が頻出するが、それらもまた、よくある食い道楽と一線を画している。本と同じく、食べものも、平松氏にとっては「読む」「食べる」対象などではなく、時間の上をともに歩いていく仲間なのだ。気の合いそうな相手をみつけたら、「こっちにおいで」と声をかける。ぼおっとしているようなら手をのばしてさわる。一気にひっつかむときもある。その呼吸のことを「野蛮」と、本人は苦笑まじりに呼んでいるかもしれない。

池部良の項、間接話法で池部の肉声がひびいてくる。女優沢村貞子の二十六年間つけていた献立日記、大学ノートの原本三十六冊をひもといていく描写からは、朝夕の煮炊きの音、そして匂いが、ページの上にありありとたちのぼった。獅子文六の項に、ある意味、平松氏の「野蛮」の極致をみた。「どんな味がするのかな」と愛嬌たっぷりにはじめながら、かじり、ほおばり、しゃぶりつくす。さいごには、骨だけの獅子でだしをとって湯漬けにする。ごちそうさまでした。文六もここまで食べてくれたら本望にちがいない。

本への信頼とは、距離をおいてみれば、いまここにいない、死んでしまった人への信頼、ということにもなってくる。この世からとうに歩み去ったひとびとの時間と、みずからの時間が、ていねいかつ大胆に、太いのりしろでつながれ、読まれているあいだ、彼ら彼女らは、いま、ここを生き直す存在となる。「野蛮」とは、太古からつづく、死者への敬意、礼節にも通じているいくことばにも読める。

「すばる」二〇一一年一〇月

妄想の花

一見ありそうにない妄想は、切実であればあるぶんだけ、夢のなかでふくれあがり、ゆるぎなくおもわれた「現実」をひっくり返したり、あたたかくつつみこんだりする。現代に蘇る幻の落語、失われた映画フィルム、箱におさめられた宇宙。本は妄想の花である。

『円朝芝居噺　夫婦幽霊』辻原登

「円朝にござります」。ほんとうか、と身構えて読んでいくうち、虚も実も、名人の語り口のうちに溶け合わさってしまう。三遊亭円朝の、未発表の速記録が語り手のもとに転がり込み、ひもとかれるうち、複数の時間を巻きこみ、ものがたり、いや「噺」は、二重三重にうらがえりつつ進んでいく。そうして最後に読者は時間の外、ものがたりの外へ、気がつけば、めまいとともにうっちゃられている。現在、おそらく地球上でもっともおもしろい小説を書く作家の、入門編としても読める、抜群にゆたかで、リーダブルな一冊。

『ジョゼフ・コーネル　箱の中のユートピア』　デボラ・ソロモン
アメリカ東部の一軒家で、こつこつ「箱」の制作にはげむうち、あらゆる芸術運動の担い手から、それぞれの「元祖」として絶賛されたコーネル。けれどもほっておいてほしかった。映画女優と少女の夢のなかに、とじこもっているだけで楽しかった。「まさか自分のことが伝記になろうとは」。人間がアートを必要とするわけを胸がしぼられる筆致でえがいた傑作伝記。読んでいくうち誰もがたぶん、ジョゼフのことを好きになる。

『幻影の書』　ポール・オースター
とても乗りこえようのない悲痛なできごとに遭ったあと、人間はいったい、どのような時間を過ごすものか。その人の生活はきっと、フィルムを映写機にかけるように、ゆっくりと「なにか」によって回りだし、遠い光を浴びて、うっすらと見えはじめるものにちがいない。「私は笑った」。家族を事故で失った男が、底からはいあがり、失われた映画とその作家を追いかけていく。オースター作品のなかでも、とりわけ豊饒で、何万年も前の氷塊のように、清冽な味を奥にふくんだ最高傑作。

「フィガロ・ジャポン」二〇一一年一一月

猫の卵

年齢を重ねていっても忘れるどころか、その奇妙な味をいっそう増していく、幼少時の記憶、というものがある。僕の場合それは、卵に関することだった。四歳頃、たしか祖母が、ふわふわの長い毛のついた黒い玉をくれた。僕はそれを「猫の卵」と呼び（祖母がそういったのかもしれない）、毎晩ふとんにはいると脇にはさんであたためた。卵はなかなか孵《かえ》らなかった。ほんとうは、眠っているうち孵っているのだが、明け方になると、また玉のかたちにとじてしまうのかもしれない。真夜中の部屋で足音をしのばせ、もっく、もっく、と足をあげ歩いていく夢の黒猫。

ある夜祖母におこされ、オーバーを着て近所の池にいった。おおぜいが池をとりまいていた。星が降るぞ、と誰かが耳のそばでいった。目をこすっているうち、池の真上に銀色の雲のようなかたまりがひろがり、ひとつ、またひとつ、そのうち陽を浴びた天気雨のように、銀の尾を引いて星が降りはじめた。星の雨がやむと祖母に手をとられてうちに帰った。寝床のまわりを、猫の卵が無軌道に跳びはねていたのをうっすらおぼえている。その夜以来、卵はいなくなった。「ほんものの猫が孵ったんやな」と祖母はいっていた。

去年の秋、はじめての子どもがうまれた。そのうち絵本を読んであげたくなった。昔実家にあったブルーナの絵本セット、そのなかからなんの気なしに『ふしぎなたまご』をだし、息子の前にひろげて読みはじめた。「みどりの　のはらに　ゆきのような　まっしろいたまごが　おちていた」。息子はなにがはじまったかと口をあけて見つめている。そうして四見開き目、僕は突如、絵本から四十年前の実家にふきとばされて「アッ！」と叫んだ。猫の卵が、絵ではなく、夢見るようなかたちで目の前にあった。「わたしのよ」「わたしのだ」といいはるめんどり、おんどりにつづき、「ちいさなねこ」が次のようにいっている。「おんどりが　たまご　うむかしら？　これは　ねこの　たまごです」。あの黒い卵は、幼い僕が絵本を読んでもらっているとき、この同じページから転がり出てきたのだ。息子が手を叩き、卵を割らんばかりに喜んでいる。

「こどものとも０・１・２・」二〇一一年一一月

たくらみと、自然なふくらみ

丸谷才一『持ち重りする薔薇の花』

『持ち重りする薔薇の花』は、「音楽」について書かれている。ここでの「音楽」は、天上からやってくる福音でも、民族をつなぎあわせる紋章でもなく、「人間がする、あるいとなみ」として描かれる。世界的に評価の高い、日本人による弦楽四重奏団の、結成から現在までの紆余曲折を、もと経団連の会長・梶井がインタビューにこたえて物語る。インタビュアー・野原は長いつきあいのある、もと出版社の重役。

商社マンだった梶井は、ニューヨーク駐在時、当時ジュリアード音楽院で学んでいた若い四人と、日本料理屋で知り合う。四人は弦楽四重奏団を結成したところだが、その名前をなんにするか迷っており、いろいろなことに経験のある梶井が、ひょんなおもいつきで名付け親、のちにはパトロンとなる。出だしから小説は豊かな時間のなかに読み手をつつみこんですすむ。ふくらみ、緩急をつけ、ふるえてはのび、転がってゆく。ページを繰る手が、もったいないがとまらない。

個別に四人とつきあううち、半可通だった梶井は、「音楽」を深いところで経験していく。それと同時に、さわやかな学生といった印象だった四人が、梶井の語りのなかでほろほろとほぐされ、それぞれの味と匂いを醸しだす。第一ヴァイオリンの厨川《くりやがは》に「細君」がいることをいきなり明かされ、読み手はおどろく。考えてみれば、梶井と野原のあいだではとうに了解事項だ。第二ヴァイオリンの鳥海は、練習場所を確保するために「もうすつかりをばさん」のジョーンズ夫人と関係をもっている（夫公認）。ヴィオラ奏者の西の、離婚した妻はレズビアンと噂され、チェロ奏者の小山内とセックスし、小山内はそのときの様子を声真似までして、無邪気に周囲に吹聴する。四人のひそかな醜聞に、梶井と野原（ワキガのとりもつ縁！）の、それぞれの個人的な話題がさしはさまれる。すべやかだったとおもっていた小説の表面に、じょじょに毛が生え、じっとりと体液がにじみ、読み手の肌にざらりとこすれる。

四重奏団の話だが、華やかなステージの模様はほとんどでてこない。反面、楽団の練習で討論したり、のちにうじうじぶつかりあったりする様が、これでもかというほどに細やかに、波をひと筋ずつなぞるように描かれていく。わずかな綾が積み重ねられ、厨川は、なにかが一気に崩れおちるかのように楽団から脱退する。梶井は本社に復帰し、重役、社長、会長へと階段をあがりつつ、ある「不倫」スキャンダルを、当時編集長だった野原にもみ消してもらう。野原もまた、私生活で梶井の手を借りることになる。

小説のなかで、さまざまな要素、異質なものが共鳴、反響し、唱和し合っている。老人と青年、ビジネスと芸術、経済人と編集者、それぞれの夫婦、会話と楽器、音楽論と文学論。個々のスキャンダルさえ、たがいに顔をみあわせ、さっとタイミングを合わせて、音を奏でているかのようだ。インタビューの時間、四重奏の時間、梶井、野原の時間、読んでいる時間、そして書いている時間。複数の時間がアンサンブルを奏で、物語は地に落ちることなく、えんえんと空中を進んでいく。たくらみと、自然なふくらみを、その内にたっぷりとはらみながら。

登場人物のなかで、とりわけ溌剌としてみえるのが、厨川の二番目の妻ヴィヴィアンである。練習から帰ってきた厨川が、もうあんな三人と仕事をつづけるのはいやだ、愛想がつきた、と愚痴をこぼすと、ほとんど晴れやかにヴィヴィアンは「おめでたう！　これでいよいよ一流クヮルテットになつたぢやない」と祝う。世界に名だたる四重奏団の仲がいかに悪いか、厨川は家庭内で、日頃さんざん口にしていたのだ。ヴィヴィアンはM&A、企業の吸収合併の仲介を仕事にしている。まさに、異質なもの同士を調和させ、融合させるプロだ。自身が、外には努力をみせず、内側で懸命に、相反する物事の調和、共鳴をはかってきたにちがいない。波打ち、揺れ動く小説の支点が、このヴィヴィアンのなかに、さりげなく置かれているようにもみえる。

小説の終盤で、隠し球のように姿をみせる小山内の妻雪子の話。唐突な感じはまったくなく、巧みな話者（梶井、あるいは著者）なら当然、といった絶妙なタイミングで、それまでの物語に接続される。

楽団を揺るがせた騒動の三年後、厨川が当時をふりかえって梶井に、ある人間が「なにもしなかつた」ことについて「信じられない」「非常識でせう」と愚痴り、「馬鹿ですよ」とまでいう。梶井も「異常だなあ」「雪ちやんも辛かつたらうな」と「妙に深刻な声で」呼応する。ところがページをめくると妙なことがおきる。ふたりの会話の上に、すっと虹が立つ。ただの虹でなく、指を使ったり、唇を使ったり、舌を使って立たせる、紫一色の虹だ。「七色の虹ぢやなくて紫だけの濃淡さまざまの虹ね……濃紫から菫いろまでかしら……」「今度は青一色の虹が立つと口走つたさうです。藍いろから水いろまで七とおりの色調の虹」。ふくらみ、たくらまれつつ、小説が流れてきた空の高みに、読み手がふと首をあおむけてみて、見いだすのがこの一色の、小説だけが描くことのできる人間の虹だ。調和とはまさにこのようにあらわれ、そして消えるだろう。

入れ子状にたがいを含みあった複数の時間を、さらに、方向も位置もわからない巨大な薄闇がつつみこむ。なにしろ、小説の根幹をなす野原による梶井のインタビューは、「関係者が全員ゐなくなるまで発表しないこと」を条件におこなわれている。梶井と野原は小説の序盤で、契約書に署名し、印まで押している。関係者全員とは、クヮルテットの四人およびその配偶者および配偶者だった者のこと。「さうすると二十年くらい経つてゐるから、ぼくはもちろん君もゐない……かもしれない」。一読してわかるが野原はけして契約を、梶井との協定を反故にする人間ではない。ここに出てくるものはみな、小説の時間においては死者なのだ。発表時に野原が生きているかどうか、それだけはわからないが、ただ、彼のいる時間には、たしかに音楽が流れている気がする。ここに出てくるいきいきとしたひとびとがみな姿を消し、このテキストを世に送りだしたたあと、きっと野原は深々とすわり、熟成したシェリーを口に含みながら、虹の音楽に耳をかたむけているにちがいない。

「新潮」二〇一一年一一月

まわりつづけるノイズ　福永信『一一一一一』

縦横斜めの棒がくみあわさって文字はできている。ことば、そして小説も、結局は、有限個の棒のつらなりだ。いくつものスリットをつけた、背の低い円筒形の内側に馬の絵が描かれてあって、軸を中心に回転しているのを真横からながめると、スリット越しに、まるで馬が馬場の土を蹴たて、駆けていくようにみえる、というものがあるが、小説を読んでいるあいだも同じとおり、本にあいた有限個のスキマをとおし、読者には、小説が動いている、生きている、と感じられている。ページをめくり、時を目で追っていく。スキマはひとつたりともとどまっておらず、スキマ越しの風景は走りつづける。

円筒上の、まわりつづける「一一一一一」からときどきノイズがひびく。回転軸が、カタン、カタン、なにかにあたってたてている音かもしれない。スリット越しにみえる馬が走っているとばっかりおもっていたら、自分が本を開き、腰かけている椅子そのものが、列車の車輌上に接続され、たったいま、線路をきしませて走っていた、ということが、やにわに意識に浮上してきてはっとする。小説の時間それに生の時間がメビウスの輪のようにつながれ、読者と小説は距離をとってその上を歩みつづける。自分のいまいる場所があいまいになり、自分こそがひょっとして、円筒形のなかに描かれた馬なのでは、というふしぎな気づきにおそわれる。小説を読みすすめながら、小説のほうからも読まれている、そんな感覚がぐるぐるとうずをまく。

「自然は容赦がない」

という、誰もがわかっているつもりのことを小説はくりかえし語る。猛禽類は小動物をとらえ、死体は腐乱し、時間はとまらずにすすむ。小説は、みずからもその「自然」のうちにはいっていると考えている節がある。円筒形の軸は著者がまわしているのでも読者がまわしているのでもなく、風か水流かなにかに押され自然にまわっているようだ。人間と人間のあいだの、けして埋まらない距離、誤解、個は個でしかない、という当たり前の現実。誰がそんなことを決めただろう。わからないままに、小説、読者は、たがいのまわりをまわりつづける。ノイズはときどきひびいていたわけでなく、俯瞰してみれば、この回転する時間自体、ノイズの元凶ではないか。「一一一一」は、整然とならぶスリットのようにみえ、実はぶつかり合い、殴り合い、「容赦なく」現実をたたきつぶす、散乱する棍棒だ。ノイズはいつのまにかいまここにきこえていて知らぬ間に遠のく。スキマ同士のさらにそのスキマから、煙のように夢がたなびき、家具を積み込み疾走するワンボックスカー、木のうろでみつめあう小動物の家族、少女たちの水浴や、パンクした自転車チューブを浸《つ》けた水面に雲が映り込む様がよぎる。それらは現実にそこにある。本をとじ、「一一一一」がただの「一」になっても、そのなかで小説はまだまわっている。

「文藝」二〇一一年一二月

戦うボニー

翻訳者のボニー・エリオットとは、知り合ってもう十年近くになる。生まれは日本、高校を卒業するまでこちらで育ったため、日本語の文章は日本人と同じ、というより、本人のセンスもあって、文芸評論家などよりよほど深いところまで読みこむことができる。

ある日ボニーはニューヨークの地下鉄で、「いしいしんじ」の最初の長編小説『ぶらんこ乗り』の文庫版を読んでいた。目の前に大きな影がさし、本から視線をあげると、もとヒッピーなのか、ホームレスなのかわからないボロボロの男性が立っている。

「なあ、あんた」と男性はいった。「さっきからあんたの顔を見てるんだ。笑ったり泣きそうだったり、輝いたり。なあ、その本、そんなにおもしろいのか」

「おもしろいのよ」といってボニーは本のページをひろげてみせた。

「なんだ、その字は」男はいった。

「日本語なの」ボニーはいった。

「日本語!」男は目をきょろきょろとさせ、「そんなことば、いまからじゃとても身につかない。なああんた、あんたが英語に訳してくれよ。そしたら俺も、あんたと同じように笑ったり、泣きそうになったり、顔を輝かせたりできるだろ」

ボニーは笑顔でうなずいた、そして地下鉄をおりると、その足でまっすぐエージェントの事務所を訪ね、いしいしんじの『ぶらんこ乗り』を翻訳し、出版したいと申し出た。

僕はいつも、小説を書くとき、自分のなかの、まだことばになっていないかたまりを、この国に住む大勢が読むことのできる日本語へと「翻訳する」感覚で書いている。ボニーとなら、その感覚をわかちあうことができると、「ことば以前」に僕は感じている。小説家と翻訳者というより、夢見がちな弟と「この子はこういってるの！」と世間に説明してくれるできのいいおねえさん、という感じだ（年齢は僕のほうが上）。ボニーも日本語でこう書いて送ってくれた。「しんじさんの文章を読む時は、自分の声が読み上げてるかに感じるくらい自然な響きで、言葉の「音」や物語のリズムに抱きかかえられながら読むことができます。小説の「外」に存在する読者ではなく、小説の中に隠れている生き物みたいな気分になる事が多いです。しんじさんが仰る通りで、言葉をこえたものです」

「ルル」英語版を出すにあたって、ボニーはアメリカの編集者と、すさまじいバトルを強いられることになった。むこうの編集者は訳出の際、呆れるほど原稿の訂正を求める。三週間にわたって編集者は「ここを直せ」「ここを直せ」「ここを直せ」と呪文のようにくりかえし、ボニーはその都度、抵抗をつづけ、僕の小説を「いしいしんじの物語」のまま、文字どおり守りとおした。英訳が完成したあと、編集者からボニーに次のようなことばが届けられた。“You are a fighter. Shinji is lucky to have you as his defender.”

「イングリッシュ・ジャーナル」二〇一二年二月

みんなと「ともだち」

鈴木創士『サブ・ローザ』

ぼくは「いしいしんじ」のむすこです。一歳です。おとうちゃんは酔っぱらってしまったのでかわりにぼくが書きます。鈴木せんせいはあうたびいっしょに遊んでくれるめっちゃおもろいおっちゃんです。鈴木せんせいがかいたはるのんは、ぼくら赤ちゃんの世界なんやないかとおもいます。ぼくらはおしっこの穴とうんこの穴のあいだの穴からにゅるっと出てきたばっかりです。ぬらぬら光っているのは、粘液のせいばかりでなくて、「それはむこう側の残光なんや」て前におとうちゃんがいってた。おとなになってからも、ぞんなふうに光ってるひとがたまにいてて、『サブ・ローザ』にでてくるひとらはみんなメチャメチャ光ってます。

ブルトン、アルトー、ジュネ、ジャコメッティ、セリーヌ、ああしんど、ジャベス、石井恭二、そして「らも」。鈴木せんせいはみんなと「ともだち」です。おなじからだについてる「別の口」みたいです。鈴木せんせいたちのからだの口は、ぼくら赤ん坊と、まったくおんなじ感じに、つまったり、どもったり、わめいたり、ものをかんだり、うんこやおしっこをたれ流します。ただ、感じはおんなじでも、それが光よりはやく、ものすごく遠くまでとどくことがある。千年のあいだひびきつづけるわめき声です。くそくらえ、ていうてから、ほんまにうんこを食べてわらいます。すべての「つまらないもの」を、じゃんじゃん押し流して、「むこう側」の光を、こちらへ呼びもどすために。

伝染病みたいに空気にとけ、野良犬みたいにうろついてはほえかかる「ことば」。ぼくらが歩いてるのんは、たえず前へ前へ転びつつあるのを、どっちかの足をぎりぎりのタイミングで前にだして、なんとか立ちつづけてるにすぎないと、鈴木せんせいは全身でかたっています。鈴木せんせいの「ぎりぎり」は絶妙で、はっと息をのむところがいくつもあります。『サブ・ローザ』ていうのは、ラテン語で「ばらの下」で、こういうところがいちいち鈴木せんせいカッコええなあ、ておもてきいてたら、「陰謀」「こっそりと」ていう裏の意味があるらしくてギャフンです。

神戸新聞　二〇一二年三月

目で読む音楽

宮沢賢治『注文の多い料理店』ほか

作品から、音楽がきこえてくる。

「かぷかぷ笑ったよ」「どってこどってこどってこ」「ぺかぺか消えたりともったり」と、豊かな音がちりばめられているという、それだけが理由ではもちろんありません。

「どっどど　どどうど　どどうど　どどう」、音をたて、風が吹きよせてくる。そうして、「どっどど　どどう」、山のむこうへ去ってしまいました。けれど、たとえこの場を離れていったとしても、風はあいかわらずこの世界のどこかしらに吹き渡り、別の木々をゆらせ、誰かの髪をなぶり、「すっぱいかりん」を吹き飛ばしていくでしょう。ページの表面に、文字で、たとえ「どっどど　どどう」と書かれていなくても、『風の又三郎』のなかにはいつも風が吹きまいている。

逆にいえば、どんな擬音語、擬態語も書かれていない、音楽についての話でもない、なのに宮沢賢治の作品の、どんなページでもひらいて、ふっと息をひそめてみれば、そのむこうから、音楽がひびいてくるのに気づくでしょう。

耳にじかにとどく音楽ではありません。すばらしい音楽に触れたとき、からだのなかであたたかなものが渦まき、喉がほてり、自分の輪郭がふわふわとそよいでいる、という感覚をおぼえます。細胞がうたい、記憶がかがやきだし、いま、ここにいる、ただそのことがこの上ない喜びに感じられる。

賢治の作品は目で読む音楽です。「目」と「文字」の出会いでそれははじまりますが、ふと気づけば、からだじゅうが、文字のむこう側にひろがる物語の海、詩の宇宙にひたされ、そこに鳴りつづけるリズム、メロディに溶けています。わたしたちのからだが賢治の音楽に「なる」瞬間があり、その経験はとてもエロティック、肉感的なもので、読書中、「生そのもの」を別のやりかたで生き直している、という感覚をともないます。

一度、その音楽にふれると、ほかの音も浴びつづけないと気がすまなくなる。「なめとこ山の熊」を読んだ目は「鹿踊《ししおど》りのはじまり」をもとめ、「グスコーブドリの伝記」をきいた耳は『銀河鉄道の夜』をもとめることでしょう。あたかもゴーシュのセロが、動物たちの体調をととのえていたように、わたしたちは賢治の音楽に、精気をあたえられ、ふだんのごたついた時間感覚をととのえられていきます。日本語を読むよろこびさえあらたに感じます。「宮沢賢治の作品がこの世にある」というだけで、僕は、いま自分がその本を手にしてもいなくとも、遠いどこかで、またあの清浄な音楽が鳴りひびき、この世界をほんの少し豊かにしていると、信じることができます。

賢治本人は、どんな音楽生活をおくっていたか。それは「レコードざんまい」といっていい日々でした。レコード会社から感謝状をもらうくらい、給料をはたいてレコードを買いあさっていたのです。賢治はけっこう新しもの好きで、意外かもしれませんが、「早くタンタアーンと、やってみたいなあ」「なかなかはやってるんだ。こんな山の中で」などとうそぶく紳士みたいな性状を、内側にもちあわせてもいたのです（作品にあらわれている人物や考えは、かならず作家本人のどこかにひそんでいるものです）。蓄音機でレコードコンサートをひらき、農学校でも放課後、寄宿舎の生徒を集めて、レコード鑑賞会をもよおしていました。曲目は、とある友人の日記によれば、「ベートーベン　第八交響曲　アレグロ」「メンデルスゾーン　真夏の夜の夢　ウエディングマーチ」など、西欧クラシック音楽のレコードがよくかかったようです。

僕自身、毎日、蓄音機でレコードをきいています。蓄音機というと、ノスタルジア、オトナの懐古趣味、みたいな気色悪いイメージが浮かぶかもしれませんが（僕も三年前までそうでした）、じっさいにレコードをかけると、まったくそんなものではありません。エルヴィス・プレスリーが、パブロ・カザルスが、マリア・カラスが、いまここにいて、目を閉じ、汗と唾と体温を発しながら、うたい、演奏しているとしかおもえない生々しさ。蓄音機は電力をいっさい用いず、手回しのハンドルでゼンマイに力をため、それでターンテーブルを駆動させます。現代のＣＤなどのように、録音スタジオの空気を電力により縮小し、オーディオで増幅（アンプリファイ）し、スピーカーから鳴らす、という行程を経ません。スタジオの空気の揺れがダイレクトに溝にきざまれ、それをそのまま鉄針とサウンドボックス、木のボディで鳴らすので、録音当時の振動が、きいているわたしたちの前に、じかに転写されてよみがえるのです。オーディオ機器というより、タイムマシーン、という感じでしょうか。じっさい、まわる音盤上に、エルヴィスやカザルスの姿が浮かんでみえるときがあります。

賢治がきいていたころは、それが、リアルタイムでした。最新テクノロジーのマシン、蓄音機で、レコードを再生するたびに、賢治たちは地球の裏側までじかに穴が開き、そこからこの音がもれてきている、あるいは、いま自分のからだはその穴を通り、みたこともない世界に飛んでいく途中だ、と、そんな感覚にもおそわれたことでしょう。

賢治の作品世界には、この「遠くはなれあっている同士」が出会うよろこび、ふしぎ、ときにはおそろしさがたえず響いています。「紳士」は「山猫」と出会い、ゴーシュは動物たちと語らい、嘉助《かすけ》たちは又三郎の来訪をうけます。その出会いはたえず風が吹く、まだ夜明け前の暗闇でおこなわれます。いくら進んでも次の戸、次の戸があらわれる、悪い夢のなかのような場所でもあります。そこにいっそう強い風、セロの弓の一閃《いっせん》、さらに死んだはずの「白熊のような犬」の声が、闇を破るようにひびきわたり、気がついてみれば読者も嘉助もゴーシュも、若い紳士たちも、自分がもといた場所にもどっている（もどされている）ことに気づく。といっても、さきほど触れたように、風音は遠いどこかでひびきつづけ、自分の顔のどこかは、おそろしさか、よろこびか、なつかしさのあまりか、「紙くずのようになった」まま、「もうもとのとおりには」なおらないのですが。

こうした風がどこから吹いてくるか。賢治にははっきりとした場所が、みえていたのでしょうか。宗教者としての賢治には、こたえとなることばがあったかもしれません。ですが、このような物語、詩のなかに吹いている風音、音楽は、どこかしら人間離れした、宇宙的な気配があって、物語作者としての賢治は、ことばをこえたところから、そのことばを発している観があります。たとえば、動物たち、おとなとこども、都会と山のなか、生者と死者さえ、賢治の物語においては、どちらがどちらより強いとか、よりクローズアップされているということはなく、読者からみて、すべて同じ距離を置いて、物語の上にならんでいます。ちょうど、何千、何百光年はなれあった星々が、何万光年離れてみれば遠近感から放たれ、夜空の盤上でひとつの星座をかたちづくるように。

何万、何億光年の距離を、賢治の音楽はわたり、響きつづけます。地面の上でおこっていることを書いて、じつは、みんな宇宙で生きているのです。賢治の作品を読むのは、つまり、軽い宇宙旅行といっていいのですが、それは想像力でも、ましてやジェットエンジンの推進力でもなくて、まさしく蓄音機のように、「手まわしで宇宙へ飛ぶ」感覚が、賢治の作品にはいつも通底してあるように感じます。

文庫解説　二〇一二年三月

ブラジルから響く、遠く新しい声

松井太郎『遠い声』

ブラジルのことなんてなにも知らなかった。

レコードでききおぼえたいくつかの曲と、映画の名前、有名な都市の名、世界一のにぎわいをうたわれる盛大なカーニバルのこと。ぼくは、日本の浅草という地域のそばに十二年間すんでいたけれど、年に一度、そこで行われるサンバ祭に、おおぜいの日本人にまじって本場ブラジルからのチームが出演し、目抜き通りをすすんでいくだしの上で踊りまくる、ということがあった。浅草という、文化の毛玉のふきだまりのような場所にたちあがった、サンバチームのからだは、人間というより黒豹やピューマが、天からの糸で吊され、空中で跳ねているようにみえた。それから、王子の製紙工場ではたらくバイーアうまれのアントニオ。招かれたアパートのなかは、一見して未来のカプセルルームのようにきらきらと輝いていた。よくみると、壁一面にぎっしり、使用済みのテレフォンカードが貼りつけられてあった。ぼくの「知っている」とおもっていた「ブラジル」はほんのこれくらいで、日本から飛行機でほぼ一日かかり、およそ百年前の船ならば五十日を要する、「ほんとうのブラジル」について、物理的にも心象的にも、想像したことさえまったくなかった。ぼくにとってそれは「遠すぎる声」だったのだ。

「遠い声」は、だから、はじめからぼくの耳にはっきりと響いたわけでなかった。宵闇につつまれた畳の部屋で横になり、なかなか寝付けずに天井に浮かびあがる灰色の雲をぼんやりと目で追っているそのとき、窓の外、電信柱のむこう、いくつもの屋根をこえた裏路地のどんつきで、不意に誰かが、耳慣れない声で、むかし語りをはじめる。あるいは砂浜におりたち、ナイフのように弧をえがき、波をわきたたせた海岸線のはるか先をみやったとき、けぶるもやのなかに現れた背の低いひとかげが、海に向きなおって口をひらくところが、たしかに目にはいった気がする。そのように「遠い声」は、はじめのうち、耳にとどいたかあいまいだし、きこえたかとおもえばすぐに、さらに遠いところへひきさがってしまうようにみえるのだが、気がつけば耳の底にその声は巣くい、卵をうみ、声のひなをかえし、ぼくのからだのすみずみで増殖をはじめている。「遠い」とおもっていた路地のどんつきや、海岸線のはてに、いつのまにか、もう自分が立っていることに気づかされる。声のひなを育てるえさは、また響いてくる「遠い声」だ。耳をすまし、ぼくは何度もその声をもとめる。その響きはじょじょに、なつかしささえおびてくる。声が波をなし、風景を、街を、ひとびとのいとなみをかたちづくる。ぼくのなかに、「声のブラジル」があふれる。

「声のブラジル」は、なによりまず、においのあふれかえるところだ。人間の手で、はじめてめくりかえされる荒れ野の土。炎暑に浮かびあがる玉の汗。男同士があつまれば、そこにむわっと獣のかたちをした臭気のかたまりがあらわれ、木卓の上にこぼれた蒸留酒を吸いあげるだろうし、女同士なら、あたらしい石鹼と古い石鹼がいりまじり、春の川のように流れおちる母乳、それに赤々とした血のにおいが薄霧のようにたちこめる。場所全体のこうしたにおいだけでなく、ここブラジルでは、声を発するひとりひとり、ちがったにおいをまとっていることに、当たり前のように気づくだろう。においとは、はるか見えないところから響く、「遠い声」自体の余韻でもある。声のブラジルにいるひとりひとりが、その地にやってきた歴史《ヒストリー》＝物語《ストーリー》をかかえている。創生期の神話のように、そのストーリーはひとしなみに、大洋の果て、潮の香のたちのぼる埠頭の記憶、さらにその先の光へと通じていく。

不運につけ、思惑違いにつけ、これほど辛い辛抱をするぐらいなら、内地でもなんとかやっていけた筈だったと、一度も考えなかった家長はおそらく一人もいまい。ようやく自立してしだいに生活も安定し、子供らが成長するにつれて、これが我が子かと疑うほどに、言葉の不通、思考の相違が、子弟にこの国の高等教育をさせた家庭ほどはなはだしく、親子の断絶に悩む者も多いと聞く。それは他国に移り住む者の受ける苦しみだろうが、口にすればすべてが不調和、不自由で、なにか胸のなかに溶けずにあるものを持っている一世は、祖国は国家の格をこえて、信仰の対象にまで高められていた。

（『金甌』）

また「遠い声」のブラジルでは、においや声と同じように、夢やまじない、「目に見えないなにか」が、ひとびとの暮らしをひそかに裏打ちしている。土地に住む精霊のときもあれば、人間の悪意、祈りが、別の姿でたちあらわれるときもある。「声のブラジル」の住人は、金銭と同じかそれ以上に、夢を集め、夢に生き、夢にとりつかれる。夢に足をひっかけられて、命を失ってしまうものもいる。

しっとりと露をもった野苺の根もとに、マクンバは祀られてあった。女竹を裂いて編んだ底の浅い笊に里芋の葉をしき、それに玉蜀黍の実と木芋粉を盛り上げ、栓を抜いたピンガ瓶が立ち、首を切られた黒毛の鶏の血に染まった頸骨が曲がり。皮をむいて突き上げていた。燃えつきた蠟燭は傾き、片側に流れた蠟涙は段をなして台にこびりついていた。

「与助、いまからS氏の拝み屋まで、一緒に行ってくれんか。先生でなけりゃ、こんなもの触りもでけんわ」(『土俗記』)

夢が「弟」の姿をとり、夫婦に山越えの危険を知らせる。名うての野盗は、夢にむかって短刀を抜き、鉄砲を放つが、その夜以降だんだんと活気がなくなり、ついにとらわれの身となってしまう。

こうした夢を、手に取りやすいかたちにしたものが、ビオロン、ギター、つまり音楽だ。それぞれちがうにおいの人間同士を、音楽はつなぎ、溶けあわせ、ひとつにする。ひとりひとりばらばらな「声のブラジル」では、ビオロンのつまびきが、いっそう切実にもとめられる。一見そうとはみえない場面でも、楽器の音はたえずかすかに鳴りひびいて、「不調和」「不自由」のなかにとりこまれてしまったひとびとにとって、最後の救い、握りしめた手に、わずかに残る夢としてはたらく。

結城は「荒城の月」「真白き富士の嶺」を弾いた。彼は好きな曲なので感情をこめて弾いた。男はいつの間にか姿を消していた。娘はメロディの哀傷にうたれ、嗚咽しながら激しく咳いた。結城はひどく何か悪いことをしたと思い、娘の背に手をおいた。（『山賤記』）

このようなビオロンは、それこそ娯楽、気なぐさめをこえ、信仰の対象そのものとなっている。

そして「声のブラジル」は、日本語において語られる。

「ほんとうのブラジル」のにおいがたち、夢が流れ、ビオロンが響き、野盗が馬を駆り、決闘がおこなわれ、銃声が鳴り、アルマジロが自分語りをはじめる場所なのに、その声は、ぼくの知っている日本語なのだ。ただそれは、ぼくがふだん耳にする、滅菌、脱臭された空気のなかに、たよりげのない像を浮かびあがらせる、情報化された語彙のつらなりなどでなく、「ほんとうのブラジル」にきたえられ、ためされ、それだからこそ大切にあつかわれてきた、力強く、「遠い」日本語だ。

「遠さ」は哀愁、もうそこにはいられない自分を、過ぎ去ってしまったものを惜しむ気持ち、ブラジルのことばでいう「サウダーヂ」を、われわれの胸によびおこす。はるか遠ざかった場所からみれば、それぞれ縁遠かったひとや情景が、おもいもよらないつながりをもったり、似通ってみえてきたり、たがいに重なったりということがある。大きさも、光のエネルギーもまるでちがう、何百光年も離れ合った恒星同士が、この大地からみあげるわれわれの目に、真っ暗なひとつの天空の上に貼りついてみえ、また互いに牛のかたちや、ひしゃくの形、棍棒をふりあげた勇士のかたちにみえてくるのと同じように。だから「遠さ」を生きる人は、失われたものをなつかしむだけでなく、たえず新しい風景に目をひらい

ても いる。父と子はぶつかりあいながら成長し、アルマジロと虫たちが人間のいとなみにとけていく。ふとした拍子にちえの輪がはずれ、街の無名のざわつきのなかから、ききおぼえのある「遠く、あたらしい声」がころがりだす。

本のかたちをして、空間、時間をこえ、その声はぼくの手元にやってきた。耳をすませているあいだ、ぼくはぼくでありながら、ぼくから遠く離れ、さまざまな声と組み合わさって、酒瓶のかたち、馬のかたち、短剣のかたちをなしていった。「土地はいくらでもある自由の国」と皮肉めかしていいながら、その声は天空高くのぼり、「いくらでもある」というその土地をまたぎ、大陸上の星々をきらめかせる。いつか、薄暗い灯火のもと、つまびかれたビオロンのささやかな音が、「遠い声」となって、いま、ここにひびく。

単行本解説　二〇一二年五月

「はじめて」の作家

ブラッドベリは僕にとって、三つの大きな「はじめて」にかかわる作家だ。ひとつ目は「はじめて、そのとき出版されているすべての作品を読みとおした」。ふたつ目は「はじめて、原書で一冊を読みとおした」。そしてみっつ目、「はじめて、外国にでかける道しるべとなった」。

高校二年の夏、民間の交換留学制度をつかい、三ヶ月のあいだ外国に滞在することになった。説明会にでかけていくと、僕以外はみな大学生で、耳をすませると渡航先の希望は、ニューヨーク、ロスアンジェルス、パリ、ロンドンなど、有名な町ばかりだ。僕は事務員との面談で、「イリノイ州の田舎町にいきたい」と伝えた。日本人なんてみたこともない、スプリンクラーが芝生に水をまき、みみずがうねっている。シカゴじゃありません、イリノイの、いわゆるスモールタウンが希望、と。もちろんブラッドベリのことが念頭にある。Dandelion Wine のペーパーバックは一年の冬休みになんとか読み終えていた。州のほぼ中央、チャールストンという町へのホームステイが決まった。

到着した翌朝の地元紙「チャールストン・タイムズ」の一面は、A BOY FROM JAPAN なる見出しのもと、旅客機でなく、貨物輸送機でシカゴから運ばれてきた、疲労困憊の十七歳男子の顔写真が大写しになっている。一週間後、町議会で演説しなければならなくなり、「ブラッドベリの風景をみたくて来たんです。みなさん、ブラッドベリはなにがお好きですか」ときいてみたところ、なんだか居心地の悪そうな反応しかかえらず、あとできいてみると、チャールストン町議会の誰も、レイ・ブラッドベリの名前をきいたことがなかった。その後もイリノイ州の人間に会うたび、ブラッドベリの名を出してみたが、「読んだことがある」とこたえたひとは、ただのひとりもいなかった。いつのまにか自分自身が、ブラッドベリの小説のなかにはまりこんでしまったような、なつかしい不可思議さが、胸のうちにひたひたとうちよせていった。ブラッドベリの故郷で、ブラッドベリ作品特有の、あの夏の風景にとりまかれながら。

一冊ずつ、宝箱をひらくように手にした十代はじめの感触はわすれられない。ブラッドベリの置く一語は、動詞、副詞ひとつとっても、ページの上に風のそよぎ、夏のにおい、やわらかな雨音を、たちのぼらせずにいなかった。さらに、出版された「すべての作品」が、紫の夜明けの上に浮かびあがって消えゆく、少年のみる夢のように、つながりあって結晶をなす。ほんとうに、ブラッドベリを読みつづけた夏ほど、僕の中でいまだ、くっきりとからだの輪郭をもって保存されたままの時間はない。そして、豊かな本にであったとき、かならずあの感覚が発動する。ブラッドベリを読んでいるかのように書けているときこそ、僕のからだは、夏の日のスプリンクラーや十月の月光を浴びるのに似た、小説のよろこびにひたされているのかもしれない。

レイ・ブラッドベリ追悼小冊子　二〇一二年七月

ふくらみの物語

辻原登『許されざる者』

すみわたる青色の光で物語ははじまる。

大きな船が、ことばの海にしずしずと進水し、波を切り、湾を走りだすにつれて、まわりに黒々とうねりが生じる。海上に浮かんでいるのは、なんと二重の虹だ。しかも、小さい虹と大きな虹の、それぞれ色の順序が逆なのだ。広い紫の層、青から緑、黄、そしてピンク……。

「虹の中へ入ってみたいわ」

千春がつぶやく、そのことばどおり、わたしたちはいま虹の二層橋をくぐって、物語のなかへはいっていく。

明治三十六年、春、熊野灘に面した「森宮」のまちへ、通称ドクトル槇、「毒取ル先生」、槇隆光《まきたかみつ》がかえってくる。ボンベイ大学で三年間、脚気《かっけ》の研究にとりくんでいた。すみわたる光にふちどられたドクトルの風貌、言動は、まわりのひとびとを惹きつけずにはいない。岸壁には、親戚、友人をふくめて百人以上が集まっている。みな、森宮に吹きよせるあたらしい風を、火照る頬に感じているのだ。

帰国後早々に、再開されたドクトル槇医院はまちのあらたな一中心となる。通常の診察にくわえ、午後は「シエスタ」と称し、馬車を駆って山間の部落へ医療奉仕にでむく。脚気治療の観点から、医院のはす向かいに食堂をひらき、サラダやスープ、内臓料理、パンをだす。医院の図書室からは、あたらしい思想がまちへ流れだす。食堂によりあつまったひとたちは、地方独特のことばづかいで、容易に表面にあらわれてこない、けれども容赦のない、この世界の激烈な進展について、腹蔵なく、ときには皮肉をにじませて語りあう。なかでも、まちじゅうの振り子時計のねじを巻いてまわる「ネジ巻き屋」と、夕暮れにガス灯をつけ、夜明けには消してまわる「点灯屋」は、まるでシェイクスピアかギリシア喜劇の人物のような輪郭線できわだつ。「ネジ巻き屋」はこのまちの時間をすべ、「点灯屋」は、物語の夜をいろどる。十七歳のうつくしい千春と、いとこの勉とのあいだに、薄荷水のような風が流れ、読むものの胸の曇りをはらう。

ドクトル槇の目の前に、永野夫人がまいおりる。夫人は最後まで、一度しか下の名を明かされないほど、徹底して「永野」にしばられた夫人、けれどこころは自由なはばたきを求めてやまない、ひとりの女性だ。読者が槇に惹かれるのと同じく、いや、いっそうの磁力で夫人はドクトルに魅せられ、また槇も夫人より早く、出会いの瞬間から、自分たちの行く末を「なごやかな感情」のうちに直観している。ふたりの邂逅《かいこう》を契機に、森宮のまち、また物語は、大きな音をたてて回転をはじめる。

ページを繰る手をときおり休め、時間の「ふくらみ」ということをおもう。森宮の時間は遠目にはゆったり、近づけば黒潮の速さで、ときにはまきもどされながら強く、また太く、滔々と流れていく。登場人物ひとりひとりの生きる、それぞれの時間が、樹齢のことなった木々のように立ち、全体で、物語という森の時間を支え、かたちづくっている。楽団員ひとりずつの時間感覚が溶けあわさり、オーケストラの巨大な音楽をたちあがらせるように。

「ネジ巻き屋」は仕事の最中、大きな振り子時計にひそみ、町の有力者や永野夫妻の声にきき耳をたてる。彼がネジをまきあげるたび、物語もゼンマイもまかれ、刻々とすすみだす。ここでは恋も、一直線にすすまない。右へ、左へ、あちらへ、こちらへ、こころとからだの振り子がゆれるまま、ある「ふくらみ」、幅をもってドクトル槇と永野夫人をはこぶ。ふたりの出会う往診のシーン、十六ページあまりは、たった数刻のできごとなのに、ドクトルと夫人の過去、現在、未来をこえて鳴り響き、それどころか読んでいるこちら側へも漏れだして、わたしたちを振り子の揺れの、忘れがたい「ふくらみ」のうちへつつみこむ。

二人が次の言葉に苦しんでいる静寂のまん中へ、いきなり置時計の鐘が大音響を発して割りこんできた。夫人はとび上がるほど驚いた。胸に手をやって、時鐘の鳴りおわるのを待った。六つかぞえた。槇を見上げたとき、彼もまた六つかぞえていたことを直覚して、パッと顔を赤らめた。

むろん槇もまた水野夫人が時鐘をかぞえていたことを知っていた。

「いい音ですね」

そのあとの沈黙を取りなすように槇がいった。

「ええ、巻きたてですから」

二人には、植松の別邸の応接室で、置時計の時鐘に耳を傾けたことを、いつかどこかで、貴重な経験として思い出すだろうという予感があった。ふしぎなことに、その予感の中で、すでに二人ともそのことを思い出していた。

「ふくらみ」は、時鐘にかぎらない。作中に、「もう終わるかと思うと、また別のエピソードがはじまる」という一文があるが、それ以上に、次々とくりだされるエピソードが、有機的なつながりをもって、野を駆けめぐる生き物の群れのように目の前をめぐる。しかも平板なリレーでなく、ときに立体的に、高々ととびはねている。アメリカ時代のドクトル槇と、小説家ジャック・ロンドンの交友が語られてしばらくのち、森宮のまちの警察署長が、部屋の窓から、飼っている紀州犬ブラウニーに、まちじゅう響きわたるほどの指笛を吹く。六十ページあとでドクトル槙が書斎の窓から、馬のホイッスルに話しかけ、夜のしじまを切り裂いて口笛を吹き鳴らす。これを合図のように、ホイッスルは小さないななきとともに、「この寒空に、いつまで僕に話しかけているんだろう」とつぶやき、犬のブラウニーはホイッスルに思いをはせ「いつかあいつと一緒に思いっきり走りたいもんや」という。

ここには、ジャック・ロンドンが、ほんとうにあらわれている。だからこそ紀州のニホンオオカミは咆哮《ほうこう》し、その声をききとる千春は、ジャックから届いた『荒野の呼び声』を愛読している。「動物がしゃべる」ことをめぐり、さまざまな声が唱和し、なにが先触れで、なにが帰結なのか、アマルガムのように溶け合ってわからなくなっているが、ホイッスルとブラウニーの声がきこえてくるそのたびに、読者の胸は、奇跡を目の当たりにしたかのようなふくらみで満たされる。ジャック・ロンドンがそこにいることと、動物の声が、はじまりもおわりもない輪唱としてひびいている。小説のたくらみというよりそれは、森宮という土地の、自然のあらわれのようにうつる。

「熊野川は森宮のまちに入る直前、海に向かっていやいやをするように、最大のS字蛇行をする」「どうして星をみていると心が洗われるような気がするのだろう。たぶんそれは星を見上げる者が、背中をしっかり地面にくっつけているからだ。星からの力と大地の内密の動きが、彼の体を媒介にして蝶番《ちょうつがい》のように嚙み合うのだ」。このように書く作家は、この土地の神、あるいはふだん森全体に身を偏在させているあるものと、杯を手に、夜を語り明かしたことがあるにちがいない。

重なりあう恋、日露の戦争、左翼運動、医療問題、建築、鉄道事業。それぞれに大きなできごとが、どっしり、けれどもふわりとそこへ舞いおりたかのような自然さでつながりあっている。

アメリカ南部に「ジーズ・ベンド」と呼び習わされる独特のキルトがある。熊野川のS字のように、アメリカのアラバマ川がぐるりと折れまがった地域、ここで長く住み暮らすアフリカン・アメリカンの女性たちが、プランテーションの労働の合間、大小の布切れを貼りあわせ、一見変拍子の、しかしこの配置しかありえないとおもわせる、布の音楽にも似たパッチワークをあみだした。抽象表現主義の画家たちは衝撃をうけ、スミソニアン博物館は近年になって蒐集をはじめた。生でみるそれらは、神の子が太い指で大地に貼りつけた、森や海を模したパズルのようにうつる。

朝鮮には「チョガッポ」という工芸がある。故郷を遠く離れた女性が、両親やこどもの下着、シャツやハンカチを裂いた布を、白い糸で縫い合わせ、クロスほど大きさの一枚に作りなおす。家族の肌にこすれた布の記憶が、ひとつの平面につながれ、空間で揺れている。縦横に走る糸のラインが、故郷の村の地図をなすこともある。

森宮の地図。経糸と緯糸。編まれていくテキスト、風にひるがえる「ふくらみ」の物語。巨大な一枚の、海の建築物のようなテキスタイル。

辻原作品の愛読者は、読み進む一作ずつが、たがいに輪唱し、ふくらみをもって連鎖していくのを目の当たりにしてきたことだろう。ここでも、他の作品に共鳴する多くの要素が登場するが（「毒入りミルク」「スパイ」「爆弾」「ダンス」「馬」「淡路島」など)、そんな目に見えるものばかりでなく、『許されざる者』は、他の全作品とあまねく通底しあう、風の通路をもっている。『翔べ麒麟』のみずみずしさがある。『ジャスミン』の匂いがある。『だれのものでもない悲しみ』のスピード、『村の名前』や『森林書』のおかしみ、『家族写真』や『マノンの肉体』、『黒髪』のめまいがある。『発熱』の興奮があり、そしていうまでもなく、『遊動亭円木』『円朝芝居噺　夫婦幽霊』『枯葉の中の青い炎』のかたり、語り、騙りがある。さらに先の『闇の奥』『韃靼《だったん》の馬』『父、断章』さえ、種子としてはらんでみえる。ここには、すべてがある。そしてこれまでに書かれ、これから書かれるであろう、すべての辻原作品にむかってひらかれている。

一ページ目から最終ページまで、すみわたった青い光が消えることはなかった。それは手の上で起きた奇跡だった。犬や馬がしゃべること、ドクトル槇と永野夫人の出会いよりさらに、いっそう強く、切実な奇跡にみえた。わたしたちは、虹の橋をくぐり、その物語のなかを生きてきたのだから。

文庫解説　二〇一二年七月

恋愛の幾何学模様に風が吹いて

綿矢りさ『ひらいて』

綿谷作品には、風が吹き通る、という印象がある。空間が、すきまが目の前にひらき、ここではない場所から涼風が吹きよせ、前髪や耳をなぶる。ストーリー上で起こっていることとうらはらに、たとえば語り手が呪詛のことばをつぶやいていようが、どうしようもない流れにまきこまれ我をうしなっていようが、その勢いでいっそう吹き巻く風の心地よさに、おもわず息をすいこみ、胸を高鳴らせてしまう、そんなことがしばしばおきる。

主人公は高校三年生の女子。異性にもて、成績も悪くないけれど、他には知られていない、知られたくもないうすぐらい内側を、ひっそりとかくしもっていると、みずから感じている。目がすこぶるよく、考えるより前に動き、一瞬もひとつところにとどまっていない。直線、「直覚」で動く語り手、木村愛。

愛は冒頭から恋におちている。近づいてくるものの気配に、野生動物なみに敏感で無口な同級生、西村たとえ。教室のなかで愛の視線はたえずたとえの手のあたりをさまよう。指をくんだり、頭のうしろにまわされたり、リュックサックの上に置かれたりする彼の手から、愛の目は、手のことばをききとる。そこに距離が、空間があいている。自分勝手に押しつけたり、安易に触れ合いを求めたりせず、ちょうどいい目の距離をはかりながら、愛はたとえの周囲をめぐる。とはいえその距離感をまどわせてしまうのが恋。まっすぐに視線をのばしつつ、愛は学校へしのびこみ、綱渡りのように身を張って、たとえの机から手紙を盗みだす。夜の教室にいるはずが、なんだか明るい、広い場所にいる気配がするのは、教室は学校に、学校はこの町に、町はこの宇宙に広々ととりまかれていて、この小説ではそのことが、小さなシャーペン一本の銀の表面にさえうつりこんでいるからだ。

手紙の文面がひらかれる瞬間、一気にあたらしい空間、クレバスが生じる。そこに真空がうまれるほどの。風というより、頬を切るかまいたち。書いたのは、たとえの恋人、「ほの白い肌が美しい、精巧な人形のような」同級生、美雪。糖尿病で、一日三回ブラウスをまくって、腹にずぶりと注射をうつ。手紙からは、たとえと美雪のおだやかな関係、完璧な空間がありありとたちあがってみえる。愛は呪詛のことばをつぶやきながらまっすぐに、本人としては、わけのわからない衝動をもって美雪に近づき、そして思いもよらない運動のなかへまきこまれていく。

読みながら、ノートに大きく「愛は箱だ」と書きつけていた。それぞれの隅はきっちりと直角で、内側には千代紙が貼られ、聖書のことばが記されてあり、踏まれても容易にはつぶれない、端正な箱。いっぽう美雪は、厚みのない正円である。円は、やってきたものをバウンドさせ、もとのほうへ返す。閉じられてみえるが、じつはまんまるにひらかれ、なによりもいちばん強い図形。愛の箱は、本人の知らない間に、ときおりちらちらと蓋がひらき、母や美雪にはそこから吹きよせる風が匂いでとどく（たとえの前ではきっちり四角四面に閉じてしまう）。美雪の円も、するりと愛の箱にはいりこみ、じょじょに厚みをもって、湿りけをおびた球となって跳ねる。ここにあるのは、だから、いわゆる三角関係でなく、丸と四角の、入れ子の関係だ。

愛の箱がからっぽになって、どんなものも容れないように蓋がとじてしまう。そんなとき箱の底で、もう残っていないとおもっていた美雪のかけらがきらめき、まるまるとふくらみだして、内側から、箱の蓋をひらく。と同時に、それまでつぼみだったさまざまな関係が、春の光をうけたかのようにつぎつぎとひらき、わたしたち読者の胸も、窓をあけはなち、外へとびだしたかのようにひらいていく。蓋がひらいているのに、いや、ひらいているからこそ、どんなものにも満たされる。恋愛の幾何学模様に風がふいて、まあたらしく、うつくしい図形がそこにうまれる。

「波」二〇一二年七月

小説を書いているあいだ

書いているものにはいっているあいだ、じっさいにいる家族や、まわりをとりまく社会のことはまったく頭にない。意識から消えてしまっている。もし自分の住んでいる町や、家内や友人と同じ名前の人物がでてきたとしても、それは表面上、町並や名前を借りているだけのはなしで、書いていてそこにあるのは、あくまで小説内の町でありひとである。というより、架空の名前をひねりだすのが面倒なので、自分や家族の名前を小説に使う、ということがわりと多い。

じっさいの家族や社会を忘れ去り、小説のなかを、一定のテンポですすんでいく。使っているのは小説のことば、日常話している日本語に似て、日常とは非なる、足をふみはずしたら向こう側へ落っこちてしまうようなことばだ。ストーリーをつなげていくうち、自分が考えたのではない、そうとしか進みようがない展開にまきこまれていくことがある。三行前にもどり、どうしても自分が書いたおぼえのない一文に、たちどまる、ということもある。社会、家族どころか、自分自身も忘れている。やっていることは、ことばをおぼえる以前の赤ん坊が、いろいろ指さして世界をあたらしく生みだしたつもりになっているのと、ほぼ同じだろう。

書いているあいだ、自分は忘れられているが、ストーリーや一文にあらわれるように、おもってもみなかった、自分をこえた自分がにじんでいるときがある。同じように、社会をこえた社会、家族をこえた家族と、小説を書いているうち、触れ合っている、という可能性はないのだろうか。その可能性にかけて書いている、というところが、わりとあるようにおもう。家族以上の家族、社会以上の社会こそ、自分が自分をこえて、はいっていくところなのかもしれない。小説を書いているあいだはそのようなことがおきている。

そして書いていないあいだは、一歳児をかわいがり、家内に扇風機つけっぱなしだったと注意され、祭に参加し、うどんをすすり、新聞はとらず、テレビもみず、投票にはいくが政党の名はごっちゃで、神社にお参りするときは、御礼とともに、家内安全と、商売繁盛をちょっぴり、こころから祈る。

小説を書いているあいだの、家族をこえた家族、社会をこえた社会と、書いていないあいだの、じっさいの家族、じっさいの社会とが、まったく別個のものか、あるいは思ってもみない通行路をとおし響きあっているか、僕にはわからない。もし、響きあいがあったとして、それは小説の奥底、誰の目もとどかない向こう側で、ひそかに流れていく出来事という気がする。

東アジア文学フォーラムによせて　二〇一二年八月

長新太の海

こどもの頃好きだった本は、こども向きに書かれた、という気配がうすかった。「ものすごいおとなが書いた」という感じが強かった。「ものすごい」とは、こどもの破天荒な想像力をはるかにこえ、こども・おとなの区別なんてふっ飛とばしてしまい、この世でたったひとりになっても、ふだんどおり大声で笑っている、そんなようなおとなのことです。こども以上にこども、おとな以上、人間以上の人間、そんなひとの本が、ただの本であるわけがない。そして長新太の本は、ひらくものすべて、本以上のなにかでした。

音の響き、線のふるえ、色のひろがり。すべてが溶け合い、響き、ふるえ、ひろがって、目の前で波うちます。僕は長新太の海に文字どおり全身で飛びこむ。長新太の本をひらくときは、必ずその下に新聞紙や、大きな模造紙をしき、本のまわりにクレヨンや色ペンをちらしておきます。字を、線を追っていくうち、からだの芯が共鳴をはじめ、じたばたと寝返りをうつや筆記具をつかみ、からだからしぼりだされる線、色を、本をふちどる紙に投げつけていきます。本のページからそのまままつづけて線を引いていくこともある。

いまも僕のなかに、そうした線の一本一本がとぐろを巻き、なにかの拍子にするする伸び、ひろがっていきます。「ものすごい」経験をするたび、それらの線は僕のなかで、ギターの弦のようにふるえ、世界を揺るがせる音楽を高らかに響かせるのです。

塗師のうつわ

赤木明登『名前のない道』

「聞く」「読む」だけでない、「さわる」ことばがある。指で触れる、たしかな感覚のむこうに、ことばが発せられる以前の世界、そのゆたかさがたちのぼり、わたしたちを、ことばをおぼえるかおぼえないか、ぎりぎりの汀へと連れもどす。

そこには神、自然、時間、森、そんな名詞でかこわれる前の、大きな存在が波打っている。まるいもの、しかくいもの、ひらたいものが、鈍く輝きながら、幾何学模様をえがいて、空間を降ってくる。

著者はみずからを、漆芸作家と名乗らない。「塗師」と記す。それも、肩書きではなく、ただ、ひたすら漆を塗るひとだから塗師、そのように響く。その「うつわ」を、この世にうみだすのは自分ではない。「うつわ」のほうが、時間の皮膜を通して、この世の三次元にうまれでる。そのスムーズな、通行路になること。そのために著者は、海の底へ、森の奥深くへ、むきだしのからだではいっていく。

「そういう場所で出会う自分とは、決して強い、大きな、明確な何かではなく、弱く、小さく、儚く、移ろいやすく、いい加減で、淡く、心許なく、かすかで、もろい、希薄な、漂うような、空しい、何かなのだ。」

美しい形は、偶然にしか現れず、人はそれと出会うのを「ただ待っているしかできない」と著者はい

「飛ぶ教室」二〇一二年八月

う。漆を塗るその口調で。著者の語る「うつわ」は、森で出会うきのこに似ている。海底の闇で指先に触れるアワビそのものだ。

記憶、旅、絵画、漆を「クロメ」る工程の記述。著者の体験、思考をたどっているつもりが、いつのまにか、とてつもなく広い、けれどもなつかしい、海や森に似たある場所に、からだのどこかがつながっている。漆や「うつわ」のことを書いているようにみえ、じつは生きている時間、いや、生まれる前、ここからいなくなったあとについて、意味をこえて語っている。

内から外へ、外から内へ、まるでクラインの壺を旅していくような読書。ただしこの壺は漆塗りだ。やわらかな表面を指でたどっていくうち、ずぶずぶと、読んでいる自分の内奥へもはいりこみ、そうしてみずからも一個の「うつわ」だったことに、当たり前のように気づくのだ。

産経新聞　二〇一二年九月

著者略歴
いしいしんじ
一九六六年大阪生まれ。京都大学文学部仏文学科卒。一九九六年、短篇集『とーきょーいしいあるき』（のちに『東京夜話』に改題し文庫化）、二〇〇〇年、初の長篇『ぶらんこ乗り』刊行。おもな小説に『トリツカレ男』『麦ふみクーツェ』（坪田譲治文学賞受賞）『プラネタリウムのふたご』『ポーの話』『みずうみ』『四とそれ以上の国』『ある一日』（織田作之助賞受賞）『その場小説』など。エッセイに『いしいしんじのごはん日記』（1～3）、『熊にみえて熊じゃない』『遠い足の話』など。現在、京都在住。
いしいしんじ「ごはん日記」
http://www.mao55.net/gohan/

いしいしんじの本

二〇一三年三月一〇日　第一刷発行
二〇一三年六月一〇日　第二刷発行

著　者　©　いしいしんじ
発行者　及　川　直　志
印刷所　株式会社　三陽社
発行所　株式会社　白水社

東京都千代田区神田小川町三の二四
電話　営業部〇三（三二九一）七八一一
　　　編集部〇三（三二九一）七八二一
振替　〇〇一九〇・五・三三二二八
郵便番号　一〇一・〇〇五二
http://www.hakusuisha.co.jp
乱丁・落丁本は、送料小社負担にてお取り替えいたします。

誠製本株式会社

ISBN978-4-560-08254-6

Printed in Japan

『いしいしんじの本』ブックリスト

あ　ローレン・アイズリー『星投げびと　コスタベルの浜辺から』千葉茂樹訳、工作舎、2001年 … 116, 203

青木淳『原っぱと遊園地　建築にとってその場の質とは何か』王国社、2004年 … 201

青木淳『原っぱと遊園地2　見えの行き来から生まれるリアリティ』王国社、2008年 … 136

赤木明登『名前のない道』新潮社、2012年 … 261

赤塚不二夫『天才バカボン』全21巻、竹書房文庫ほか … 105, 117

朝倉世界一『地獄のサラミちゃん』宝島社、1巻2000年、2巻2001年、祥伝社コミック文庫、2004年 … 209

阿部次郎『三太郎の日記』岩波書店、1918年／角川文庫、1950年、『新版　合本三太郎の日記』角川選書、2008年 … 45, 46

荒井良二『たいようオルガン』偕成社、2008年 … 95, 100, 102, 109, 110

荒井良二『ルフランルフラン』プチグラパブリッシング、2005年 … 110

在本桂子『犬島ものがたり　アートの島の昨日・今日・明日』吉備人出版、2007年 … 144

レイナルド・アレナス『夜明け前のセレスティーノ』安藤哲行訳、国書刊行会、2002年 … 196

い　いしいしんじ『アムステルダムの犬』講談社、1994年 … 65

いしいしんじ『トリツカレ男』ビリケン出版、2001年、新潮文庫、2006年 … 14

いしいしんじ『ぶらんこ乗り』理論社、2000年、新潮文庫、2004年 … 11, 234, 235

いしいしんじ『ポーの話』新潮社、2005年、新潮文庫、2008年 … 60

石田千『あめりかむら』新潮社、2011年 … 218

戌井昭人『まずいスープ』新潮社、2009年、新潮文庫、2012年 … 175, 176

う　ボリス・ヴィアン『北京の秋』岡村孝一訳、ボリス・ヴィアン全集4、早川書房、1980年 … 69

ジャネット・ウィンターソン『灯台守の話』岸本佐知子訳、白水社、2007年、白水Uブックス、2011年 … 122

ジュール・ヴェルヌ『八十日間世界一周』田辺貞之助訳、創元SF文庫、1976年／鈴木啓二訳、岩波文庫、2001年ほか … 18, 134

カート・ヴォネガット・ジュニア『スローターハウス5』伊藤典夫訳、ハヤカワ文庫、1978年 … 134

内田百閒『冥途』岩波文庫／ちくま文庫ほか … 175

ヴァージニア・ウルフ『燈台へ』中村佐喜子訳、新潮文庫、1956年／『燈台へ』伊吹知勢訳、みすず書房、1976年／『灯台へ』御輿哲也訳、岩波文庫、2004年／『灯台へ』鴻巣友季子訳、池澤夏樹=個人編集世界文学全集2-1、河出書房新社、2009年ほか … 197

え　マーク・エイブリー『「消えゆくことば」の地を訪ねて』木下哲夫訳、白水社、2006年 … 203

江國香織『がらくた』新潮社、2007年、新潮文庫、2010年 … 186, 187

お　大竹伸朗『大竹伸朗　全景 1955–2006』grambooks、2007年 … 189

大竹伸朗『見えない音、聴こえない絵』新潮社、2008年 … 154, 155, 202

大谷能生・菊地成孔『M / D マイルス・デューイ・デイヴィスIII世研究』エスクァイア・マガジン・ジャパン、2008年、河出文庫、2011年 … 168
ポール・オースター『幻影の書』柴田元幸訳、新潮社、2008年、新潮文庫、2011年 … 226
ポール・オースター『最後の物たちの国で』柴田元幸訳、白水社、1994年、白水Uブックス、1999年 … 197
小川洋子『海』新潮社、2006年、新潮文庫、2009年 … 81
フラナリー・オコナー『フラナリー・オコナー全短編』(上下巻) 横山貞子訳、筑摩書房、2003年、ちくま文庫、2009年 … 195
レドモンド・オハンロン『コンゴ・ジャーニー』(上下巻) 土屋政雄訳、新潮社、2008年 … 182
ティム・オブライエン『世界のすべての七月』村上春樹訳、文藝春秋、2004年、文春文庫、2009年 … 25

か 角田光代『恋するように旅をして』求龍堂、2001年(『恋愛旅人』として)、講談社文庫、2005年 … 38
片岡義男『自分と自分以外　戦後60年と今』NHKブックス、2004年 … 34, 201
金原ひとみ『星へ落ちる』集英社、2007年、集英社文庫、2011年 … 211
フランツ・カフカ『カフカ小説全集』全6巻、池内紀訳、白水社、2000–2002年、カフカ・コレクション全8巻、白水Uブックス、2006年 … 43
フランツ・カフカ『変身』高橋義孝訳、新潮文庫、1952年／池内紀訳、白水社、2001年、白水Uブックス、2006年ほか … 105
フランツ・カフカ『流刑地にて』池内紀訳、白水社、2001年(『カフカ小説全集4』所収)、白水Uブックス、2006年ほか … 67
川上弘美『真鶴』文藝春秋、2006年、文春文庫、2009年 … 181

き 鬼海弘雄『PERSONA』草思社、2003年 … 20, 69, 109, 175, 189
鬼海弘雄『ぺるそな』草思社、2005年 … 69, 200, 201
菊地成孔・大谷能生『M / D マイルス・デューイ・デイヴィスIII世研究』エスクァイア・マガジン・ジャパン、2008年、河出文庫、2011年 … 168

く 倉田百三『愛と認識との出発』岩波書店、1921年／角川文庫、1950年／岩波文庫、2008年ほか … 45, 46
倉田百三『出家とその弟子』岩波書店、1917年、角川文庫／1951年、岩波文庫／2003年、新潮文庫、2003年ほか … 45
くらもちふさこ『天然コケッコー』集英社、1995-2001年(全14巻)、集英社文庫、2003年(全9巻) … 204
栗田有紀『オテル・モル』集英社、2005年、集英社文庫、2008年 … 53
栗田有紀『お縫い子テルミー』集英社、2004年、集英社文庫、2006年 … 53
栗田有紀『ハミザベス』集英社、2003年、集英社文庫、2005年 … 52, 53, 55
黒田硫黄『茄子』講談社、2001–2002年(全3巻)、講談社、2009年(上下巻) … 204
ミラン・クンデラ『冗談』関根日出男訳、みすず書房、1970年、関根日出男・中村猛訳、みすず書房、2002年 … 47

け　エーリヒ・ケストナー『エーミールと探偵たち』ケストナー少年文学全集 1、高橋健二訳、岩波書店、1962 年／池田香代子訳、岩波少年文庫、2000 年 … 36
エーリヒ・ケストナー『点子ちゃんとアントン』ケストナー少年文学全集 3、高橋健二訳、岩波書店、1962 年／池田香代子訳、岩波少年文庫、2000 年 … 18, 36

こ　古今亭志ん生『なめくじ艦隊　志ん生半生記』朋文社、1956 年、ちくま文庫、1991 年 … 109
古今亭志ん朝『志ん朝の落語』全 6 巻、京須偕充編、ちくま文庫、2003–2004 年 … 20
小島信夫『アメリカン・スクール』新潮文庫、1967 年 … 138, 200
小島信夫『寓話』福武書店、1987 年 … 72
小島信夫『残光』新潮社、2006 年、新潮文庫、2009 年 … 70, 71, 72, 73
小島信夫『菅野満子の手紙』集英社、1986 年 … 72, 108
小林一茶『校注　おらが春』黄色瑞華校注、明治書院、1978 年 … 207, 223
ヴィトルド・ゴンブローヴィッチ『トランス=アトランティック』西成彦訳、国書刊行会、2004 年 … 117

さ　斉藤道雄『治りませんように　べてるの家のいま』みすず書房、2010 年 … 201
斉藤道雄『悩む力　べてるの家の人びと』みすず書房、2002 年 … 68, 201
佐伯一麦『ノルゲ』講談社、2007 年 … 113, 114
佐伯一麦『ピロティ』集英社、2008 年 … 138

し　アーネスト・トムソン・シートン『シートン動物記』藤原英司訳、集英社、1987 年ほか … 18
柴田元幸・沼野充義『200X 年文学の旅』作品社、2005 年 … 61
マルク・シャガール『シャガール　わが回想』三輪福松・村上陽通訳、美術出版社、1966 年、朝日選書、1985 年 … 47
ジェイムズ・ジョイス『ユリシーズ』丸谷才一ほか訳、集英社、1996–1997 年（全 3 巻）、集英社ヘリテージ文庫、2003 年（全 4 巻）ほか … 207
笙野頼子『金毘羅』集英社、2004 年、河出文庫、2010 年 … 116

す　グレアム・スウィフト『ウォーターランド』真野泰訳、新潮クレスト・ブックス、2002 年 … 109, 180, 195, 217
ゲーリー・スナイダー『対訳　亀の島』ナナオ・サカキ訳、山口書店、1991 年 … 117
鈴木創士『サブ・ローザ　書物不良談義』現代思潮新社、2012 年 … 236, 237

せ　W・G・ゼーバルト『アウステルリッツ』鈴木仁子訳、白水社、2003 年、改訳『アウステルリッツ』、白水社、2012 年 … 119
W・G・ゼーバルト『移民たち　四つの長い物語』鈴木仁子訳、白水社、2005 年 … 119
W・G・ゼーバルト『カンポ・サント』鈴木仁子訳、白水社、2011 年 … 119
W・G・ゼーバルト『土星の環　イギリス行脚』鈴木仁子訳、白水社、2007 年 … 118, 119
W・G・ゼーバルト『目眩まし』鈴木仁子訳、白水社、2005 年 … 119, 196
フェルナンド・セリーヌ『夜の果てへの旅』生田耕作訳、中公文庫、1978 年（上下巻）／高坂和彦訳、セリーヌの作品 1、国書刊行会、1985 年 … 109

そ　サーシャ・ソロコフ『馬鹿たちの学校』東海晃久訳、河出書房新社、2010年 … 190, 191
デボラ・ソロモン『ジョゼフ・コーネル　箱の中のユートピア』林寿美・太田泰人・近藤学訳、白水社、2011年 … 206, 226

た　武田泰淳『富士』中央公論新社、1971年、中公文庫、1973年 … 108
太宰治『走れメロス』新潮文庫／岩波文庫／角川文庫／ちくま文庫（太宰治全集3）ほか … 134, 164, 165
太宰治『津軽』新潮文庫／岩波文庫／角川文庫／ちくま文庫（太宰治全集7）ほか … 164, 165
谷川俊太郎『クレーの絵本』講談社、1995年 … 43
谷崎潤一郎『夢の浮橋』中央公論新社、1960年、中公文庫、2007年 … 198
谷崎潤一郎『卍』春陽堂文庫、1931年／新潮文庫、1951年／中公文庫、2006年ほか … 138
多和田葉子『エクソフォニー　母語の外へ出る旅』岩波書店、2003年、岩波現代文庫、2012年 … 19

ち　ちばてつや『あしたのジョー』講談社漫画文庫ほか … 105
千葉望『古いものに恋をして。骨董屋の女主人たち』里文出版、2006年 … 89
長新太『おしゃべりなたまごやき』（絵、寺村輝夫・文）福音館書店、1972年 … 103
長新太『つみつみニャー』あかね書房、1974年 … 103

つ　辻原登『円朝芝居噺　夫婦幽霊』講談社、2007年、講談社文庫、2010年 … 225
辻原登『許されざる者』（上下巻）毎日新聞社、2009年、集英社文庫、2012年 … 249
筒井康隆『ヨッパ谷への降下　自選ファンタジー傑作集』新潮文庫、2005年 … 199

て　ジュノ・ディアス『オスカー・ワオの短く凄まじい人生』都甲幸治・久保尚美訳、新潮クレスト・ブックス、2011年 … 218
ジュノ・ディアズ『ハイウェイとゴミ溜め』江口研一訳、新潮クレスト・ブックス、1998年 … 218
手塚治虫『メタモルフォーゼ』講談社、1977年 … 105

と　オルガ・トカルチュク『昼の家、夜の家』小椋彩訳、白水社エクス・リブリス、2010年 … 222
徳川夢声『夢声戦争日記』（全7巻）中央公論社、1960年、中公文庫、1977年／『夢声戦争日記抄　敗戦の記』中公文庫、2001年 … 108
ドストエフスキー『白痴』米川正夫訳、岩波文庫、1994年／木村浩訳、新潮文庫、1970年／望月哲男訳、河出文庫、2010年ほか … 130, 131, 139, 198
ドストエフスキー『貧しき人びと』木村浩訳、新潮文庫、1969年／『貧しき人々』安岡治子訳、光文社古典新訳文庫、2010年ほか … 207
ドストエフスキー『未成年』米川正夫訳、岩波文庫、1950年／工藤精一郎訳、新潮文庫、1969年 … 207
ヤン富田『フォーエバー・ヤン』アスペクト、2006年 … 116

な　中島らも『こどもの一生』集英社、2003年、集英社文庫、2006年 … 74, 77
中田祝夫『日本霊異記』全訳注（上中下巻）講談社学術文庫、1978年 … 174

夏目漱石『こころ』岩波文庫／新潮文庫／集英社文庫／角川文庫／ちくま文庫（夏目漱石全集8）ほか … 102
夏目漱石『三四郎』岩波文庫／新潮文庫／集英社文庫／角川文庫／ちくま文庫（夏目漱石全集5）ほか … 102
夏目漱石『彼岸過迄』岩波文庫／新潮文庫／ちくま文庫（夏目漱石全集6）ほか … 199, 207
夏目漱石『坊ちゃん』岩波文庫／新潮文庫／集英社文庫／角川文庫／ちくま文庫（夏目漱石全集2）ほか … 102, 103, 182
夏目漱石『門』岩波文庫／新潮文庫／角川文庫／ちくま文庫（夏目漱石全集6）ほか … 102
夏目漱石『吾輩は猫である』岩波文庫／新潮文庫／集英社文庫／角川文庫／ちくま文庫（夏目漱石全集1）ほか … 102, 137

に　新元良一『あの空を探して』文藝春秋、2009年 … 181
西田幾太郎『善の研究』岩波文庫、1950年 … 45, 46
西脇順三郎『Ambarvalia／旅人かへらず』講談社文芸文庫、1995年 … 47, 171
西脇順三郎『失われた時』政治公論社「無限」編集部、1960年 … 108, 172
西脇順三郎『人類』筑摩書房、1979年 … 43
西脇順三郎『西脇順三郎詩集』思潮社、1979年／岩波文庫、1991年ほか … 200
西脇順三郎『禮記』筑摩書房、1967年 … 43

ぬ　沼野充義・柴田元幸『200X年文学の旅』作品社、2005年 … 61

は　ジョージーナ・ハーディング『極北で』小竹由美子訳、新潮クレスト・ブックス、2009年 … 155
イサーク・バーベリ『オデッサ物語』中村唯史訳、群像社ライブラリー、1995年 … 195
モーリス・バーマン『デカルトからベイトソンへ　世界の再魔術化』柴田元幸訳、国文社、1989年 … 147
ロバート・A・ハインライン『夏への扉』福島正実訳、ハヤカワ文庫、1979年ほか … 134
林芙美子『放浪記』新潮文庫、1979年ほか … 28
林芙美子『めし』新潮文庫、1954年ほか … 30

ひ　平松洋子『野蛮な読書』集英社、2011年 … 223
トマス・ピンチョン『メイスン＆ディクスン』（上下巻）トマス・ピンチョン全小説、柴田元幸訳、新潮社、2010年 … 189

ふ　フィリップ・フォレスト『さりながら』澤田直訳、白水社、2008年 … 196, 207
福永信『一一一一一』河出書房新社、2011年 … 232
レイ・ブラッドベリ『刺青の男』小笠原豊樹訳、ハヤカワ文庫、1976年 … 88
レイ・ブラッドベリ『火星年代記』小笠原豊樹訳、ハヤカワ文庫、1976年 … 88
レイ・ブラッドベリ『太陽の黄金の林檎』小笠原豊樹訳、ハヤカワ文庫、1976年 … 88
マルセル・ブルースト『失われた時を求めて』（全13巻）井上究一郎訳、ちくま文庫／鈴木道彦訳、集英社ヘリテージ文庫／吉川一義訳、岩波文庫（順次刊行中）／高遠弘美訳、光文社古典新訳文庫（順次刊行中）… 207, 223
ディック・ブルーナ『ふしぎなたまご』いしいももこ訳、福音館書店、1964年 … 227

古川日出男『ボディ・アンド・ソウル』双葉社、2004年、河出文庫、2008年 … 138
フロイト『精神分析学入門』懸田克躬訳、中公文庫、1973年、中公クラシックス、2001年／『精神分析入門』高橋義孝・下坂幸三訳、新潮文庫、1977年／『精神分析入門』安田徳太郎訳、角川文庫、1970年、角川ソフィア文庫、2012年 … 104
フロイト『夢判断』高橋義孝訳、新潮文庫、1969年／『夢解釈』金関猛訳、中公クラシックス、2012年 … 104
リチャード・ブローティガン『アメリカの鱒釣り』藤本和子訳、晶文社、1975年、新潮文庫、2005年 … 65
リチャード・ブローティガン『ビッグ・サーの南軍将軍』藤本和子訳、河出書房、1976年、河出文庫、2005年 … 116

へ　サミュエル・ベケット『ゴドーを待ちながら』安堂信也・高橋康也訳、白水社、1967年、2008年 … 134
ステファノ・ベンニ『聖女チェレステ団の悪童』中島浩郎訳、集英社、1995年 … 84

ほ　ジェイン・ボウルズ『ふたりの真面目な女性』清水みち訳、思潮社、1994年 … 109
ほしよりこ『きょうの猫村さん』（1～6）、『カーサの猫村さん』（1、2）ほか マガジンハウス … 205
ほしよりこ『僕とポーク』マガジンハウス、2007年 … 205
穂村弘『もうおうちへかえりましょう』小学館、2004年、小学館文庫、2010年 … 33
ロベルト・ボラーニョ『野生の探偵たち』（上下巻）柳原孝敦・松本健二訳、白水社エクス・リブリス、2010年 … 207, 222

ま　前田司郎『夏の水の半魚人』扶桑社、2009年 … 158
正岡容『圓太郎馬車　正岡容寄席小説集』河出文庫、2007年 … 91, 92
町田康『浄土』講談社、2005年、講談社文庫、2008年 … 108
町田康『パンク侍、斬られて候』マガジンハウス、2004年、角川文庫、2006年 … 21
町田康『町田康全歌詩集』マガジンハウス、2001年、角川文庫、2009年 … 43
松井太郎『遠い声』（『ブラジル日本人作家 松井太郎小説選・続』）西成彦・細川周平編、松籟社、2012年 … 242
丸谷才一『持ち重りする薔薇の花』新潮社、2011年 … 228
トーマス・マン『魔の山』高橋義孝訳、新潮文庫、1969年／関泰祐・望月市恵訳、岩波文庫、1988年ほか … 47, 167, 193, 198
ユベール・マンガレリ『おわりの雪』田久保麻理訳、白水社、2004年 … 48, 49, 50, 52
ユベール・マンガレリ『四人の兵士』田久保麻理訳、白水社、2008年 … 146

み　水島新司『ドカベン』秋田書店 … 46
宮沢賢治『風の又三郎』岩波文庫／新潮文庫／ちくま文庫（宮沢賢治全集7）ほか … 237
宮沢賢治『銀河鉄道の夜』岩波文庫／新潮文庫／ちくま文庫（宮沢賢治全集7）ほか … 238
宮沢賢治『注文の多い料理店』岩波文庫／新潮文庫／ちくま文庫（宮沢賢治全集8）／ハルキ文庫ほか … 237

む　ブルーノ・ムナーリ『きりのなかのサーカス』八木田宣子訳、好学社、1981年／谷川俊太郎訳、フレーベル館、2009年 … 80, 124

め　ジョージ・メレディス『シャグパッドの毛剃』皆川正禧訳、『ゴシック名訳集成　暴夜幻想譚　伝奇ノ匣 8』（東雅夫編、学研M文庫、2005年）所収ほか … 168

も　莫言『転生夢現』（上下巻）吉田富夫訳、中央公論新社、2008年 … 132, 135, 169, 180, 194

莫言『白檀の刑』（上下巻）吉田富夫訳、中央公論新社、2003年、中公文庫、2010年 … 169

森山大道『ハワイ』月曜社、2007年 … 117

や　矢内原伊作『ジャコメッティ』みすず書房、1958年 … 47, 67, 80

山極寿一『暴力はどこからきたか　人間性の起源を探る』NHKブックス、2007年 … 180, 202

ゆ　ヴィクトル・ユゴー『ノートルダムのせむし男』鈴木力衛訳、三笠書房、1957年／辻昶・松下和則訳、河出書房、1957年、潮出版社、2000年（『ノートル=ダム・ド・パリ』と改題）ほか … 105

よ　横山剣『クレイジーケンズ　マイ・スタンダード』小学館、2007年、小学館文庫、2012年 … 170

吉岡実『夏の宴』青土社、1979年 … 43

吉田秋生「海街 diary」（『蝉時雨のやむ頃』『真昼の月』『陽のあたる坂道』『帰れないふたり』『群青』）小学館、2007–2012年 … 204

吉田健一『旅の時間』講談社文芸文庫、2006年 … 138

よしもとばなな『彼女について』文藝春秋、2008年、文春文庫、2011年 … 200

よしもとばなな『ジュージュー』文藝春秋、2011年 … 208

ら　マルカム・ラウリー『火山の下』斎藤兆史監訳、渡辺暁・山崎暁子訳、白水社エクス・リブリス・クラシックス、2010年 … 206, 222

り　ヨナス・リー『漁師とドラウグ』中野善夫訳、国書刊行会、1996年 … 174

る　ル・クレジオ『大洪水』望月芳郎訳、河出書房、1969年、河出文庫、2009年 … 149, 151, 152

A・M・ルロワ『ヒトの変異　人体の遺伝的多様性について』上野直人監修、築地誠子訳、みすず書房、2006年 … 203

わ　綿矢りさ『ひらいて』新潮社、2012年 … 255

Hader, Dori, *Mingering Mike: The Amazing Career of an Imaginary Soul Superstar*, Princeton Architectural Press, 2007（邦訳『ミンガリング・マイクの妄想レコードの世界』、2009年）… 118

Dufresne, John, *Louisiana Power and Light*, W. W. Norton & Company, 2008 … 118

初出一覧　（タイトルは、一部をのぞいてほぼ改めました）

ティーンエイジャーのいしいしんじ　『福祉×表現×美術×魂』中村政人編著、3331 Arts Chiyoda、2013年1月

韓国のひとたちへ　『トリツカレ男』韓国版刊行によせて
本を読んで大きくなる　『いつでも本はそばにいる』朝の読書推進協議会編、メディアパル、2003年12月
みさきのすきま　リテレール別冊『ことし読む本いち押しガイド2004』メタローグ、2003年12月
浮遊する世界　「週刊現代」2004年4月3日号
アメリカの幸福　「TITLE」2004年6月号
林芙美子の庭　「文藝別冊　総特集・林芙美子」、河出書房新社、2004年5月
背中のなかの巨大な手　共同通信　2004年7月1日配信
問いかけることば　産経新聞　2004年10月31日付
ケストナーさんへ　「飛ぶ教室」（復刊特別号）2005年春号
軽々と歩くひと　角田光代『恋するように旅をして』解説、講談社文庫、2005年4月
サイン本の絵柄　「週刊朝日」2005年4月22日号
旧制高校の必読書　大学生協「読書のいずみ」no. 103、2005年夏号
詩の起源　（おぼえ書き）
舞い降りる物語の断片　「ふらんす　特集・ユベール・マンガレリ」白水社、2005年7月号
「わからないもの」のかたち　栗田有紀『ハミザベス』解説、集英社文庫、2005年7月
主人公の気持ち　「教室の窓　中学校国語」2005年9月号
うみうしのあわい　「NEUTRAL」no. 5、2005年11月号
ふたりの旅人　「新潮」2005年12月号
本が置かれる棚　「NEUTRAL」no. 6、2006年1月号
仕事をしていない人間はひとりもいない　青山ブックセンターのイベントによせて
円、矢印、方形　「新潮」2006年7月号
わからなさの楽しみ　中島らも『こどもの一生』解説、集英社文庫、2006年7月
本は向こうからやって来る　産経新聞　2006年10月8日付
収縮する距離　「新潮」2006年12月号
ことばをドリブルする　「飛ぶ教室」2007年冬号
イリノイの夏　「考える人　特集・短篇小説を読もう」2007年春号
「もの」にまつわる「ものがたり」　産経新聞　2007年3月18日付
寄席に入ってきいている　正岡容『圓太郎馬車　正岡容寄席小説集』解説、河出文庫、2007年8月
巡礼路の光景　スタジオジブリ「熱風」、2007年7月号
「めくり終える式」読書　「本の雑誌」私のオールタイムベストテン、2007年8月号
洞窟ツアー　「あとん」2007年9月号
中原中也の詩を読む、という出来事　鎌倉文学館「中原中也展」によせて
流れていくに委せる　「Esquire」2007年11月号

自分でハワイをやる　「Esquire　特集・文学は世界を旅する。」2007年12月号
文章が「揺れ動く」　「論座」2008年3月号
闇のなかの物語　「週刊文春」2007年12月6日号
書くということ　慶應義塾大学アート・センター「描くことと書くこと」大竹伸朗氏との対談リーフレット　2007年12月
霧のなかの本　「MOE」2008年2月号
透明な穴に飛びこむ　「ユリイカ　特集・中島らも」2008年2月号
動物ばかり　「考える人　特集・海外の長篇小説ベスト100」2008年春号
中国という感覚にのみこまれる　「TRANSIT」no. 1、2008年4月号
時間に遅れる子ども　読売新聞　2008年4月20日付
ページのむこうの特別な時間　「MOE」2008年9月号
笑える本　読売新聞　2008年7月20日付
開かれた小説　古川日出男『ボディ・アンド・ソウル』解説、河出文庫、2008年10月
とっておきの秘密の沼で　「週刊文春」2008年9月11日号
ボロボロになった背表紙　「文藝　特集・柴田元幸」2009年春号
多次元のスポロガム　J・M・G・ル・クレジオ『大洪水』解説、河出文庫、2009年2月
広大な宇宙の暗み　「フィガロ・ジャポン」2009年3月5日号
ふたつの北極　「波」2009年3月号
大正時代の聖書　「GRAZIA」2009年5月号
ハマチとの子　「en-taxi」vol. 25、2009年春号
金木町のブルース　「文藝別冊　総特集・太宰治」2009年5月
厚い本に手が伸びる　「yom yom」vol. 11、2009年7月号
西脇順三郎という水を飲む　「マリ・クレール」no. 76、2009年9月号
見えないけれどそこにある　読売新聞　2009年10月18日付
鬼海村と戌井村　「新潮」2009年12月号
「夢」と「ロマン」　「フィガロ・ジャポン」2009年12月20日号
小説を「生きる」時間　「ヤングアダルト図書総目録」ヤングアダルト図書総目録刊行会、2010年
様変わりする風景　「文藝　特集・江國香織」2010年秋号
本はＳＰ盤のように　朝日新聞　2010年8月17日付
乱反射するいのち　「小説トリッパー」2010年冬号
トーマス・マンの菩提樹　「本の時間」2011年5月号
おすすめの三十冊　ふたば書店用選書リスト
目がさめるまでの時間　白水社ブックカタログ、2011年
寝ているあいだに小説は育つ　「文學界」2011年8月号
名指したことのない光　金原ひとみ『星へ落ちる』解説、集英社文庫、2011年9月
たちのぼり、流し去る　新潮クレスト・ブックス冊子、2011–2012年
大阪で笑い、のたくることば　「波」2011年9月号
人間を拡げる心地よい違和感　白水社エクス・リブリス冊子、2011年
まどろみの読書　「暮しの手帖」2011年12月－2012年1月号
ともに歩いていく仲間　「すばる」2011年12月号
妄想の花　「フィガロ・ジャポン」2012年2月号

猫の卵　　「こどものとも 0.1.2.」2012年4月号（折込ふろく）
たくらみと、自然なふくらみ　　「新潮」2012年1月号
まわりつづけるノイズ　　「文藝」2012年春号
戦うポニー　　「イングリッシュ・ジャーナル」2012年5月号
みんなと「ともだち」　　神戸新聞　2012年3月19日付
目で読む音楽　　宮沢賢治『注文の多い料理店』解説、ハルキ文庫、2012年4月
ブラジルから響く、遠く新しい声　　松井太郎著、西成彦・細川周平編『遠い声　ブラジル日本人作家松井太郎小説選・続』解説、松籟社、2012年7月
「はじめて」の作家　　ブラッドベリ追悼冊子、晶文社、2012年10月
ふくらみの物語　　辻原登『許されざる者』解説、集英社文庫、2012年8月
恋愛の幾何学模様に風が吹いて　　「波」2012年8月号
小説を書いている間　　東アジア文学フォーラムによせて
長新太の海　　「飛ぶ教室」2012年秋号
塗師のうつわ　　産経新聞　2012年9月9日付